BUCHSPENDE

www.fischer-verlassenschaften.at

Verwertungen von Verlassenschaften
Fachmännische Wohnungsräumungen
Telefon: 01 / 595 35 45

Christian Moser-Sollmann
Tito, die Piaffe und das Einhorn

Christian Moser-Sollmann

Tito, die Piaffe und das Einhorn

Dachbuch
Verlag

Dachbuch Verlag

1. Auflage: September 2017
Veröffentlicht von Dachbuch Verlag GmbH, Wien

ISBN 978-3-9504426-2-5

Autor: Christian Moser-Sollmann
Agent des Autors: Günther Wildner

Satz: Dachbuch Verlag GmbH, Wien
Umschlaggestaltung: Dachbuch Verlag GmbH, Wien
Umschlagmotiv: Kurt Panzenberger
Autorenfoto: Gregor Zeitler
Druck und Bindearbeiten: newarts - diewerbeagentur.wien, Wien
Printed in Serbia

Inhalt

1

Langweilertag Freitag

»Du hast vor zwei Wochen mit mir geschlafen, Ulrike.«

»Nein, wir haben nicht miteinander geschlafen, das bildest du dir ein.«

»Doch, haben wir, und das weißt du ganz genau.«

»Nein, auf gar keinen Fall, Manfred.«

So genau wollte ich das nicht wissen. Ich werde soeben Zeuge eines seltsamen Streits zwischen zwei Bekannten bei meinem obligatorischen Nach-der-Arbeit-Getränk am Freitag.

Wieder mal ist Wochenendbeginn, wieder mal ist eine lahme Arbeitswoche vorbei, wieder mal heißt es für mich ab ins Stammlokal. Eigentlich habe ich kein Stammlokal, ich mag die Idee von Stammlokalen nicht, da bin ich mehr so reingestolpert. Mein Kumpel Musti arbeitet dort, einmal in der Woche, aber nur den Tagdienst zwischen 17.00 und 21.00 Uhr. Mit seinen dichten schwarzen Locken war er früher Frauenschwarm. Von der Lockenpracht ist nicht mehr als ein Haarkranz übriggeblieben. Als sein eigenes Lokal pleiteging, weil er lieber mit den Gästen abfeierte als arbeitete, haben ihn seine Stammgäste, ich inklusive, überredet, einmal pro Woche im Einhorn eine Schicht zu schieben. Als Erinnerung an das alte Lokal. Weil er so ein netter Barkeeper ist. Und weil wir in einem Alter sind, wo wir Kontinuität brauchen. Ich will nicht jedes Wochenende einen neuen Club erkunden. Ich will gar keine neuen Clubs mehr entdecken.

Immer freitags, gleich nach getaner Arbeit, pilgern wir zum

Musti auf ein Bier. Wie gesagt, mir widerstrebt die Idee des Stammlokals an sich. Da sitzen Leute um den Tresen herum wie um einen kleinen Altar, erzählen sich langweilige Geschichten von ihren noch langweiligeren Jobs und warten darauf betrunken zu werden oder dass jemand kommt und sie zu einer guten Party mitnimmt. Das ist im Einhorn nicht so, da wartet niemand auf irgendwas. Deswegen ist es unser Lokal. Das Einhorn ist eine windige Bude. Selbst wenn noch die Sonne scheint, ist es drinnen schon dämmrig. Außer einer ziemlich langen Bar stehen nur noch drei Tische vom Sperrmüll, eine kaputte Matratze und ein paar Sessel, zusammengeklaut von diversen Flohmärkten, dort. Und obwohl die Bar lang ist, gibt es nur mehr vier Barsessel. Die anderen sind seit Ewigkeiten kaputt, wie auch eine der beiden Herrentoiletten. Niemand denkt ans Reparieren. Die meisten Gäste müssen also stehen. Das Einhorn ist eine Nachtbar, deswegen ist am frühen Abend niemand da. Musti hat dennoch schon das dunkelgelbe Alkoholikerlicht eingeschaltet. An der Wand fault eine vom vielen Rauch vergilbte dunkelbraune Tapete mit einem psychedelischen Muster vor sich hin. Musti räumt die übervollen Aschenbecher von gestern weg. Der ganze Raum ist kleiner als ein Wohnzimmer, über eine steile Treppe steigt man in den unteren Stock zur kaputten Toilette. Ich wünsche mir immer, dass man über die Stufen gehend in eine andere Wirklichkeit oder wenigstens in eine neue Sphäre der Erkenntnis eintritt, aber die Treppe führt nur zu den Klos und zu einer kaputten Couch und einem Tisch, wo sich die Kiffer und Einsamen treffen.

Gegründet wurde das Einhorn irgendwann in den 70er Jahren von Uzzi Förster, einem versoffenen Jazzmusiker und jüngeren Bruder des großen Wissenschaftstheoretikers und Kybernetikers Heinz von Förster. Übrigens, die Kernthese seines Buches »Die Wahrheit ist die Erfindung eines Lügners« bestreite ich entschieden, da ich an die Wahrheit von Gefühlen glaube. Geld, Macht, Sex, selbst Religion können mir den Sinn meiner Existenz nicht erklären. Ich bin kein Idealist, aber an die wahre Liebe glaube ich wie an die Rhythmen des Hip-Hop. Liebe ist mehr als eine austauschbare Ware, auch wenn wir seit der Erfindung des Bürgertums und der Überwindung desselben durch die Konsumgesellschaft darauf dressiert werden, Beziehungen mit Ablaufdatum zu versehen, oder als Handel zu betrachten. Diese Relativierung von Gefühlen empfinde ich als kulturellen Verlust. Und wenn sich zwei Menschen lieben und, was seltener vorkommt, sich das auch sagen, können sie, wenn sie es aussprechen, nicht gleichzeitig lügen und deshalb gibt es Wahrheit für Liebende. Die Wissenschaft und von Förster sollten sich nicht so wichtig nehmen. Wissenschaft funktioniert auch nur wie ein Schneckenhaus, wir ziehen uns auf jene Theorie zurück, die am behaglichsten erscheint. Von Försters These ist in Ordnung, um Dogmatiker von ihrem selbstgefälligen Wahn abzubringen, aber tief in unserem Herzen wissen wir wann etwas wahr ist. Im Einhorn glaubt niemand an Wahrheit. Das Einhorn, von Uzzi, dem fauleren und musizierenden Bruder gegründet, hatte nach einer steilen Karriere als Jazzkneipe in den 70ern dann ein paar tote Jahre zu überbrücken. Wie jedes gute Lokal hatte auch dieses seine paar wichtigen Jahre, doch dann zieht die Karawane weiter. Nichts währt ewig, außer die Loos-Bar. Die Jazzauskenner und Musikliebhaber verschwanden, und es blieben und kamen die typischen Bezirksalkoholiker. Zu den Bezirkstrinkern gesellen sich in der Zwischenzeit ein paar ehemalige Stammgäste von Mustis alter Bar. Alle Gäste im Einhorn teilen eine Gemeinsamkeit. Die Leute, die dort hingehen, sind schon angekommen. Sie

11

erwarten sich von einer typischen Freitagnacht nichts. Kein Abenteuer, keine Party, keine Frauen. Das Einhorn ist das vom sexuellen Sabber bereinigte Lokal. Eine asexuelle Utopie. Ein von Zuschreibungen und Erwartungen befreiter Ort. Leute trinken an der Bar hier ihre Biere, ihre Kaffees, ihre Säfte. Die zwei Jahre, die ich regelmäßig am Freitag einkehre, was heißt regelmäßig, höchstens jede dritte Woche, direkt nach der Arbeit, gehe ich dort auf ein bis vier unpolitische Biere hin, wie das Musti nennt, und in dieser langen Zeit hab ich nie was Sexuelles, Gewalttätiges oder sonst was Aufregendes erlebt. Klar, ab halb zwölf, wenn die ganzen Studenten kommen, wird die Atmosphäre sexuell aufgeladen. Wenn die Partymeute antanzt, fliehe ich nach Hause.

Wenigstens sind die dummen Nullerjahre vorbei, das ist eine ebenfalls gänzlich misslungene Wortneuschöpfung, denke ich mir, als ich nach der Arbeit noch schnell auf ein Bier im Einhorn vorbeischaue. Vorbeischauen ist der passendere Ausdruck als weggehen, denn ich gehe nicht mehr weg, seit ich vor zu langer Zeit begonnen habe, den Beruf eines Politikberaters in Wien, der Medienmetropole, auszuüben. Das Geschäft des Schreibens politischer Beratungspapiere und der angewandten Politikforschung ist einem Staat mit einer zerstörten politischen Kultur, mit lernresistenten Politikern, mit unfähigen Zeitungen und gekauften Anzeigenabteilungen kein abendfüllendes, dennoch bin ich meistens zu müde, zu ausgelaugt, zu fertig, um noch wegzugehen. Zu Studentenzeiten ging ich gerne weg, keine Frage, aber heute bringt mir das nichts mehr. Ich bin früher nur wegen der Musik weggegangen, nicht wegen der Frauen. Obwohl Clubs ohne Frauen die miesesten sind. Clubs, wo nur Männer hingehen, die sich gegenseitig über aktuelle Musik unterhalten, sind das Letzte. Das ist so bübisch.

12

Ich schweife ab. Dieses Abschweifen passiert manchmal, wenn ich an der Bar sitze. Die Leute, die hier hergehen, sind vom Berufsalltag des Spätkapitalismus gezeichnet. Sie haben erbärmliche Scheißjobs. Grafiker und Artdirector in einer Werbeagentur, Musiker, Labelbesitzer, Journalist und Fotograf bei einer Nachrichtenagentur, Kindergärtnerin, Trafikantin, Beschwerdemanager bei Ikea, Systemadministrator, noch ein Fotograf, arbeitsloser Sozialhilfeempfänger und früherer Popstar. Was machen eigentlich die beiden 50-jährigen an der anderen Seite der Bar? Es ist in diesem aus der Zeit gefallenen Ort schlicht jedem egal, was der Andere macht. Auch über Politik und Sport redet niemand. Ein von Zuschreibungen befreiter Ort. Sehr angenehm.

Nach zwei Jahren habe selbst ich einiges mitbekommen. Das macht das Einhorn sympathisch. Dennoch hätte ich diesen Laden nie freiwillig betreten, denn das Einhorn, das steht in jedem Wiener Reiseführer, ist ein Jazzlokal, und Jazzlokale verabscheute ich als Jugendlicher. Heute bin ich viel offener. Diese blinde Von-vornherein-Ablehnung von Jazz ist peinlich. So blöd muss man erst mal sein, sich ein Pseudonym wie Hektor Rottweiler zuzulegen, um dann Anti-Jazz-Tiraden loszulassen. Jazzliebhaber sind friedlich und taugen nicht als Hassobjekte. Außerdem gilt Jazz als erstklassige Sampling-Quelle für amtlichen Hip-Hop. Die Liebe zum Hip-Hop ist die einzige, die mich seit meinen Teenagerjahren nie enttäuscht hat. I'm a crazy motherfucker and you know this. Selbstgespräche wie diese sind nicht zielführend, ich bin schließlich da, um Bier zu trinken.

Musti, der Kellner, der kein Kellner mehr ist und nur aushilft, zapft Bier und fragt uns, was die Woche über so passiert ist. Neben mir sitzt Tom Demmer, Artdirector einer Werbefirma. Mit seinem Bart, seinen beiden Ohrringen und seinem mächtigen Bauch schaut er aus wie der Papa von Pippi Langstrumpf. Meistens sitzt er alleine an der Bar und wartet, bis ihn seine Traumfrau anspricht. Niemand spricht ihn an, dann brummt er mürrische Sachen in seinen Bart und starrt auf die hässliche Tapete. Er wirkt stattlich, ist aber schüchtern. Seine Werbefirma ist zweitklassig. Er kommt wie so viele in Wien vom Land. Ein Landflüchtling. Binnenmigranten sind die verlorensten Gestalten. Es gibt nicht wenige gebürtige Wiener, die davon überzeugt sind, dass Bundeslandeier überehrgeizig sind, sich in der Stadt behaupten wollen und deshalb Einzelkämpfer sind. Es gibt die Vorarlberger Mafia sowie die Oberösterreich-Connection. Und diese Binnenmigranten wollen nach oben. Dabei gibt es in Wien kein oben. Demmer trauert der Zeit nach, als Werbung noch ein glamouröses Business und keine unterbezahlte Dienstleistung war. Sein Boss, der die Firma in den für die Werbung Goldenen 80er Jahren gründete, wurde früher noch mit dem Hubschrauber zu Briefings eingeflogen. Wenn Demmer das erzählt, und er gibt gerne Werbeanekdoten von sich, wird er sentimental. Als Werber glaubt er, etwas cleverer als die Anderen zu sein.

Heute, hält er leicht verbittert fest, wird keine Sau mehr zu Briefings eingeflogen. Seine Agentur wird dauernd weiterverkauft, und er verdient als Artdirector nur mehr den Bettel von 3.000 Euro. Frauen staubt er auch keine ab. Da hätte er gleich in der steirischen Provinz bleiben können, da gibt es wenigstens saftige Äpfel. Frauen waren für Demmer der einzige Grund in die Werbung zu gehen. Demmer ist ein bisschen blöde. Er glaubt ernsthaft an den alten Werbeclaim wonach Werbung Kunst sei. Dabei war dieser Spruch von Anfang an ein Witz, Junge, nichts weiter. Wenn du anfängst, deine eigenen

PR-Lügen zu glauben, hast du definitiv ein Problem. Werbung ist dazu da, Produkte zu verkaufen, die keiner braucht. Ich habe nichts gegen Werbung, das wird keine Konsumkritik, ich bin froh, dass Demmer in dieser Branche arbeitet und nicht in einem Bergwerk schuftet. Es ist redlicher, als Werber zu arbeiten als von der Europäischen Union subventionierter Landwirt zu sein, das ist mit Sicherheit weniger fremdbestimmt, und du musst nicht jeden Tag um fünf in der Früh aufstehen Kühe melken. Aber es ist nur ein Job. Nichts Kreatives. Keine Berufung, nichts Besonderes. Ein biederer Broterwerb.

Neben Demmer sitzt Atzgo, bürgerlich Manfred Dragowitz. Er ist der ungekrönte Champion des Wiener Musikuntergrundes. Er geht seit 15 Jahren in Therapie und erzählt uns gerne von seinen Fortschritten. Atzgo hat ein Kindergesicht mit weichen Zügen, im scharfen Kontrast dazu stehen seine stechenden, wachen Augen. Genau so habe ich mir als Kind Karlsson vom Dach vorgestellt. Nur der kleine Propeller am Rücken fehlt. Atzo lässt sich gehen, er säuft, raucht und isst zu viel. Sein gealtertes Kindergesicht ist fettig und aufgedunsen. Seine Stirnglatze überkämmt er mit den Haaren vom Hinterkopf. Er sieht aus wie frisch aus der Nervenheilanstalt entflohen. Mit 20 füllte Dragowitz mit seiner damaligen Band, Leuchte, alle mittelgroßen Veranstaltungsorte in Österreich. Er war der Kritikerliebling der Saisonen '94 bis '96. Musikjournalisten hofierten ihn als Halbgott. Bis er einem dieser Meinungsmacher mitteilte, er sei ein Vollidiot, habe keine Ahnung von Musik, besitze keinen Geschmack und sei eine Schande für die schreibende Zunft. Danach war seine Karriere beendet. Die Kritiker verbannten ihn aus der Berichterstattung. Seither gibt es für Atzgo keine ausverkauften Konzerte mehr, keine Gastauftritte im Radio, keine Gefälligkeitsartikel.

Trotzdem musiziert Atzgo unbekümmert weiter. Zunächst hat er als Don Flop gearbeitet, seit vier Jahren agiert er als Gründungsmitglied, Texter und Alleinherrscher seines Projektes Fatigue. Der Name ist mehr Lebensphilosophie als Programm. Die Band hat kein Label, absolviert kaum Auftritte, verzichtet auf Promotion. Dennoch sind Fatigue die mit Abstand beste Band Österreichs. Fatigue rotzt in seinen Liedern seinen romantischen Weltekel raus und kultiviert ihn zärtlich. Atzgo musiziert unter Ausschluss der Öffentlichkeit und ist dennoch niemandem gram. Bitterkeit ist ihm angeboren. Es ist ihm egal, dass andere, jüngere und feschere Musiker als er die Titelseiten der Musikmagazine zieren. Alles was er will, nein muss, ist Lieder schreiben. Musizieren mit dem Dreschflegel. Schließlich ist er das missverstandene burgenländische Industriellenkind. Dragowitz Plastik, Abkömmling einer großen Dynastie. Dragowitz liebt Gesten. Er inszeniert sein Leben als negativen Entwicklungsroman: abgebrochene Buchhändlerlehre, abgebrochenes Gymnasium, abgebrochene Studienberechtigungsprüfung. Danach sechs Jahre von der Freundin und ohne Versicherung gelebt. Immerhin der Versuch eines selbstbestimmten Lebens. Selbstverständlich hat ihn die Freundin für ein Genie gehalten. Atzgo leidet viel, an der Schlechtigkeit wie an der Gutheit der Menschen. An seinem Job. An seinem Zynismus. An der Dummheit seiner Trinkerkollegen. Nachdem er Jahre lang gekonnt Arbeit vermieden hat, hat er keine Rücklagen mehr. Er muss irgendetwas arbeiten. Sein Vater, der Plastikwarenhersteller, den er hasst, weil er genau so ist wie er selbst, ist noch nicht gestorben. Atzgo verharrt also im Vorerbenstadium.

Atzgo ist an der Bar vertieft in ein Gespräch mit Artdirector Demmer. Atzgo hält Demmer wie ich auch für ein bisschen blöde. Deshalb redet er mit ihm nur über Formel 1, das hat er mir verraten.

Atzgo monologisiert mehr als er mit Demmer spricht: »Senna war der größte Fahrer aller Zeiten, Gerhard Berger der schlechteste. Sebastian Vettel ist eine Witzfigur gegen Lewis Hamilton. Ich habe einen Song über Jochen Rindt geschrieben. Der geht so. Rindt. Riiiiiiiiiindt. Jochen Rindt. Bruuuumm.«

Während die beiden langweilige Anekdoten über im Kreis fahrende Autos austauschen, grüble ich. Ich mache meine Arbeit zu lange. Kommt da noch jemals was Neues, oder kann ich geistig frühvergreisen und resignieren? Wird die Arbeit auf ewig langweilig und vorhersehbar bleiben? Warum hat das mit der letzten Freundin wieder nicht geklappt? War es klug, mit ihr nicht zusammenzuziehen, obwohl sie Türsteherin im angesagtesten Club Wiens – was sich auch wieder relativiert, da es in dieser Stadt keine angesagten Clubs gibt – war? Sie hat mir vorgeworfen, dass ich mich zu wenig um meine Karriere kümmere. Du bist ein ernsthafter und kluger Mann, Tito, hat sie immer gesagt. Aber du ziehst deine Langarmshirts und Turnschuhe und deine Jeans und deine Sakkos an. Dazu noch deine bescheuerten Baseballkappen. Du rennst herum wie ein ewiger Student. Wie soll dich die Politik und die Medienwelt ernst nehmen und du fett Kohle verdienen, wenn du im Hängerzwirn arbeitest? Und dann nennst du dich auch noch Tito anstatt Christoph. Christoph ist ein schöner Name. Du mit deinem Faible für linke Diktatoren. Das ist ein dummer Spitzname. Die Wahrheit mit meinem Zweitnamen ist trivialer und apolitisch. Meine kleine Schwester konnte Christoph nicht richtig aussprechen, lispelte immer Tito und seitdem nennen mich alle so. Gegen Ende unserer Beziehung verbot sie mir so-

gar das Tragen meiner Umhängetaschen und kaufte mir stattdessen eine schwarze Ledertasche.

War ich zu faul und nachlässig für meine aufstiegsorien-
tierte Großbürgerdame? Nein, das wird kein weinerlicher
Innerlichkeitsmonolog. Ich habe keine Männlichkeitskrise.
Männerkrisengelaber ist abstoßend. Ich wollte nie mit Jolanda zusammenziehen. Sie war eine geile, hübsche Frau, meine
Trophäenfrau. Mir war von Anfang an klar, dass diese Beziehung eine natürliche Halbwertszeit von zwei Jahren haben
wird. Jolanda ist materialistisch, wenn jemand mit mehr Ehrgeiz und Geld auftaucht, tauscht sie mich aus. So kam es auch.
Ein reicher Privatschulschnösel hat sie sich geschnappt. Bei so
was ist Jolanda konsequent. Sie hat selbst ihre Unschuld für
einen englischen Eliteschüler aufgehoben. Unter 20.000 Euro
Schulgeld pro Jahr macht sie ihre Beine nicht breit. Als ihr
der Geschäftsführer ihres Clubs 1.000 Euro für eine Nummer
anbot, war sie echt wütend. Wegen der lächerlich niedrigen
Summe. Dass wir nicht mehr zusammen sind, ist schade, aber
wurst. Schade, weil sie eine schöne Frau war. Wurst, weil sich
die Wochenenden mit ihrer Mutter, einer Pornoladenbesitze-
rin endlos zogen. Durch diese Pornosozialisation entwickelte
Jolanda eine seltsame Beziehung zu Sexualität. Mit acht spiel-
te sie mit Dildos und aufblasbaren Penissen. So etwas prägt.
Mühsam waren auch die Weihnachtsfeiern bei ihren großbür-
gerlichen Verwandten. Der Herr des Hauses, Hans Beber, war
Starchirurg und in seiner Freizeit völkischer Vordenker. Bei
den Abendessen musterte er mich verächtlich, weil ich eine
ungarische Promenadenmischung bin. Ich hegte stets den Ver-
dacht, er will meine Schädelform vermessen, um nachzuweisen, was für ein unwertes Leben ich bin. Seine Nichte Jolanda
hingegen war ein außergewöhnliches arisches Prachtexemp-

lar. Blond, blauäugig, Rundungen im Übermaß. Doch das mit meiner Ex ist vorbei. Sie lebt in Kalifornien und lässt sich ihren schön geformten Busen auf Segeljachten bräunen.

Ich bin grad gern allein. Außerdem brauche ich nicht viel fürs Glück. Ich will nicht in angesagte Clubs gehen, wo Werber, Szeneangehörige, Medienarbeiter und schöne Frauen hingehen. Das gibt mir nichts mehr. Am nächsten Tag bin ich nur fertig und liege apathisch und verkatert rum. Schon die Lektüre des Seitenblicke Magazins überfordert mich dann geistig. Ich will nur ein Feierabendbier trinken und mit den üblichen Thekensitzern belangloses Zeug reden.

Ich habe sogar schon einen Stammbarhocker. Auf einem der vier noch funktionstüchtigen Stühle steht mein Namensschild. Musti hat es dort befestigt. Ich habe den einzigen Hocker ohne Polsterbezug, nur reines Holz. Je härter der Hocker, desto bequemer wird das Sitzen mit Fortdauer des Abends. Ich will niemanden kennenlernen, das ist das Beste am Einhorn. Seit ich hier einkehre, habe ich noch nie eine Frau kennengelernt, mit der ich was haben möchte. Und Frauen sind praktisch überall außer im Einhorn zu finden. Selbst ich habe schon mit viel zu vielen Frauen geschlafen. Das lässt sich heutzutage nicht mehr leicht vermeiden. Die dritte Welle des Feminismus ist schuld. Jede Vorstadttante glaubt dem Lebensstil einer Hollywoodikone nacheifern zu müssen. Das Sexualleben westlicher Frauen widert mich an. Ich glaube diesen ganzen Kopulationsstatistiken sowieso nicht. Wenn sogar ich mit ungefähr 30 Frauen geschlafen habe, muss das weniger als der europäische Durchschnitt sein. Denn seltener als ich kann man nicht Frauen ansprechen. Obwohl ich vielleicht doch nicht durchschnittlich bin, denn der normale alleinstehende Erwachsene geht am Wochenende weg, um jemanden kennenzulernen. Ich hingegen bin und bleibe gerne allein. Wir sterben alleine, wir werden alleine geboren, die Konsumgesellschaft hat Männer und Frauen gleichermaßen verdorben. Meine Partnerinnen waren alle ehrgeizig und wollten viel erreichen. Sie hatten Träume und Ziele, sie waren Tänzerinnen, Architektinnen, Fotografinnen, Sozialarbeiterinnen, Grafikerinnen, Ärztinnen. Die ganze öde Palette an bürgerlichen Kreativberufen. Frauen leben gut mit der Lüge, dass man sich in Jobs selbst verwirklicht. Selbstverwirklichung ist das Ideal von Idioten. Männer wissen, dass Jobs nur da sind, um Miete und Rechnungen zu bezahlen. Wer sich von seiner Arbeit Sinnerfüllung erwartet, wird bitter enttäuscht. Meistens rinnen meine Beziehungen allmählich aus. Es gibt keinen großen Streit, man lebt sich auseinander. Man schläft nicht mehr jeden Tag miteinander und die Eigenheiten des Partners beginnen zu nerven. Und da heute niemand, egal ob Mann oder Frau, gewillt ist, sich auf die besonderen Charaktereigenschaften seines Gegenübers einzustellen, sich mit ihnen zu arrangieren und zu leben, trennt man sich und sucht einen neuen Partner. Das Konzept der seriellen Monogamie ist ein einziger Irrtum. Als ich 30 wurde, habe ich aufgehört, aktiv Freundinnen zu suchen.

In meine heute tendenziell leicht weinerliche, der eigenen Liebesvergangenheit verhaftete Gedankenwelt versunken, sitze ich an der Bar und bestelle mein zweites Bier. Ein Hirter, ein Bier, so wie ein Bier schmecken sollte. Nicht zu malzig und fein hopfig und herb im Antrunk. Ich mag noch nicht heimgehen. Ich kann noch gar nicht heimgehen, ich muss noch auf eine Geburtstagsparty. Auf die Party eines verheirateten Freundes, der nicht nur 32 wird, sondern der auch Bezirkspolitiker ist und zum ersten Mal Vater wird. Vater und Freund wäre ja super, aber Bezirkspolitiker verheißt nichts Gutes. Eine

Festlichkeit mit Lokalpolitikern, wenigstens echte Wiener und keine Binnenmigranten. Dafür garantiert sinnlose Gespräche über die Wiener Lokalpolitik. Gibt es was Öderes als Wiener Bezirkspolitik? In Wien ist die Verwaltung des Bestehenden das einzige politische Ziel. Die Binnenmigranten kommen mit dem Wunsch, in eine Metropole zu migrieren. Sie bleiben mit der bitteren Erkenntnis, dass Wien nur ein Dorf wie das ihre ist, aus dem sie geflüchtet sind, mit dem Unterschied, dass es hier wenigstens öffentliche Verkehrsmittel gibt. Gottlob profitierte Wien unendlich vom EU-Beitritt. Wien blüht nicht aus eigenem Antrieb, die Stadt wurde nur durch eine günstige Wendung des Weltgeistes dynamischer und lebenswerter. Erst durch mehr Osteuropäer, mehr Asiaten, mehr Zuwanderer wird es in Wien langsam erträglich.

Die Stadt wird lebenswerter, nicht wegen, sondern trotz der Wiener Politik, und über etwas Inexistentes wie die Wiener Politik muss ich heute noch quatschen. Ich muss zu einer Bezirksratsparty, ich habe es Bezirksrat Toni versprochen. Ich bin gestraft, ich bin verflucht, ich würde lieber sitzen bleiben, noch zwei Biere trinken und dann heimgehen und schlafen und morgen Zeitung lesen, Fußball schauen und eine Runde laufen. Eben all das tun, was der erwerbstätige Lohnarbeiter am Wochenende macht, um sich zu entspannen und am Montag wieder einigermaßen hergestellt für die Arbeitswelt zu sein. Das Wochenende hilft den Menschen, den Stumpfsinn zu vergessen. Die österreichische Innenpolitik ist am Ende.

Während ich wortkarg an der Bar sitze und mir überlege, ob ich die Party nicht doch lieber spritzen sollte unter Aufwendung einer fadenscheinigen und wenig glaubwürdigen Ausrede, schnappt sich Atzgo seinen Barhocker und setzt sich neben mich. Das macht er öfter, nur in letzter Zeit war er ein bisschen aggressiv. Er hat mich angestänkert, kleine Spitzen ausgeteilt, aber mir ist das egal. Erstens nehme ich ihn nicht ernst und zweitens leidet der auch an seinem Tagesjob. Da muss man manchmal seinen Frust an den Mitmenschen auslassen, ist sicher nichts Persönliches. Meistens steigert sich Atzgo in irgendeine Nebensächlichkeit rein, manchmal ist er gönnerhaft, manchmal jovial, manchmal einfach nur neugierig, manchmal euphorisch.

Heute strahlt er mich richtiggehend an: »Tito, du bist der einzige nur Halbverblödete in diesem Scheißladen. Das Einhorn ist verwunschen. Es wird auch dich verfluchen. Das meine ich als Kompliment. Schau dich um, die Leute hier sind alle lahm und fertig in der Birne. Du hast was drauf, mit dir kann man fein reden, du bist gebildet, du bist traurig, du bist lustig. Ich hab in diesem Loch jahrelang als Kellner gearbeitet, du bist nicht so kaputt im Herzen wie die Anderen. Du bist früher nie ins Einhorn gekommen, obwohl wir uns seit Ewigkeiten kennen. Du verplemperst nur deine Zeit und wirst wie diese Deppen verkümmern. Ich glaube dir vieles, nur nehme ich dir nicht ab, dass du nicht zynisch bist. Du willst mir einreden, du bist affirmativ, doch du bist weder romantisch noch naiv.«

Natürlich sagt er so was nur, wenn er was getrunken hat, ich kann ihm seine Spötteleien nicht verübeln. Ich mag ihn. Den begnadetsten lebenden Popmusiker ohne Plattenvertrag, den Noch-nicht-Erben der Plastikdynastie. Der hochtalentierte, sensible Industriellenspross. Der digitale André Heller. Der deshalb sein Leben als Telefonboy bestreitet und dabei langjährigen und restlos verkalkten Abonnenten einer großen österreichischen Zeitung einredet, nicht ihr Abo zu kündigen, weil diese kürzlich in dieser Zeitung gelesen haben, dass es anlässlich der neuen Aboaktion für Neuabonnenten das formschöne Kaffeeservice zu gewinnen gibt und sie als Altabonnenten ebenfalls dieses wertvolle Präsent besitzen möchten. Es ist ein Witz, so der Tenor der Altabonnenten, dass nur Neukunden, nicht aber Stammkunden Abogeschenke bekommen, schließlich sind sie seit 20 Jahren treue Leser dieser österreichischen Traditionszeitung. Mit Abonnenten jeden Tag acht Stunden solche Dialoge zu führen, wenn man in seiner Freizeit der größte lebende Popstar Österreichs ist, verkraftet Atzgo nur schwer. Er hat also ein Recht, sich zu besaufen und sich mit kleinen Gemeinheiten von dem Unbill des Arbeitsalltags abzulenken. Triebabfuhr durch Sticheleien funktioniert prima.

Atzgos Ansatz ist radikal unösterreichisch. Stur wie ein beratungsresistenter Politiker veröffentlicht er alle zwei Jahre ein Album, verteilt dieses gratis an seine Kollegen und verschenkt die Musik im Internet, da er weiß, dass die Rezeption seines Werkes während seiner Lebenszeit nicht mehr stattfinden wird. Er kuratiert schon seine Nachlassverwaltung, er orchestriert seine Karriere für die Zeit nach seinem Tod. Atzgo denkt in Gesamtwerken. Er ist überzeugt, dass seine Musik erst entdeckt werden wird.

Atzgo schleimt mich an, keine Ahnung, warum Atzgo so betont freundlich zu mir ist. Beim letzten Gespräch meinte er, wir gehen nicht aus, sondern wir treffen einander nur zufällig. Dann reden wir halt, weil wir einander nicht anschweigen können. Er hat mich eine halbe Stunde genervt und absurdes Zeug behauptet. Ich kenne etwa die erste Platte der Band Black Flag nicht. Natürlich sagt mir dieser Bandname nichts, was interessieren mich die Archive der Popkultur. Also versuche ich einen Themenwechsel. In Bars ist jedes Thema besser als Popmusik. Selbst die Bundesländerflüchtlinge haben alle gut sortierte Plattensammlungen. Niemand ist mehr peinlich und verteidigt offensiv seinen schlechten Geschmack. Sollte es noch jemanden geben, der ernsthaft Spaßmetal wie Rammstein hört, verschweigt er das. Dabei könnte speziell dieser fiktive, geschmacksfreie Konsument für sich schon wieder beanspruchen, antizyklisch vorne zu sein.

»Atzgo, lass mal das Musikgerede, ich weiß, du sammelst alles noch auf CDs und alles, was gut ist, du besitzt eben ein Sammlerherz. Über Musik reden ist langweilig.«

Er rutscht nervös auf seinem Hocker herum und fährt sich durch seine Haare. Er kann nicht still sitzen und zerlegt einen Bierdeckel.

Er seufzt: »Okay, meinetwegen. Warum gehst du überhaupt in dieses beschissene Lokal? Das Einhorn ist ein verwunschener Ort. Fällt dir nicht auf, dass hier nur gescheiterte Existenzen herumhängen? Ich hab in dieser Bude sechs sinnlose Jahre lang gearbeitet, das Einhorn ist die Endstation für Leute, die sich nichts mehr erwarten. Du bist nicht fertig mit deinem Leben. Was treibt dich hierher?«

»Also Einhorn als Lokalname finde ich schon mal nicht schlecht. Das Tier gilt als Symbol für das Gute, also kann das Einhorn kein verwunschener Ort sein. Ich glaube an Einhörner. Weißt du nicht, dass die Tränen des Einhorns die Versteinerung eines Herzens lösen können. Das wäre doch was, wenn sich die Versteinerung meines Herzens lösen würde.«

»Tito, ich merke es durchaus, wenn du mich verarschst. Versteinerung des Herzens, was ist denn das für ein Blödsinn. Glaube mir, verlasse diesen Ort, bevor es zu spät ist, sonst wirst auch du verflucht.«

»Mensch, bist du heute pessimistisch. Kommst du gerade von deiner Psychotherapeutin? Letztens wolltest du mir einreden, dass das menschliche Leben schon die eigentliche Hölle ist und der Tod die eigentliche Geburt. Was soll dieser Esoterikkram? Ich gehe einfach nur auf ein Bier nach der Arbeit hierher, weil mich die Leute in Ruhe lassen. Mich hat hier nie jemand schief angelabert. Das ist schon mal was. Ich erwarte mir nichts mehr vom Ausgehen, dafür sind wir zu alt, Atzgo.«

Was soll dieser schwermütige Quatsch? Ich hab weder Lust, über Musik zu sprechen noch über verwunschene Orte nachzudenken. Hätte ich Atzgo nicht zugetraut, dass er so spirituell angehaucht ist. So leicht kann er mich nicht ärgern.

»Verrate mir lieber was anderes, du bist belesen. Was ist überhaupt der Unterschied zwischen den Begriffen Kanon, Tradition, konservativ und reaktionär? Was findest du das beste Wort?«

Atzgos Augen lachen hocherfreut. Sinnlose Themen diskutiert er bevorzugt. Er verwendet gerne Wörter, deren Klang er mag. Er sagt Sachen, weil sie gut klingen, nicht weil er sie ernst nimmt. Seinem Mundwinkel nach zu schließen habe ich sein Interesse geweckt.

»Als ehemals stigmatisierter, im Feuilleton gerade schwer angesagter Begriff ist konservativ schon wieder durch, mit reaktionär kannst du besser anecken, du willst doch nicht bei Cioran und den anderen Rumänen abkupfern. Traditionalismus finde ich schärfer als Begriff, weniger bemüht, du bewegst dich einfach innerhalb der Tradition eines Kanons, in der du dich heimisch fühlst. Tradition ist das, was die Leute verstehen, die nicht abgestumpft sind und eben zwischen den Zeilen lesen können. Schau dich um. Alle sind gut und korrekt angezogen, alle kennen die Quellen, und doch passt nichts zusammen, und sie verstehen nicht, warum etwas gut und wichtig ist. Auch wenn die Archive offen sind, Wissen entsteht erst in der gekonnten Kontextualisierung. Aktive Aneignung ist heute das Schwierigste überhaupt. Die Auskenner erkennst du nicht mehr an der gleichen Garderobe. Aber du und ich wissen dennoch sofort, wer was taugt und wer nicht. Lass uns Traditionskompanien bilden. Traditionalismus ist ein sperriges Wort, warum fragst du überhaupt so einen Quatsch?« Atzgo dreht sich und ordert Nachschub: »Dickes M, mach mir noch ein Seiterl.«

»Nicht schlecht, Atzgo«, grinst Musti anerkennend, »das ist schon dein Neuntes – und dazu noch vier Klare. Es ist erst kurz vor acht, Atzgo. Respekt.«

Komisch, meine über 30-jährigen Mitbürger trinken alle lieber kleine Biere und verweigern die Halbliterklasse, die sich Teenies reinwuchten. Im Alter trinken die Leute gemächlicher.

Atzgo nimmt einen Schluck von seinem frisch gezapften Bier, stellt es ab, schweigt kurz, denkt nach und fährt mit seinem Redeschwall fort: »Traditionalismus beginnt streng genommen erst mit der Moderne, mit der Aufklärung, da bin ich mir sicher, in mündlichen Kulturen wäre es arg lächerlich…«

Sein Blick schweift ab, er stockt im Redefluss und schaut zum Eingang. Da schwirrt zielstrebig eine kleine, eine sehr kleine Frau rein. Die kenne ich vom Sehen. Die ist manchmal hier und schaut mich böse an oder schnauzt etwas Unfreundliches her zu meinem Barhocker. Sie heißt, zumindest glaube ich das, Ulrike, ist höchstens 1,50 Meter groß und hat ein hübsches Gesicht. Ich kenne sie nicht gut, immer wenn ich mit ihr gesprochen habe, hat sie mich angepöbelt oder macht einen auf zornige junge Frau. Warum schaut die der Atzgo so seltsam an? Waren die etwa zusammen, was haben die für eine Geschichte? Kann ich mir nicht vorstellen, dass die ein Paar waren, die ist außerhalb seiner Reichweite.

Atzgo starrt Ulrike noch immer an, während er mir weiter

von Traditionen und Stil erzählt. Recht hat er, er muss Prioritäten setzen. Ich sehe auch lieber Ulrike an als ihn. Er labert weiter, aber sie kommt zu uns her, seltsamerweise direkt zu mir. Sie ist gut gelaunt, sie sagt nichts Unfreundliches, sondern lächelt mich an, küsst mich sanft, ja, das muss man sanft nennen, auf die Wange und fragt mich, wie es mir geht. Sie hat mich noch nie zur Begrüßung geküsst, aber Begrüßungsküsse sind in Wien nichts Außergewöhnliches, nur Teil der Ausgehkultur. Nichts, worüber ich mir große Gedanken machen muss.

Atzgo reflektiert plötzlich nicht mehr die Begriffsgeschichte kulturhistorischer Konzepte, er fixiert Ulrike und bellt sie an: »Warum grüßt du Tito? Den magst du doch überhaupt nicht, das sagst du jedem, egal ob er es hören will oder nicht, in diesem Dreckslokal, seit Jahren, dass du Tito hasst und für einen Vollpfosten hältst. Das hast du auch mir mehrmals gesagt, dass du ihn nicht magst. Außerdem hatten wir Sex vor zwei Wochen.«

»Nein, hatten wir nicht.«

Ulrike antwortet bestimmt. Ihre Stimme ist ruhig. Auch sonst wirkt sie nicht erregt ob dieses bizarren Satzes. Atzgo hingegen, mit seinem neunten Bier in Arbeit, überschlägt seine Stimme. Er ist laut und angetrunken, aber er lallt nicht, sein Verstand arbeitet scharf, er setzt seine Beleidigungen punktgenau.

»Doch, wir haben gevögelt vor zwei Wochen. Ganz bestimmt, du warst besoffen.«

Wieder antwortet Ulrike, sie wirkt nicht verärgert oder amüsiert, sondern wiederholt regungslos, fast ein wenig gelangweilt: »Nein, haben wir nicht, das bildest du dir definitiv ein.«

Ich bin unschlüssig, ob ich mich in diesen skurrilen Dialog

einmischen soll.

»Magst nicht lieber schlägern gehen mit mir, Atzgo, vors Lokal?«, frage ich.

So was vor mir zu besprechen ist doch letztklassig. Ich stehe vom Barhocker auf und gehe über die Treppe hinunter pinkeln. Die Treppe kommt mir wie eine Jakobsleiter vor und ich rede mir ein, mir dieses seltsame Gespräch von der Bar nur eingebildet zu haben. Wegen meiner Arbeit leide ich mittlerweile sicherlich an akuten Wahrnehmungsstörungen. Ich halluziniere, weil mein Alltag so traurig ist. Oder war das ein Wink des Schicksals, und Atzgo will mir etwas Bestimmtes sagen? Das Einhorn, die Unschuld, die Wahrheit, die Jakobsleiter, die Pforte der Wahrnehmung. Das alles klingt so mystisch und reichlich nach Vorsehung. Und viel zu konstruiert. Ich muss mich endlich zusammenreißen und mich nicht in fremde Angelegenheiten einmischen. Die beiden sollen sich das unter sich ausmachen. Mir egal, wer mit wem rumvögelt. Wenn ich nach dem Pinkeln wieder raufkomme, werden sich die beiden berühren und küssen. Diese seltsame Begegnung wird sich als mein einsamer Barhockertagtraum erweisen. Was ist denn mit den beiden los, waren die zusammen? Die Schöne aus der Provinz und der Bohème-Musiker, das Bundesländermädchen und der ungekrönte Pop-Prinz?

Ich bin spät dran und muss zur Bezirkspolitikerparty. Also sollte ich noch schnell ein Bier trinken und dann abdüsen. Wieder an der Bar, beflegeln einander die beiden noch immer innig. Ich habe mir die ganze unwürdige Szene also nicht eingebildet. Ist dennoch nicht mein Problem. Ich höre aus den Wortfetzen heraus, dass die beiden vor langer Zeit ein Paar waren. Scheinbar blieben da einige Probleme unaufgearbeitet. Passiert öfters, dass sich Ex-Paare nicht mehr riechen können.

Komisch nur, dass Atzgo sich dermaßen aufregt und echauffiert. Sonst ist er zwar manisch, aber immer kühl. Ich kenne keine Gefühlsregungen bei ihm. Ich kenne ihn, seit er Pop-Prinz mit Aussicht auf eine große Karriere war. Schon damals war er kein Frauenschwarm. Ich habe ihn nie mit fitten Frauen gesehen, auch damals nicht, als er seinen Weltruhm in Wien genoss. Für die Frauen war er zu doppelbödig und zu böse. Und der hatte was mit der winzigen, hübschen, frechen Provinzfrau? Die ist süß, sie lacht unverschämt und ist auch sonst appetitlich anzuschauen. Appetitlich, das ist das richtige Wort.

Es wäre wesentlich spannender, an der Bar den beiden Streithähnen zuzuhören, aber ich muss dringend weg. Ich muss zur Bezirkspolitikerparty. Ich verabschiede mich von den Streithähnen, gehe vors Einhorn und warte auf der Linken Wienzeile auf ein Taxi. Ich fahre mit dem Taxi hin, ich bin viel zu spät, aber ohne drei Bier im Magen halte ich die kommende Party nicht durch. Um zur Abwechslung etwas Gutes über Wien zu sagen: egal wann und wo du stehst, du bekommst garantiert immer und überall ein Taxi. Einfach an den Straßenrand stellen und winken, wenn ein Taxi vorbeifährt und das gelbe Schild leuchtet. Dauert nie länger als eineinhalb Minuten. Schwieriger bis unmöglich ist es hingegen, einen Fahrer zu finden, der ortskundig ist, aber ich bin ein freundlicher Mensch und erkläre ihm bei Bedarf gerne die Strecke, bitte rauf zum Gürtel, in den 16. Bezirk auf der Höhe der Alser Straße. Nein, ich kenne das Lokal nicht, irgend so ein Möchtegernschuppen, aber ich habe die Adresse. Als ich die Lokalität betrete, deren Namen ich schon während des Betretens wieder vergesse, begrüßt mich der Herr Bezirksrat am Eingang persönlich.

Das Lokal ist schlimmer als befürchtet. Pseudomodern mit viel Glas, dieses Lichtdurchflutet-Unbestimmte, und es gibt

Ottakringer-Bier. Jeder Bierliebhaber hasst Wien wegen Ottakringer. Dieses Wiener Lager ist eine Plage. Meine letzte Rettung ist, nach einem Pils zu fragen. Gerne auch aus der Flasche. Ich trinke nie Bier aus der Flasche, da bin ich Purist, aber wenn es nur Ottakringer vom Fass gibt, bleibt mir keine Alternative. Bier muss schlank und hopfig sein, dieses malzige Ottakringer, dieses Wiener Lager, ist zum Kotzen. Außerdem wird es jährlich noch schlechter, der Braumeister hat seinen Beruf verfehlt. Ottakringer verkörpert idealtypisch den Charakter Wiens. Leicht süßlich, abgestanden und viel zu vollmundig. Ein nicht eingehaltenes Versprechen, eine echte Enttäuschung. Für Bierliebhaber untrinkbar. Nicht, dass Ottakringer das Asozialenbier schlechthin wäre, nein, die Brauerei produziert sogar eine noch billigere und schlechter schmeckende Discountmarke namens Gambrinus; selbst das angebliche Premiumprodukt trinkt niemand, der Bier mag, freiwillig. Und dann fährt Ottakringer auch noch diese aufgesetzt junge Werbelinie. Über Bier nachdenken ist reine Ablenkungsstrategie. Wie überlebe ich den Abend inmitten der karrieregeilen Jungpolitiker?

Bevor ich mir diese entscheidende Frage stelle und mit dem Pils in der Hand schaue, wer von der Nachwuchspolitikerriege anwesend ist, trippelt die 90-Kilo-Mutter des Geburtstagskindes gezielt auf mich zu. Wir haben drei Jahre zusammengearbeitet, sie in der Verwaltung, ich in der wissenschaftlichen Abteilung. Sie will ganz genau wissen, was seit ihrem Abgang geschah. Was die werte Ex-Kollegenschaft treibt? Ob ich wisse, dass sie gemobbt wurde? Dass sie deswegen in Behandlung und vor das Arbeitsgericht ging. Dass sie Medikamente isst, um nicht durchzudrehen. Dass sie von der Betriebsrätin verraten wurde. Diese Verräterin habe beim Arbeitsgericht unter

Eid ausgesagt, dass sie nichts gearbeitet habe. Dabei sei die Betriebsrätin selber das faulste Wesen auf Erden. Nur ihr Sohn, der brave Bezirksrat, steht ihr bei. Sie war zwei Jahre arbeitslos, dazu verstarb der Mann an Lungenkrebs, sie absolvierte eine kostspielige und nervenaufreibende Therapie wegen ihrer durch den Arbeitsplatzverlust ausgelösten Depression. Vor zwei Monaten hat sie spät genug wieder eine Anstellung gefunden und bald wird sie Oma. Im Vergleich zu ihren letzten drei Lebensjahren müsste die Party für mich locker zu schupfen sein.

Irgendwie mag ich Erna, sie hat mich zwar immer in der Firma niedergetextet, so wie jetzt gerade, aber sie hatte eine Scheißzeit, da darf sie sich ruhig ein wenig beschweren. In Wien wird niemand wegen Minderleistung entlassen, die waren wirklich fies zu ihr in der Firma. Sie haben Erna nie zu Umtrünken und sonstigen Gruppenaktivitäten mitgenommen, wo dir alle freundlich ins Gesicht schauen, hintenrum aber jeder über denjenigen abfällig spricht, der nicht dabei ist, und Erna war nie dabei. Ich höre ihr geduldig eine halbe Stunde zu. Frauentechnisch ist nicht viel los. Die Mädchen von der Bezirksjugendgruppe sind schon heiß, nur leider zwischen 18 und 23. Elegant von Erna losgeeist gehe ich zu einer jüngeren Dame rüber, die ich vom Sehen kenne, ich glaube, sie heißt Juliane, und quatsche ein bisschen mit ihr. Wie es denn in der Bezirksgruppe läuft? Warum man denn mit 20 freiwillig zu einer politischen Nachwuchsorganisation geht anstatt wie der Rest ihrer Alterskohorte sich die Zeit mit Komasaufen zu vertreiben? Ob sie in die Erwachsenenpolitik wechseln möchte? Ob sie die Gesellschaft verändern will? Sie will in die große Politik, politisiert hat sie ihr Vater, er hat sie erst spät, mit 50, bekommen. Sie findet es gut, sich zu engagieren, außerdem ist das Freizeitangebot bei der Partei gut, die Leute dort sind auch ihre Freunde. Sie sind so was wie eine Gang, eine Clique, ein Freundeskreis. Die Jugendgruppe unternimmt viel gemeinsam, und außerdem muss doch jemand aktiv gegen die politischen Missstände in Wien ankämpfen.

Meine Rede, absolute Mehrheiten sind schlecht und Wien wird viel zu lange absolutistisch regiert. Ich bin schon wieder unkonzentriert, mag nicht mit dem halben Kind über Politik reden. Süß ist sie, sogar scharf, sie wirkt älter und reifer, aber das ist meistens so, wenn Mädels alte Knacker als Väter haben, die plötzlich mit 50 beschließen, doch noch ihre Gene weitervererben zu wollen in einem Anfall von Sentimentalität. Die Erzeugnisse dieser späten Väter wirken und sind meistens etwas altklug. Wenn ich noch zwei Biere trinke, blamiere ich mich, dann starre ich ihr in den Ausschnitt oder auf ihren Hintern, sie ist mehr der kurvige Typ, also beschließe ich heimzufahren. Schließlich habe ich mich breitschlagen lassen, für eine Aktionsplattform der Jungpolitiker morgen ein Grundsatzreferat zu halten. Wiener Stadtpolitik im Jahr 2030. Ziele, Wege, Visionen.

2

Sofa Surfer

Der Vortrag läuft zufriedenstellend, Stadtpolitik am Scheide-
weg, Wien als unfreiwillige Metropole durch die Ostöffnung,
die Gefahr des Strukturwandels ehemaliger Arbeiterviertel,
der grassierende Wahn von Balkonanbauten, neue Möglichkeiten durch Kreativindustrien, ich lasse keinen Gemeinplatz
der Soziologie aus. Die Jungpolitiker nicken zufrieden, das
Wochenende kann beginnen.

Wieder zu Hause, hole ich mir beim Karmelitermarkt ein
Hähnchen vom Grill und einen Kartoffelsalat. Der Karmelitermarkt ist die Bestätigung meines Vortrags. Ex-Grünpoli-
tikerinnen übernehmen die Stände, treiben die Preise künstlich hoch und verkaufen die Plätze dann um das Dreifache.
Angewandter grüner Kapitalismus. Man bekommt nur mehr
naturtrüben Bioapfelsaft zu trinken.

Ich gehe lieber zu den wenigen verbliebenen maroden Stän-
den wie der weißrussischen Hühnerfrau. Dort hole ich mir
samstags gerne eine Ente oder ein Backhendl. Früher habe
ich selber gekocht; inzwischen gehe ich nur mehr essen oder
hole mir was von einem Mitnehmladen, alleine essen finde ich
asozial. Beim alleine Kochen bleiben mir zu viele Zutaten übrig. Das ist Verschwendung. Und mir ist dieser grassierende
Wir-kochen-alle-zu-Hause-Trend suspekt. Essen ist das neue
Clubben, und ich bin zu alt, um jeden Quatsch mitzumachen.
Überhaupt verderben mir zu viele Lebensmittel, da ist es effizienter, einfach regelmäßig auswärts essen zu gehen.

Was bringt uns das Wochenende als nächstes? Clubben gehe

ich nicht mehr, ins Stammlokal, das nicht mein Stammlokal ist, weil ich kein Stammlokal habe, mag ich auch nicht, da war ich gestern und zwei Tage hintereinander weggehen packe ich körperlich nicht mehr, das Erwerbsleben schlaucht. Alle möglichen Abenteuer des Nachtlebens habe ich aktiv miterlebt, von Revivals halte ich nichts, also bleibe ich zu Hause. Einfach nur rumhängen und nichts tun fällt mir schwer. Schrottige Tageszeitungen mag ich nicht lesen, der Innenpolitikteil ist sowieso Realsatire und nicht ernst zu nehmen. Hatten wir in Österreich nicht mal Tageszeitungen mit Anspruch?

Warum verabrede ich mich nicht mehr mit Frauen? Wie lange ist meine letzte Beziehung her? Ich bin gegen eine Green Card und für einen White Anglo-Saxon Protestant ausgetauscht worden, das muss man ganz unsentimental und nüchtern feststellen. Meine Ex wollte unbedingt unser Kind abtreiben, weil zuerst die Karriere kommt. Daher haben Kinder in ihrem Leben keinen Platz, weil sie in der Verlagsbranche Karriere machen will. Für so was habe ich als moderner Mann Verständnis aufzubringen. Die Abtreibung selbst war für Jolanda keine große Sache, in ihrer Familie gehört das zur Familienchronik, Mutter, Cousine, alle hatten mehrere Abtreibungen. Das war ein beliebtes Thema für den ersten Gang bei den gemeinsamen Essen beim Nobelkroaten. Wir haben die Kosten der Abtreibung geteilt, ich habe sie zur Klinik begleitet, am Abend wollte sie italienisch essen gehen und mir anschließend einen blasen. Gerade dieses Kalte, Unverbindliche mochte ich an Jolanda. Ich wusste genau, ich kann mich im Notfall nicht auf sie verlassen. Deshalb fühlte ich mich in dieser Beziehung von Anfang an sicher. Als ich sie kennenlernte, meinte Jolanda, sie wollte immer schon mal mit einem Politikberater ins Bett steigen. Ich hielt das für einen glamourösen Scherz, aber sie meinte das ernst. Damit ist alles über ihren Charakter gesagt. Jolanda war scharf und witzig, sonst dauert keine Beziehung zwei Jahre. Wenn sie für mich kochte, aß sie nie mit, weil sie, obwohl sie diese typische Playboyhäschenfigur und einen form-vollendeten Spindkastenmädchenkörperbau hatte, richtig mit göttlichen Kurven, Idealglocken und einem megadrallen Hin-tern, ständig abnehmen wollte. Sie hungerte und wollte dünner werden, obwohl jedes ihrer Kilos richtig angeordnet war. In ihrem Kühlschrank lagen neben Appetitzüglern nur eine ein-same Tomate und ein verwaistes Stück Käse. Brot verweigerte sie überhaupt. Diese schleichende Ausdünnung des weiblichen Körpers werde ich nie verstehen, ob sie jetzt 49 oder 52 Kilo wiegt, ist für mich dasselbe. Ist lieb von ihr, dass sie für mich kocht, aber dass sie dann nur daneben sitzt und nicht mitisst, verdirbt mir den Appetit. Wettkampf. Abnehmen, Karriere, selbst Sex betrachtete sie als Leistungssport. Vor jedem Bei-schlaf musste sie mir einen blasen, das war richtig zwanghaft. Wenn sie spitz war und ich zu ihr fuhr, hat sie mich schon am Eingang abgefangen. Kurz die Tür zu, dann kniete sie nie-der und hat mir die Hosen geöffnet. Mit dieser zwanghaften Blaserei arrangierte ich mich gut. Diese Beziehung ist lang vorbei. Seitdem ist frauenmäßig nicht viel weitergegangen, wie auch? Ich gehe nie weg, außer ins Einhorn, und dieses Lokal besuche ich extra, um keine neuen Menschen kennenzulernen. Im Unternehmen, wo ich arbeite, arbeiten keine Frauen, die freundinnentauglich sind. Kundenkontakt habe ich im Tages-geschäft wenig. Die bittere, daraus leicht ableitbare Wahrheit ist, ab 35 wird es schwieriger, neue Frauen kennenzulernen.

Dennoch habe ich eine kleine Liebelei mit einer Innsbru-cker Bürgerstochter. Das hat ganz unspektakulär begonnen. Ihre dunklen, gelockten Haare haben mich angezogen. Alex heißt sie und studiert im zweiten Bildungsweg Kultur- und Sozialanthropologie. Um ihre Rechnungen zu zahlen, arbeitet sie in einem Markt- und Meinungsforschungsunternehmen als Telefonistin. Kennengelernt habe ich Alex auf einer Wohnungsparty, bei solchen lernt man zwangsläufig wen kennen, aber ab 30 schmeißt praktisch keiner mehr Hauspartys. Ganz anders sind da die fröhlichen deutschen Zuwanderer. Sie haben Serben und Türken als größte Einwanderergruppe abgelöst. Eine deutsche Bekannte, in Wien lernt man praktisch nur noch Deutsche kennen, veranstaltet also eine Party ohne Grund. Sie will feiern. Die deutschstämmigen Wiener sind freundlich, nett und neugierig, und mit der Jules kann man erstklassig über Hip-Hop sprechen. Jules schmeißt eine Party, wie sie das nennt, und hat mich eingeladen, weil wir Hip-Hop-Freunde sind. Als ich hinkomme, empfängt mich Busta Rhymes, und ich hole ich mir ein Bier aus dem Kühlschrank. When I step up in the place, I step correct.

Alex ist mir gleich aufgefallen. Eine Frau mit langen pechschwarzen Haaren, die von zwei Männern abwechselnd angebraten und unterhalten wird. Eine logische Wahl, wenn ich mit einer Frau auf dieser Party schlafen möchte, dann ebenfalls mit dieser. Sie hat üppige Haare, ganz lang bis zu ihrem Busen und naturgewellt und dazu Riesenschlauchbootlippen und auch alles andere ist groß an ihr und wirkt präsent. Ein paar Sommersprossen lachen von ihrer Nase. Schwarze Haare in Kombination mit blauen Augen und hellem Teint und ich werde schwach. Leider wird sie belagert. Ich kann nicht auch noch dazustoßen. Sie lacht über die matten Scherze der beiden Männer und scheint nett und nicht arrogant zu sein. Ich suche ihren Blick, sie hat das schon bemerkt, aber wie soll ich mit ihr ins Gespräch kommen? Während ich grüble, öffnet sich ein

Zeitfenster.

Einer ihrer Verehrer reißt einen Bundesländerwitz und da platze ich einfach heraus: »Bundesländerwitzeerzähler sind bescheuert, Wien ist auch nur ein Dorf. Aus welchem Dreckskaff bist du denn?«

Alex imponiert das Forsche und Freche, sie grinst, ich ignoriere die Antwort von dem Typ, stelle mich vor und frage, ob sie was trinken möchte. Sie will einen Gin Tonic, also mixe ich ihr einen. Die beiden Typen hassen mich, wissen aber, dass sie aus dem Spiel sind. Wir setzen uns von den beiden Pfeifen weg auf ein Sofa in einem anderen Zimmer. Früher hätte ich gleich angefangen zu knutschen, aber ich will ein bisschen was von ihrem Leben wissen. Außerdem möchte ich nicht zu notständig wirken. Um drei sind wir müde, und ich bringe sie nach Hause vor ihre Haustüre. Wie zuvorkommend. Ich gebe ihr einen Gutenachtkuss auf die Wange und wir machen uns was aus für nächste Woche.

Das könnte was werden mit uns. Als Kulturanthropologin mag sie Bollywood und natürlich wisse sie, dass Männer das kitschig finden, aber ob ich denn nicht mit ihr zu einem Bollywood-Film anlässlich der Indien-Woche mitgehen möchte? Mag ich. Warum so defensiv, was spricht gegen Bollywood? Bollywood-Filme taugen wie Musicals nicht zum Feindbild. Leute die über Musicals lästern, glauben auch, es sei originell, sich über DJ Ötzi zu erheben. Dabei erreicht der Mann seine Zielgruppe. Wir schauen uns im De France den Film »Paheli« an. Dort verliebt sich eine Schöne in einen Geist, der den gleichen Körper wie ihr liebloser Gatte hat. Aus der lieblosen Ehe wird so eine feurige Liebschaft. Als der echte Gatte nach fünf Jahren wieder auftaucht, fliegt der Schwindel auf. Aber der Geist ist schlau und schlüpft einfach in den Körper ihres lieblosen Ehemannes, diesmal nicht als Doppelgänger, sondern in ihn selbst. Mit dieser Finte können die beiden weiterhin glücklich zusammenleben. Der Film hat uns inspiriert und wir haben seitdem eine Affäre; Alex beginnt sich ein bisschen in mich zu verlieben. Sie ruft öfters an und sagt, ich könne bei ihr auch um drei Uhr in der Nacht anrufen. Sie ist eine Nette, sie hatte noch nie mit einem Mann Einmalsex, war verlobt und ist aufgeregt wegen einer nahenden Uniprüfung. Dafür ist sie nach Innsbruck gefahren, auf Lernklausur, um sich von ihrer Mama bekochen zu lassen und eine Woche durchgehend zu lernen.

Solche Gedanken beschäftigen mich, während ich das Hühnchen esse und am Sofa rumliegend meinen Vortrag über Wiener Stadtpolitik und ihre Potenziale Revue passieren lasse. Der Vortrag war nicht schlecht, ich habe ein paar abfällige Bemerkungen über die derzeitige Rathausmannschaft eingestreut und schon hatte ich die Nachwuchspolitiker auf meiner Seite. Und das, obwohl ich gestern bis drei auf der Party war und schwer verkatert bin. Überhaupt war der gestrige Abend seltsam, weniger die Party als Atzgos Auftritt im Einhorn. Zuerst kommt Atzgo aktiv auf mich zu, was er normalerweise nie macht, er ist einer, der will, dass man auf ihn zukommt, schließlich ist er Wiens größter unerkannter Künstler und der Rest der Welt und ich nur durchschnittliche Pfeifen. Dann schleimt er rum und lobt mich für meine Analysefähigkeit und verliert vollkommen die Beherrschung, als die kleine Ulrike auftaucht. Er liefert sich mit ihr ein unwürdiges Schreiduell über die völlig belanglose Frage, ob sie denn nun vor zwei Wochen Sex hatten oder nicht. So emotional aufgewühlt habe ich ihn noch nie erlebt und ich kenne ihn lange. Aber ich habe mir dieses Gespräch nur eingebildet. Oder etwa doch nicht?

Was verbindet die beiden? Was für eine Geschichte haben

die? Wenn ein Typ rumschreit und sich lächerlich macht, kann das nur heißen, dass er die Frau mochte und sie noch nicht überwunden hat. Vielleicht habe ich keine Wahrnehmungsstörung, sondern das war ein Weckruf für mich. Endlich kommt Bewegung in mein nutzloses Leben. Wie lang mag ihre Beziehung oder Affäre oder was das sonst war, wohl her sein? Was hat sich Ulrike dabei gedacht, als er sie neben mir anschrie. Ich bin blöd rumgesessen und habe peinlich berührt weggeschaut, quasi so getan, als ob ich das alles nicht höre. Aber das war schlicht nicht zu überhören. In Ex-Pärchenstreitereien mische ich mich nie ein. Einfach ruhig bleiben und leicht blasiert wegschauen. Lustig fand ich den Streit, aber besser wäre gewesen, ein paar Pluspunkte bei Ulrike zu sammeln. Mir ist nichts Originelles eingefallen. Warum will ich überhaupt Pluspunkte bei ihr sammeln? Warum mag die mich eigentlich nicht? Die paar Mal, die wir bisher miteinander gesprochen haben, hat sie mich runtergemacht. Angestänkert, was Gemeines gesagt, ein bisschen geflegelt. An ein paar Pöbeleien kann ich mich noch vage erinnern.

Ich lege gerade bei einer Party auf, als sie herkommt, spöttisch ihren Mund verzieht und sich vor mir mit den Händen in den Hüften aufbaut: »Kannst Du nicht was Erträgliches auflegen? Dieser Hip-Hop-Mist geht nicht.«

Ohne meine Antwort abzuwarten, trottete sie wieder weg. Seitdem kenne ich Ulrike. Das nächste Mal schleuderte sie mir entgegen, ich sei ein widerwärtiger Opportunist. Demmer erzählte ihr, wie ich meine Brötchen verdiene, und das konvenierte ihr nicht. Das nächste Mal raunzt sie mich an und fragt mich, warum ich mit ihr quatsche. Schließlich kennen wir uns nicht, und das ist ganz gut so.

Seit diesen Vorfällen grüßt sie mich leicht säuerlich. Wenn

wir zufällig gemeinsam an der Bar sitzen und die Runde über etwas spricht, vertritt sie konsequent die entgegengesetzte Meinung von mir. Ich finde das seltsam: ein Mensch, der mich nicht kennt, der sich aber zwanghaft, wenn ich mit ihm rede, bemüßigt fühlt, etwas Geringschätziges oder Abwertendes über mich zu sagen. Warum macht sie das? Sie hat mir zweifellos die Schneid abgekauft und mich eingeschüchtert. Gefallen hat sie mir, aber nach den Beschimpfungen hab ich mich gestern wieder nicht getraut, mit ihr belanglos zu schwatzen. Ich spreche sie nicht mehr an und halte Distanz. Diese Taktik funktioniert ausgezeichnet. Wir ignorieren einander so gut wie möglich. Etwas verwunderte mich am gestrigen Abend. Warum zuckte Atzgo aus? Weil sie mich gestern angelächelt, zur Begrüßung geküsst und mich bei der Verabschiedung sanft mit ihrer Hand am Hinterkopf berührt hat? Das hat sie noch nie gemacht und diese Berührung hat einen kurzen Wonneschauer bei mir ausgelöst. Ist Atzgo meinetwegen ausgezuckt? War er auf mich eifersüchtig? Ein abwegiger Gedanke, die mag mich nicht, das hat sie mir deutlich zu verstehen gegeben. Andererseits, blöd ist Atzgo nicht. Er hat ihr beim bizarren Streit auch die Frage an den Kopf geworfen, warum sie überhaupt mit mir redet, wo sie ihm doch mehrmals versichert hat, wie unsympathisch und blöde ich doch bin.

Grübeln über verpasste Chancen des Vorabends ist keine abendfüllende Tätigkeit. Alex lernt in Innsbruck, und ich habe nichts zu tun mit mir und meiner Freizeit. Soll ich mich wieder binden? Ich bin nicht auf der Suche nach einer Beziehung, das Alleinsein ist angenehm. Fußball schauen, lesen, spazieren, essen gehen, Aktien handeln, das klingt nicht spektakulär, ist es auch nicht, aber ich bin zufrieden damit. Ich wohne zehn Minuten zu Fuß vom Stephansplatz entfernt und kann überall, wo ich hinwill, hingehen. Ich verfüge über den Aktionsradius eines 85-jährigen Pensionisten. Meistens bin ich zu müde von meiner Arbeit, um am Wochenende übertriebenen Ehrgeiz in die Ausübung einer Freizeittätigkeit zu investieren. Ständig muss ich zu irgendwelchen Themen Dossiers erstellen, Flugabwehr, Wehrpflicht, Bildungsreform, Verwaltungsreform, Sicherung der Sozialsysteme, Wahlanalysen von Deutschland, die Zukunft der Volksparteien. Zu jedem noch so abstrusen Thema habe ich bereits Analysen verfasst. Also versuche ich an den Wochenenden diesen Stumpfsinn hinter mir zu lassen und widme mich möglichst geistfreien Tätigkeiten. Meine Sport- und Kämpferphase habe ich längst hinter mir. Boxen und Kung-Fu sind super zum Vergessen, aber um richtig gut zu werden, braucht man viel Zeit. Und viel Freizeit habe ich leider nicht. Tagträumen ist auch nicht schlecht. Soll ich mich ernsthaft mal wieder mit einer Frau verabreden? Nein, ich habe ja eine Affäre, Alex ist hübsch und nett, vielleicht wird das eine richtige Beziehung mit uns. Wenn wir uns beide anstrengen, verlieben wir uns. Aber was ist mit dieser Ulrike? Warum pöbelt mich die an? Warum lacht sie frech, wenn sie mir Unverschämtheiten ins Gesicht schleudert? Diese halbe Portion, dieser Giftzwerg, die ist nicht ernst zu nehmen. Warum habe ich sie nicht gefragt, ob sie mit mir mal weggeht? Ich könnte sie fragen, ob sie mit mir weggehen will, ein Dinner unter der Woche beim Inder wäre sicher recht unverfänglich. Leider habe ich keine Nummer von ihr, sie mag mich schließlich nicht. Mir fällt ein, es gibt Facebook, dort sind wir befreundet, aber wir haben einander nie aktiv was geschrieben. Ich könnte ihr gleich schreiben. Ich schalte den Rechner ein und schicke ihr eine Nachricht.

»Hi Ulrike, zugegeben, ein rasend eifersüchtiger und zudem

betrunkener Ex-Freund erschwert ein sinnvolles Gespräch. Zumal er noch eine halbe Stunde vor deiner Ankunft gönnerhaft meinte, ich sei der Einzige nur Halbdebile, weshalb er mit mir rede. Na ja, er ist immer gleichzeitig lustig und traurig, da kann ich nicht ernst bleiben. Sei's drum, auf jeden Fall hast du dich mal wieder selber übertroffen. Jetzt wirfst du mir auch noch Opportunismus vor, wenn schon, dann bitte bin ich meinungsfrei. Können wir das nicht nächsten Freitag bei einem Date ausdiskutieren, dann kannst du auch nicht mehr sagen, du kennst mich nicht, ich schlage indisch oder chinesisch vor. Bin gerne für bessere Vorschläge offen, nur im Einhorn hat das keinen Sinn, weil du ständig von Ex-Freunden oder wem auch immer belagert wirst.«

Dieses Mail ist mir nicht schlecht gelungen, vielleicht antwortet sie. Die Antwort kommt prompt und klingt wenig begeistert, eher ein bisschen angesäuert.

»So so, ein Date also. Nächstes Wochenende bin ich auf Skiurlaub, aber ich komme wieder, und dann könnten wir schon gern den einen Inder oder anderen Asiaten aufsuchen. P.S. Sturzbetrunkene, rasend eifersüchtige Ex-Freunde sollte man nicht ernst nehmen. Das mach ich auch nicht mehr.«

Da muss ich gleich noch eine Nachricht nachschieben, ich muss wissen, was das »so so« bedeutet.

»Hi, Ulrike! Klar, klar, nehme ich das nicht ernst, aber wenn sich der Affekt des Fremdschämens einstellt, ist das halt immer für alle entbehrlich. Außerdem kann ich mir vorstellen, dass es hart ist, wenn man von dir verlassen wird. Natürlich fände ich weggehen mit dir gut, ich schlage das indische Lokal NamNam vor.«

Meine Fresse, wie bin denn ich drauf? Ich kann mir vorstellen, wie hart es ist, von ihr verlassen zu werden? Geht es noch übertriebener? Damit komme ich nie durch. Auch egal, sie mag mich nicht, ich habe eine Affäre, die eine Beziehung werden könnte, auch wenn ich keine Beziehung haben möchte. Sie hat nicht nein gesagt. Was macht diese Ulrike beruflich? Ich weiß überhaupt nichts von ihr. Sie ist eine Tirolerin, die zum Studium nach Wien gezogen ist und dann wie so viele hängen geblieben ist. Wie originell. Kleinstadtsozialisierte Neowienerin, die ein bisschen auf alternativ macht und deshalb manchmal in windige Buden wie das Einhorn reinschaut. Weil sie auch ein bisschen verrucht sein will. Sie arbeitet irgendwo in einem unterbezahlten Teilzeitjob. Mehr weiß ich von ihr nicht. Wenn ich mit ihr sprach, hat sie was Blödes geantwortet, sie hat ein loses Mundwerk. Sie ist ein richtiger Frechdachs. Als Hip-Hop-Hörer schätze ich solche Großsprecherinnen, Frauen stänkern in der Regel nicht viel. Vielleicht wurde sie in ihrer Schulzeit gehänselt, weil sie so winzig ist und sie hat sich durch ihre Schlagfertigkeit im Laufe der Jahre einen Panzer zurechtgelegt. Pöbeleien als Kompensation für Kleinwüchsigkeit. Sie schaut dich unschuldig an, verzieht ihren Mund und schimpft dich ansatzlos Weichbirne. Dabei hab ich ihr nie was getan oder sie blöd angesprochen. Ich begegne meinen Mitmenschen ergebnisoffen, weder positiv noch negativ. Aber meistens bin ich freundlich. So viel negative Energie wie Ulrike könnte ich nie aufbringen. Warum ist die so feindselig?

3

Ein schöner Abend

Diese Ulrike muss eine vielbeschäftigte Person sein. Sie muss einen Freund haben, denn es ist unmöglich, sich mit ihr zu verabreden. Wir mailen seit drei Wochen hin und her und immer kommt was dazwischen. Die verarscht mich sicher und verspürt keine Lust, mit mir wegzugehen. Gestern schreibt sie, sie muss unsere geplante Verabredung absagen, weil sie mit einer Freundin abgestürzt ist, total verkatert ist und deswegen nicht mag. Außerdem ist eine Freitagsverabredung einfach schöner. Ach, echt? Normalerweise gehen Leute ausschließlich und nur unter der Woche weg, aber wenn sie will, gerne auch am Wochenende.

Im Laufe der Jahre haben sich meine Verabredungen verändert. Ich bin ein Beziehungsmensch. In den 20 Jahren meines Erwachsenenlebens hatte ich 14 Jahre eine feste Beziehung. Fünf Beziehungen waren richtig fest und dauerten zwischen zwei und drei Jahren. Der klassische Frauenheld war ich nie, aber wenn ich solo war ist nebenbei immer was gegangen. Wenn ich Beziehungen hatte, war ich treu. Ist statistisch betrachtet eher untypisch für einen Mann, ich mache das aus reinem Selbstschutz. Meine Freundinnen sahen deutlich besser aus als ich, behauptete zumindest mein schwuler Lieblingsonkel und der muss es wissen. Er hat mir immer Anziehtipps gegeben und Musikkassetten überspielt. Ich verehre meinen Onkel, weil er mich auf Gästelisten schrieb und mir Drinks spendierte, als ich mittelloser Student war. Als er beiläufig meinte, wo gabelst du dir deine heißen Frauen auf, du schaust nicht so besonders aus, war ich schon ein bisschen angefressen. Er hat da leider einen wichtigen Punkt angesprochen. Eben weil meine Freundinnen immer besser aussehen als ich, betrachte ich sie als Göttinnen, und wenn die mich bescheißen, ist es für mich sicher härter als umgekehrt. Also lasse ich die Finger von anderen heißen Frauen, auch wenn ich ständig und viel öfter angequatscht werde, wenn ich eine Freundin habe, als wenn ich solo bin. Verstörend am Beziehungsleben finde ich nur die Beziehungsenden. Ein Ablaufdatum hatte ich nie eingeplant. Es gibt nichts Peinlicheres als serielle Monogamie, und ich glaube auch bei jeder Freundin fest daran, das war es jetzt, wir bleiben zusammen, aber das hat nie funktioniert. Meine Freunde sind der Überzeugung, die Zeit der lebenslangen Bindungen ist vorbei, und das sei auch korrekt. Ich sehe das anders, ich finde die Idee, mit einem Partner zusammenzubleiben, verlockend. Rückblickend betrachtet waren alle meine Beziehungen toll, ich habe mit den Frauen einfach Glück. Meine Frauen waren schlagfertig, witzig und hübscher als ich, diese Kombination ist unwiderstehlich, nur leider schwer zu finden. Klassische Dates hatte ich vor meinem 30. Geburtstag nie, ich lernte die aufregenden Frauen ganz beiläufig kennen, in Clubs, in Bibliotheken, in Kneipen, bei Konzerten, in Uniseminaren und bei Wohnungsfeiern.

Ab 30 änderte sich dieses zwanglose Kennenlernen. Ich bin genervt von der Arbeit, nebenher saufen geht nicht mehr, beim Weggehen bin ich meistens der Älteste, und die Frauen, die ich treffe, haben entweder Kinder oder Lebensgeschichten. So lange wie bei Ulrike hat es noch nie gedauert mit einer Verabredung. Mittlerweile witzeln wir gelegentlich auf Facebook rum und wie es aussieht, schaffen wir es nach 30 Tagen tatsächlich uns im echten Leben wieder zu treffen. Ich war mir davor sicher, dass ihre Absage von wegen Saufen mit ihrer Freundin nur eine Ausrede war, eben weil sie mich für einen Vollidioten hält, aus Gründen, die ich nicht kenne.

Folgendes habe ich mir für Freitag überlegt. Zuerst zum Inder und nachher zur Release-Party des Lifestylemagazins »Fleisch«. Ich kenne viele Kollegen aus der Medienwelt, aber ich meide Branchentreffs. Nur zum »Fleisch«-Fest gehe ich gerne, weil ich den Herausgeber mag. Er ist so unösterreichisch, er entwirft ohne Geld und politische Verbindungen seit fünf Jahren seine kleine eigenständige Magazinwelt und so was unterstütze ich vorbehaltlos. Heute präsentiert er sein neues Magazin »Forst«. Ich mache mir nur Sorgen, ob Ulrike die Medienheinis zusagen und ob ihr die ganzen Szenemenschen nicht zu oberflächlich sind. Zuerst gehen wir essen, und wenn wir uns nichts zu sagen haben, wird sie früh heimgehen. Warum mache ich mir überhaupt Sorgen, ob sie die Party nach dem Essen gut finden wird? Ich betrete den ethnokitschfreien Inder. Natürlich ist Ulrike noch nicht da, ich bin immer pünktlich, und fitte Frauen sind immer unpünktlich. Das ist ein Naturgesetz. Ich schnappe mir vom Zeitschriftenstapel ein paar Magazine und überfliege die Neuigkeiten Wiens. Es gibt nichts Neues. Gebühren werden erhöht, nach der Gürtelmeile wird der Donaukanal revitalisiert und die Copa Cagrana rundum erneuert. Mit einer akademischen Viertelstunde Verspätung steht sie vor mir. Sie entschuldigt sie sich fürs Zu-spät-Kommen. Sie hat sich für die Verabredung schick gemacht. Sie trägt Ohrringe, die trägt sie normal nie, glaube ich. So direkt wie unter dem hellen Licht hier habe ich sie noch nie angesehen. Sie hat einen Hauch von Schminke auf ihre Wangen aufgetragen, sie ist keine Frau, die sich schminkt. Sie trägt Jeans, eine graue Second-Hand-Lederjacke und einen dieser

46

angesagten monochromen Pullover in grau. Diese sackartigen Schnitte mag ich nicht, aber bei ihr sieht es sexy aus. Sie ist noch kleiner, als ich sie in Erinnerung habe. Komischerweise wirkt sie nicht klein. Ihre Proportionen stimmen perfekt. Sie ist einfach nur die Hälfte von allem. Ich bin noch nie einer so kleinen, zerbrechlichen Person gegenüber gesessen. Sie ist höchstens 1,50 Meter groß und wiegt mit Sicherheit weniger als 39 Kilogramm. Sie wirkt puppenhaft zart und hat einen schönen, gesunden Teint. Richtig kleine, unsichtbare Poren. Sie hat tellergroße blauen Augen, dichte, lange Wimpern und einen feinen Schwung in den Augenbrauen. Ihre Nase hat einen kleinen Höcker, und in dieser Krümmung befindet sich eine kleine Mulde. Diese Nase verleiht ihrem Gesicht Klasse. Ihr Philtrum hat Überlänge, und ihre Oberlippe ist sehr schmal und spitz. Ihr Gesicht wird nach unten bei den Backen etwas rundlicher. Diese scheinbaren kleinen Makel sind als Ganzes betrachtet umwerfend.

Warum sitze ich mit dieser Frau beim Inder? Sie passt überhaupt nicht in mein Beuteschema. Sie ist brünett, trägt Schuhe, die weder Stöckelschuhe noch Turnschuhe sind. Am ehesten könnte man solche Treter als Hochtechnologie-Ökoschuhe bezeichnen. Modenärrin ist sie keine, aber was sie anzieht und wie sie es trägt, zeugt von Stil und ist nicht gedankenlos nachgebastelt. Es ist ihr eigener Look. Mal schauen, was sie bestellt. Meine letzten Freundinnen waren magersüchtig, essgestört, Vegetarierinnen, Low-Carb-Fanatikerinnen, Anhängerinnen von metabolischem Fasten und was sonst gerade der letzte Schrei am Diätmarkt war. Ich bin überrascht und erstaunt, dass sie, ohne 14 Extrawünsche zu äußern, Essen bestellt, Chicken Masala mit extra Reis und Brot. Dem kann ich mich inhaltlich voll anschließen, aber im Unterschied zu ihrem

Mineral trinke ich lieber Bier. Bin ich etwa aufgeregt? Es gibt keinen Grund, aufgeregt zu sein, dennoch spüre ich eine belebende Nervosität. Das Gespräch zieht sich nicht, wir stellen keine Pseudofragen, sondern wollen uns einfach kennenlernen. Ulrike hat Politik studiert, kommt aus Tirol wie ich, nur habe ich das schon lange hinter mir und vergessen, ihr Vater war Hauptschullehrer, und nein, sie ist kein gestörtes Lehrerkind. Sie hat ein Auslandssemester in Finnland absolviert und interessiert sich für internationale Politik und Pferde. Sie arbeitet bei der Wien-Bibliothek mit einem auf ein Jahr befristeten Vertrag für 20 Stunden.

Ein prekärer Arbeitsvertrag, meckert sie: »In der MA 9 ist nichts zu tun, wenn du pro Tag zehn Kunden hast, ist es viel. Wenn ich um acht anfange, ist mir um 8.05 Uhr schon langweilig. Ein älterer Kollege von mir meinte, wir werden hier nicht fürs Arbeiten, sondern für die Anwesenheit bezahlt.«

Eine Wiener Beamtenerzählung wie aus dem Bilderbuch. Wien hat mehr Beamte als Brüssel und in den verschachtelten Gängen des Rathauses sind schon viele Lebensträume verdorrt und abgestorben. Ein fixer Posten bei gleichzeitiger geistiger Unterforderung über ein langes Arbeitsleben hinweg, ist nicht das, was Ulrike will. Sie sagt das entschlossen und sachlich. Ich wüsste zu gerne, was sie für weitere berufliche Pläne schmiedet. Ich will nicht zu forsch wirken, also stelle ich belanglose Fragen. Wer fragt, der führt. Nicht aus Berechnung, sondern weil unser Gespräch nichts von der Steifheit erster Verabredungen hat und angenehm verläuft. Keine Pausen, kein Schweigen, keine Missverständnisse, kein peinlich berührtes Wegschauen, einfach ein angenehmes Essen.

Bevor wir zur Party gehen, die nie vor halb zwölf beginnt, brauchen wir ein Überbrückungslokal. Im sechsten Bezirk ist das kein Problem. Ich habe keine Ahnung, ob sie es bodenständig, chic, trendy oder sonst wie will. Ich beschließe in eine tiefe Absteige zu gehen, Pandoras Box, und so haben wir noch einen kleinen Spaziergang vor uns. Wenn sie neben mir geht, wirkt sie noch kleiner. Ich muss mich regelrecht zu ihr runterbücken, wenn ich ihr was sagen will, obwohl ich auch nicht groß bin. Ich wüsste zu gerne, wie groß sie ist, aber die Frage fände ich taktlos. Sie hat keinen damenhaften Gang, auch keinen Prollgang, sie geht einfach vor sich her. Sie scheint auf jeden Fall in ihrer Mitte zu ruhen. Eine unneurotischere Frau habe ich schon lange nicht mehr kennengelernt, ihr Job nervt sie auf jeden Fall. Wie immer, wenn mir bei einer Verabredung jemand gefällt, kann ich mich nur schwer auf das Gesagte konzentrieren. Ich kann meine Augen nicht von dieser Erscheinung lassen, ich versuche mir möglichst viele Details ihres Gesichtes einzuprägen. Sie hat ganz dünne Ohren mit einer kleinen Falte oben.

Nach dem Überbrückungsbier spazieren wir über die Mariahilfer Straße durch den Volksgarten zur Release-Party. Leider war mein Herausgeberfreund bei der Auswahl der Location wieder mal nachlässig, wir müssen in das grauenhafte Palmenhaus. Wahrscheinlich bekommt er dort Gratisgetränke oder zahlt keine Miete, ansonsten kann ich mir diese Wahl nicht erklären. Ich mochte diese Lokalität mit dem Urwald und den exotischen Bäumen noch nie. Das typische alternative Medienpublikum hat sich zum Hochamt versammelt. Journalisten, Studenten, Clubheads, die Feierfraktion. Österreichs Medienszene feiert sich und ihre Existenz. Das neue »Fleisch«-Heft ist wieder schön geworden. »Fleisch« ist eigentlich ein unpassender Name für eine Zeitschrift. Wenn man weiß, dass der Name auf ein Interview mit dem Bildhauer Alfred Hrdlicka zurückgeht, der meinte, seine Bildhauereien brauchten immer Fleisch, jede Skulptur brauche Fleisch, um nicht zu verhungern, klingt der Titel gleich viel passender. Auch das neue Magazin »Forst« ist ansprechend gestaltet. Mein Medienfreund macht es für die österreichischen Bundesforste. Deren Image ist ein wenig angestaubt, aber sie haben ein großes Werbebudget. Bei meinem Medienfreund ist es umgekehrt. Er ist eine coole Sau, hat aber permanent Geldmangel. Also kann diese neue Partnerschaft nur ein Erfolg werden.

Unter den alternativen Medienleuten fühlt sich Ulrike nicht wohl. Ich rede mit einem Journalisten, der hellsichtig feststellt, dass sein Magazin nicht mehr mit jenem aus den 70ern zu vergleichen sei. Ich stelle ihr weitere freie Journalisten vor, die als Pauschalisten nur noch zwölfmal pro Jahr 1.900 Euro brutto verdienen. Was für ein Bettel, unendlich weit von einem Glamourbusiness entfernt. Ich hole Ulrike noch ein Bier, die Medienriege behagt ihr nicht. Sie schaut meistens auf den Boden. Wahnsinn, jetzt darf man im Palmenhaus auch nicht mehr rauchen. Dieser Neopuritanismus wird immer konsequenter exekutiert. Als überzeugte Raucherin drängt es Ulrike ins Freie. Beim Rausgehen kommen uns meine aktuelle Affäre Alex und eine zweite Frau entgegen, mit der ich einmal ausgegangen bin. Ich stelle sie einander vor, gebe der Bekannten und der Affäre einen Begrüßungskuss und wimmle Alex ab, indem ich ihr vorgaukle, Ulrike sei eine alte Bekannte und ausländische Starpolitologin, mit der ich politische Theorien diskutiere. Je dämlicher die Ausreden sind, desto eher werden sie mir geglaubt. Alex trabt weiter und wir verabreden uns für nächste Woche. Ulrike sucht draußen im Gastgarten an diesem empfindlich kühlen Märzabend zwei Sitzplätze, wo man rauchen, sitzen und quatschen kann. Zwei Jungjournalisten setzen sich zu uns. Das ist nicht gut, ich kenne hier zu viele Menschen, Ulrike niemanden, wenn ich zu wenig mit ihr rede, wirkt das rüpelhaft. Sie ist mein Date, ich stelle sie artig allen Journalisten vor, aber dieser Branchentratsch kümmert sie wenig. Ich hole weitere Biere, Ulrike erzählt mir mehr von ihrem Studium, sie interessiert sich für Warlords. Neben ihrer Arbeit studiert sie Umweltmanagement, sie hat sich für einen postgradualen Studiengang auf der Universität für Bodenkultur eingeschrieben. Wie eine verknitterte Ökotante wirkt sie nicht, aus Zeitmangel verfolgt sie den Lehrgang nur mit halbem Ehrgeiz und überlegt sich, ihn ganz zu schmeißen. Wichtig ist ihr nur, dass sie ihren Job bei der MA 9 nicht verlängert.

»Die sind alle geistig tot, vollkommen verödet, und die Doktoren im Amt sind unendlich stolz auf ihre Titel. Die blicken auf uns Magister herunter, dabei wurde vor der Studienreform 1988 jeder automatisch Doktor, Magister gibt es erst seit damals. Das ist total krank, diese Titelsucht«, erzählt sie mir. Damit habe ich ein feines Thema gefunden.

»Wenn du so unterfordert bist, reden wir doch von deiner Diplomarbeit und politischen Theorien.«

»Ich habe über Warlords in Somalia und im Libanon geschrieben.«

»Krasses Thema. Kennst du dann Thukydides? Der hat ein berühmtes Buch über den Peloponnesischen Krieg geschrieben. Den hab ich zufällig dabei, den schenk ich dir. Die 3,40 Euro billige Kurzfassung des Kriegsklassikers aus der Reclam-Reihe ist bei dir als Kriegsexpertin besser aufgehoben als bei mir.«

Komischer Zufall, dass ich ausgerechnet heute dieses Buch mitgenommen habe und gerade erfahre, dass sie ihre Diplomarbeit über moderne Kriegsführung schrieb. Sie wirkt nicht

überrascht, dass ich ein 2.000 Jahre altes Buch über Kriegsführung mitschleppe und es ihr jetzt schenke. Sie freut sich
über die kleine Aufmerksamkeit. Sie weiß irritierend viel über
Kriegsführung und zitiert Thesen des israelischen Militärhis-
torikers Martin van Creveld. Die Party lässt allmählich nach,
es wird vier, und Ulrike und ich wollen noch weiter gemeinsam
Bier trinken und reden. Es ist ein angenehmes erstes Date, nur
bei der Party ist die Luft draußen. Wir müssen die Lokalität
wechseln. Wo können wir noch hingehen? Was könnte ihr gefallen? Nur mehr die Fetten, Einsamen und Verlorenen sind
unterwegs. Wir gehen ins Sass am Karlsplatz, das ist nicht weit
vom Palmenhaus entfernt und der letzte Zufluchtsort für die
Fertigen und Übriggebliebenen. Das Goodman mit den ganzen Koksdealern und Nutten ist mir für Ulrike zu tief, selbst
das Sass mit dem Charme einer Fernsehverkaufsshow ist eine
Beleidigung für ihr Auge. 10 Euro Eintritt will der kahlköpfige
Türsteher von mir, ich zahle, und wir marschieren direkt hinein auf den Proleten-Dancefloor. Wie gut, dass ich seit Jahren
nicht mehr weggehe. Es ist schlimmer als erwartet. Stumpf-
sinniger Technotrance aus dem Zeitloch. Dieser Tooltechno
hätte schon 1993 produziert und auf damaligen Partys gespielt
werden können. Wir sind in einem Zeitloch gefangen. Zur
trotteligen Marschmusik bewegen sich Bauern in Muskelshirts
oder billigen Zara-Sakkos und Frauen mit Sektflaschen in der
Hand. Das soll weltmännisch wirken, ist aber peinlich. Das ist
total unsexy, ich bin froh, dass ich nicht mehr clubben gehe.
Viele Ausgeher glauben am Samstag, dem Rest der Woche
entfliehen zu können. Sie wollen sich um jeden Preis unterhalten. Sie versuchen verzweifelt sich zu amüsieren. Die bittere
Wahrheit ist, sich zu amüsieren ist hier unmöglich. Die Partymeute ist unter jeder Sau. Ulrike und ich spielen heiteres Be-

ruferaten mit den Gästen. Was arbeiten diese Menschen unter der Woche? Es können nicht alle Sekretärin sein oder beim Ikea Möbelberater. Diese Leute haben den typischen McFIT-Körperbau, die Männer sind bullig, stiernackig und steroidgesättigt, die Frauen haben dünne Beinchen, kurze Röcke und tragen zu große Ohrringe. Manche zeigen ein tiefes Dekolleté, sogar zwei Brustvergrößerte erspähen wir. Ich möchte mit keinem der Anwesenden reden, ich möchte nicht mal mit ihnen im selben Raum sein. Ich bin mit Ulrike da und auch sie findet die Leute zum Kotzen. Wir setzen uns an die Bar und beim nächsten Bier frage ich mich, ob ich sie küssen sollte, aber ich traue mich nicht.

Ich sage ihr stattdessen: »Du bist so hübsch.«

Keine Ahnung, ob sie das beim Technolärm gehört hat, sie verzieht keine Miene. Wir beginnen über Beziehungen zu reden. Ich sag ihr, dass ich keine habe, dass meine Eltern aber dauernd fordern, ich solle mich endlich binden, weil ich sonst übrigbleiben würde und sie gerne ein Enkelkind hätten.

»Eine Beziehung ist doch mistig, wenn nicht alles passt«, sagt Ulrike. »Die Menschen haben nur Angst vor dem Alleinsein, deswegen sind sie meisten mit irgendjemandem zusammen. Mein Vater verlangt auch dauernd, dass ich einen Freund mit nach Hause bringe. Mit 30 erwartet mein Vater von mir, dass ich meinen weiblichen Reproduktionspflichten nachkomme. Ich weiß nicht, ob ich Kinder will. Ich bin auch solo und das letzte, was ich suche, ist ein Freund.«

Das hätten wir also abgeklärt, wir sind beide gerne alleine, sitzen an der Bar und gequatscht haben wir auch genug. Ich bin mit Ulrike seit zehn Stunden unterwegs, es war keine Sekunde langweilig, die Frau ist witzig, scharfsinnig, schlagfertig und unglaublich hübsch. Sie zu küssen wäre der falsche

Augenblick. Dafür habe ich zu viel getrunken, ich bringe sie zur U-Bahn, wir fahren mit der U2 bis zum Schottentor, wo sie mir einen Gutenachtkuss gibt. Als sie die U-Bahntür öffnet, dreht sie sich noch einmal um und unsere Blicke treffen sich kurz. Dabei lächelt sie. Das ist schön. Ihr Lächeln strahlt Wärme und Herzlichkeit aus. Das war jetzt sicher kein spöttisches Lächeln wie sonst. Ich freue mich auf mein Bett und bin sicher, dass das nicht unsere letzte Verabredung war.

4

Feldforschungen

Warum will ich keine Beziehung? Ich verliebe mich schwer, ich treffe selten Menschen, mit denen ich mich paaren will. Vielleicht wird man mit den Jahren anspruchsvoller. Als heterosexueller Mann ist man durch gutes weibliches Aussehen leicht zu bestechen, aber wenn ich mich bei einem Gespräch mit einer Frau nach einer Viertelstunde langweile, weiß ich, dass das nichts werden wird. Da bleib ich lieber alleine.

Die Affäre mit der Innsbruckerin läuft gut, sie lädt mich in die Oper ein und fragt, ob eine Einladung in die Oper keine Fehlbitte sei. Wie bei dem Bollywood-Film glaubt sie, dass ich diese Kunstgattung verachte. Ich bin offen für alles, warum nicht auch für die Oper? Über Bollywood ablästern ist billig, über Oper schimpfen ebenfalls. Ich definiere mich nicht über Produkte, Bands und Kleidung. Opernbesuche sind eine feine Sache. Ich mache mich für die Musiker hübsch und binde mir eine Krawatte, alles andere als Anzug ist für die Oper die falsche Garderobenwahl. Aber selbst in der Staatsoper hat die Barbarei gesiegt, die Männer aus den Bundesländern tragen diese hässlichen hellblauen Sakkos mit ihren bunten Hemden darunter, nur jeder Vierte trägt Schlips. Alex hat sich geschminkt, sie hält meine Hand und trägt einen weiten, langen schwarzen Rock. Sehr sexy, aber ich mag es nicht besonders, wenn sie eine Brille trägt. Das ist inkonsequent von mir. Ich trage selber Brille, aber ich mag es bei Alex komischerweise nicht. In der Pause nach dem ersten Akt darf man nicht zu lange applaudieren, sondern muss gleich runter in den Pausenraum, nur dann bekommt man seinen Drink, ohne sich ewig lange anstellen zu müssen. Alex ist eine begeisterte Applaudiererin, ich werde langsam nervös und dränge sie zum Gehen. Alex erzählt mir von ihrer Arbeit. Sie führt Telefonumfragen für quantitative Meinungsforschung durch. Auch eine indiskutable Arbeit, aber immerhin kann sie sich ihre Dienste frei einteilen. Das ist für sie ideal neben dem Studieren. Mit 30 nochmal anfangen zu studieren war ihre beste Idee, Alex glaubt fest an die Idee der Erwachsenenfortbildung. Sie ist ein positiver Mensch. Wir knutschen ein bisschen rum, und die restlichen zwei Akte vergehen unangestrengt. Ich überlege mir, warum ich nach jedem Opernbesuch auf einen Drink in die Loos Bar pilgere. Die Loos Bar ist die einzige Bar Wiens mit einer meinem Geschmack angemessenen Inneneinrichtung, wird aber vermehrt von verlotterten Gestalten heimgesucht. Die muss in Touristenführern gelistet sein, anders ist die Ansammlung von Turnschuhträgern nicht zu erklären. Wenigstens sind die Drinks gekonnt gemischt, der Wermut für den Martini wird nur über die Eiswürfel beigemischt. Alex trinkt ein Mineral und fotografiert mich. Ich fotografiere sie mit meiner Telefonkamera. Sie genießt den Abend. Wir küssen einander ein bisschen mit der Zunge. In Lokalen rumknutschen mach ich nicht gerne, seit ich gelesen habe, Pärchen knutschen häufiger in der Öffentlichkeit als im Privaten. Sie stellen ihr Glück zur Schau, darauf kann ich verzichten. Ich will nur küssen. Mit ihren langen gelockten schwarzen Haaren, die auf ihren Brüsten rumwedeln, wenn sie atmet und sich bewegt, diesen üppigen Schlauchbootlippen und dem Tiroler Akzent macht sie mich scharf.

»Weißt Tito, ich bin eine Brave. One-Night-Stands hatte ich noch nie, das brauch ich nicht.«

Dieses Tiroler »nidda« klingt einfach herzig. Ich werde müde, und wir spazieren zu ihrem Haus. Einfach über die Kärntner Straße bis zum Stephansdom, und dann die Wollzeile runter. Es ist schon halb zwölf und ich schiebe Horror. Morgen beginnt eine neue Arbeitswoche. Wir bewegen uns alle im Hamsterrad. Bin ich der einzige, der an Sonntagnachmittagsdepressionen leidet? Pünktlich ab 15.00 Uhr werde ich unruhig. Ich überlege mir, welche Tiefpunkte die neue Woche für mich bereithält. Alles zum Wohle der österreichischen Innenpolitik. Und ich mittendrin. Wenn ich daran denke, dass ich diesen Zirkus noch 30 Jahre machen muss, bekomme ich Panikattacken. Woher kommt diese Abneigung? Ich hab ein riesiges Büro mit 25 Quadratmetern für mich alleine, zwei Assistentinnen arbeiten mir zu, und mein Präsident stellt mich seinen Gästen als wissenschaftlicher Leiter und Stütze des Hauses vor. »Wissenschaftlicher Leiter« klingt gut und spannend, aber die Wirklichkeit stellt sich anders dar. Meistens schreibe ich geistlose Zweitverwertungen von bereits vorhandenen Studien, Sekundäranalysen, ich vereinfache sie so weit, dass sie österreichische Politikentscheider mit ihren Erbsenhirnen kognitiv verarbeiten können. Dazu verfasse ich Essays für drittklassige internationale Fachjournale für ehemalige Minister, die gerne ihr Bild in einer Fachzeitschrift sehen. Auch diese Auftragsschreiberei ist wenig fordernd, das ist reine Routine. Vielleicht ist das mein Problem, ich bin ein Routinier, daher langweilen und unterfordern mich diese Tätigkeiten.

Hab ich die Affäre mit Alex nur begonnen, weil ich unausgelastet bin? Das wäre hochnäsig. Sie ist hübsch, sie ist nett, der Sex ist in Ordnung. Trotzdem bin ich erleichtert, wenn ich nach unseren Treffen alleine in meine Wohnung komme. Warum verspüre ich kein Bedürfnis, bei dieser Frau zu bleiben? Bin ich seelenverkrüppelt? Habe ich Bindungsangst? Nein, ich bin nur nicht in sie verliebt. Sie verliebt sich allerdings ein bisschen in mich. Sie fragt, warum ich ihr so wenig Komplimente mache.

»Du tust dir wohl schwer, charmant zu sein und dich zu öffnen.«

Sie beginnt, mir Vertrauliches und Intimes aus ihrem Leben zu erzählen. Warum kann ich nicht einfach eine normale Affäre haben? Bisschen rumvögeln, ohne den ganzen Privatkram. Interessiert es mich, wo sie in Innsbruck wohnt, dass ihr Vater ihre Mutter im Kirchenchor als Dirigent kennenlernte und Musik das verbindende Element ihrer 30-jährigen glücklichen Ehe ist? Andere Familien, ähnliche Geschichten. Der gemeinsame Nenner ist ihre Durchschnittlichkeit und Vorhersehbarkeit. Ob sich die Paare beim Tanzen, Singen oder Golfen kennenlernen, ist unerheblich. Ihre Ausführungen werden kurz spannender. Alex spricht über ihre Verlobung. Sie wollte heiraten und war schon ein dreiviertel Jahr verlobt, aber dann hat sie sich getrennt. Ihr Verlobter war Schiffsbauer, und im Binnenland Österreich gibt es in dieser Industrie nur wenige Arbeitsplätze. Er schraubte seine Schiffe also in Hamburg zusammen, und eine Fernbeziehung war Alex auf die Dauer zu wenig. Sie möchte jeden Tag mit ihrem Mann verbringen, das verstehe ich gut, ich möchte mit meiner Freundin auch jeden Tag verbringen. Aber diese Trennung hatte was Gutes, Alex ist jetzt bei mir. Tanz für mich. Unterhalte mich. Bück dich nach vorne und lass dir auf deinen Hintern klapsen. Du hast eine feine Haut und schöne Brüste. Eigentlich habe ich kein sexuelles Interesse an ihr, aber wenn ich die ganze Zeit nur alleine blöde rumsitze und meiner Angestelltenexistenz nachgehe,

passiert einfach zu wenig. Bisschen herumvögeln als Lebens-
notation, kleine Kerben der Erinnerung. Sexuelle Akte sind
die einzigen Erlebnisse, die ich mir merke. Geburtstage, Uni-
abschlüsse, Zeugnisvergaben oder wichtige Kindheitsepisoden
verblassen in meinem Gedächtnis. Dafür erinnere ich mich an
alle schmutzigen Details jeder guten Affäre der letzten zwei
Jahrzehnte. Schade, dass es für Männer keine echten Initia-
tionsriten mehr gibt. Traurig bin ich über diese Entwicklung
aber nicht. Weinerliche Männer, die Krieger spielen und mit-
telalterliche Schlachten nachstellen, sind entwürdigend. Oder
Männer, die ihren ganzen Ehrgeiz in ihre idiotischen Platten-,
Film- oder sonstigen Sammlungen stecken. Die schlimmsten
sind Autoliebhaber. Dieser Sammlertrieb geht mir vollkommen ab. Diese sogenannten Männerkrisen sind belangloses
Feuilletongewinsel. Wenn ich stänkern will, schwadroniere ich
vom hegemonialen Feminismus in unserer Gesellschaft, und
dass Männer strukturell diskriminiert werden, aber das ist ein
leicht widerlegbarer Blödsinn. Es klingt gut und witzig, ist aber
lahm. Klar, wir alle wären gerne Teil einer bedrohten, verfolgten Minderheit, jeder inszeniert sich heute als Minderheit.
Bauern, Frauen, Lehrer, Banker, Schwule, Zuwanderer und
seit kurzem auch heterosexuelle Männer. Wir erfinden uns
alle als bedrohte Minderheit neu. Leider gehöre ich keiner bedrohten Minderheit an. Die Frauenbewegung brachte für die
Frauen auch Nachteile. Früher hatten die Männer noch einen
Rest von Ehrgefühl. Wer mit einer Frau ein Kind zeugte, stand
dazu und heiratete oder zahlte. Heute delegieren Männer ihre
persönliche Verantwortung an den Sozialstaat. Frauen leiden
extrem an der neuen männlichen Verantwortungslosigkeit und
führen auch sonst einen unüberschaubaren Mehrfrontenkrieg.
Sie müssen arbeiten, gut ausschauen, ihren Hobbys nachge-

hen, und was das Schwerste ist, dabei gut gelaunt sein und nicht von Selbstzweifeln zernagt werden. Männer haben in dieser Hinsicht einen klaren Vorteil. Wir wissen seit Jahrhunderten, dass Lohnarbeit kein Quell der Freude ist. Arbeit als Selbstverwirklichung zu verklären ist eine widerwärtige pietistische Lüge, Selbstverwirklichung das Ideal von Idioten. Die Wahrheit hinter jeder Erwerbsarbeit ist erniedrigender. Als Angehöriger der Arbeiterklasse musst du arbeiten, um Miete und Rechnungen zu bezahlen. Ich arbeite schon zu lange, und jedes Jahr ist ein Hundejahr. Ständig will irgendjemand Neuwahlen ausrufen, ständig werden Skandale aufgedeckt oder Sparpakete geschnürt, jede Woche findet ein selbst ernannter Aufklärer einen neuen Aufreger oder irgendein Euroland geht Pleite. Permanent wird aufgewiegelt und intrigiert. Politik funktioniert wie Hollywood, nur sehen die Darsteller weniger gut aus. Die Branche besteht aus Wichtigtuern mit aufgeblähtem Ego. 90 Prozent aller Wortmeldungen sind entbehrlich. Politik ist ein Poser-Geschäft, wenn es keine Aufregung gibt, sind die Wähler unglücklich und werden zappelig. Wenn die Regierung nicht streitet, heißt es, es wird gekuschelt; wird debattiert, wird vor einem Koalitionskrach gewarnt. Diese künstliche Daueraufregung schlägt mir auf den Magen. Ich bin wählerverdrossen. Ruhe ist die erste und einzige Bürgerpflicht.

Alex kennt solche destruktiven Gedanken nicht. Sie arbeitet für 9 Euro brutto die Stunde als freie Dienstnehmerin. Sie bekommt als freie Dienstnehmerin kein 13. und 14. Gehalt ausbezahlt. 1.400 Euro Bruttolohn im Monat sind ein Witz für diese erniedrigende Tätigkeit. Auf zehn Anrufe kommen acht Interviewverweigerer. Seit es durch die sogenannte digitale Revolution babyleicht wurde, computerunterstützte Telefonumfragen durchzuführen, wird zu jedem denkbaren und noch so abstrusen Thema eine Umfrage durchgeführt. Ständig werden neue Firmen gegründet, was innerhalb der Branche zu einem ruinösen Preiswettbewerb geführt hat. Es gibt viel zu viele Umfragen mit wenig bis keinem Erkenntnisgewinn. Die beschönigend auftraggeberorientiert genannte Forschung dient im Grunde nur als argumentative Rückendeckung für entscheidungsschwache Entscheider. Die Fragebögen sind tendenziös formuliert, schließlich will es sich kein Institut mit seinem Auftraggeber verscherzen. Ist aber auch egal, denn niemand erwartet sich von solchen Studienergebnissen Redlichkeit oder die Einhaltung wissenschaftlicher Mindeststandards. Schließlich müssen auch Umfrageinstitute und ihre Telefonisten leben und die Nerven der Auftraggeber geschont oder zumindest ihre Entscheidungen quantitativ gestützt werden. Ein Spiel, bei dem alle gewinnen. Aber durch die Inflation der Institute ist die Branche mittlerweile ins Stadium der Selbstzerfleischung eingetreten. Wer zu den bedauernswerten Staatsbürgern mit einem Festnetzanschluss gehört, kann sicher sein, mindestens einmal im Monat von einem Institut kontaktiert zu werden. Deswegen steigen auch die Prozentsätze an Verweigerern sprunghaft an. Ich hab schon mehrmals ernsthaft daran gedacht, professioneller Fragebogenbeantworter zu werden. Da diese Tätigkeit noch kein hochbezahlter Beruf ist, antworte ich einstweilen gratis bei Umfragen. Ich werde häufig angerufen, schließlich gehöre ich zur umworbenen Zielgruppe der Berufstätigen zwischen 30 und 49 Jahren. Die Themen der Umfragen sind vielfältig, der Auftraggeber der jeweiligen Umfrage aufgrund der Fragestellungen meist schnell ermittelt. Die Österreichischen Bundesbahnen wollen die Qualität ihrer Dienstleistungen bewerten, die neue Käsesorte aus dem Hause Schärdinger fragt nach ihrem Bekanntheitsgrad. Ein Getränkehersteller will wissen, ob mir sein neues Werbezugpferd schon positiv oder negativ aufgefallen ist und ob dieser Sportler überhaupt zu diesem Produkt passt. Die Österreich Werbung will wissen, ob ich ihr Werbemaskottchen, den Pinguin, originell finde. Klar, in Österreich leben ja auch die Eskimos. So einen Mist fragen die Auftraggeber ernsthaft. Ein anderes Mal werden meine Hörgewohnheiten abgefragt. Ich besitze kein Radio, weil ich von den penetrant dauerfröhlichen Stimmen Kopfweh bekomme und habe folglich auch keine Meinung und Wissen zu Radioprogrammen, aber ich antworte gerne, freiwillig und ausführlich. Ja, ich finde die Moderationen auf Radio Arabella hervorragend. Ja, ich finde die Komödianten von Ö3 lustig, selbstverständlich spielen die Radios anregende und tolle Musik. Beim Vorspielen des typischen Formatradiomists rate ich immer, welcher grauenhafte Autotune-Dreck welchem der vorgeschlagenen Künstler am ehesten zuordenbar ist. Meine Trefferquote beim Raten ist erstaunlich hoch. Die Anrufer sind dankbar und hörbar erleichtert, wenn man nicht gleich wieder auflegt. Der typische Interviewverweigerer ist bei der Wahl seiner Ausreden, warum er nicht für ein Interview zur Verfügung stehen will, laut Alex nicht sehr einfallsreich und variiert nur wenig. Die Leute haben keine Zeit, keine Lust oder gerade Wichtigeres zu tun. Sie werden beim Abendbrot oder bei einer Unterhaltung gestört. Leute vom Land haben Angst vor der Prüfungssituation und ihrem Nichtwissen. Wieder andere wollen nicht in ihrer Privatsphäre gestört werden. Ein paar Prozent reagieren aggressiv und mit offener Ablehnung auf professionelle Anrufe.

»Woher habt ihr meine Nummer? Ich verklag euch, ihr Schweine«.

Eine Anruferin hat Alex mit einer Trillerpfeife in den Hörer gepfiffen, sie hatte zwei Tage lang einen Tinnitus. Die latente und offene Aggression stumpft die Telefonisten ab, die Branche beklagt daher eine hohe Fluktuation. Wer länger als sechs Monate dabei bleibt, ist ein echtes Talent. Seit mir Alex von den typischen Telefonistenproblemen erzählt, bin ich noch freundlicher zu den Anrufern, ich spüre regelrecht ihre Erleichterung. Nachdem sie sich vorgestellt haben und ich dem Interview zustimme, bedanken sie sich artig und versichern mir mehrmals ungefragt, dass die Beantwortung der Fragen unter keinen Umständen länger als fünf bis sieben Minuten dauert. Bei Umfragen mitzumachen ist eine aktive Unterstützung für die heimische Markt- und Meinungsforschung. Alex beginnt sich schon zu wundern, warum ich so viel über ihre Arbeit wissen will. Ich bin der erste Mensch, der sie über Telefonumfragen ausfragt, und sie findet es schräg, dass ich Fragen zu Auftraggebern, Arbeitsbedingungen, Fluktuation im Betrieb und Aufbau von Fragebögen stelle. Für Jobs anderer Leute interessiere ich mich brennend. Warum arbeiten Menschen in dieser oder jener Branche? Im Vergleich zu meinem Job erscheint mir jedes Berufsfeld aufregend und spannend.

Meine Motivation, Alex zuzuhören, ist eine niedere. Sie erzählt gerne, sie ist eine freundliche Frau. Da ich zu stumpf für Komplimente bin, muss ich Fragen stellen, um Interesse vorzutäuschen. Schließlich will ich Sex. Ich habe sonst kein tiefer gehendes Interesse an ihrer Person. Ich höre bei ihren Geschichten nicht richtig zu. Bei jedem dritten Satz eine rhetorische Frage einzustreuen reicht völlig. Dann lächelt sie glücklich und es gibt Belohnungssex. Warum verliebe ich mich nicht in Alex? Sie ist nett, schaut gut aus und ist eine treue Seele. Ist sie mir zu normal? Zu positiv? Zu fröhlich? Obwohl, ganz einfach macht

Alex es mir nicht. Sie will richtiggehend erobert werden. Ihr macht die präkoitale Tändelei Freude. Wenigstens habe ich keine postkoitale Depression, sondern schlafe sofort ein. Wenn sie mich streichelt, spüre ich eine Distanz. Verdammt, sie ist höchstens eine Affäre. Ich werde mich nie mehr verlieben. Ist es normal, dass man sich selten verliebt? Ich würde mich gerne jährlich verlieben und aktiv bestimmen, wann ich mich verliebe. Das hat noch nie geklappt. So richtig verliebt war ich bislang fünfmal, und das ist einfach passiert, da konnte ich mich nicht wehren oder aktiv eingreifen, das war ein Sog. Nur fünfmal verliebt, aber sieben feste Beziehungen geführt zu haben, ist auch seltsam. Mit Frauen eine Beziehung zu führen, auf die man nicht extrem steht, ist inkonsequent.

Alex erzählt mir, dass sie in einer Frauenzeitschrift gelesen hat, dass Partner beim Sex oft an ihre ehemaligen Partner oder andere Leute denken. Dieser Artikel könnte der Wahrheit entsprechen, ich denke an Ulrike. Ich möchte wissen, was sie gerade macht. Bei Ulrike melde ich mich erst mal nicht, nicht weil ich nicht will und weil ich mit dem Nichtmelden einen Plan oder eine gefinkelte Strategie verfolge, von wegen nach der ersten Verabredung erst mal länger nicht melden, sonst glaubt sie, ich renne ihr nach, nein, ich habe Alex versprochen, mit ihr nächstes Wochenende ein Heavy-Metal-Konzert zu besuchen. Alex hat eine dunkle, harte Seite. Neben Opern steht sie auf Heavy Metal. Dieser Musikstil ist eine absurde, schräge Parallelwelt für mich. Eine Nebenwelt, für mich verschlossen wie die griechische Antike. Ich begleite sie gerne, schließlich bin ich ein neugieriger Politikberater. In Wien gibt es ein neues Mekka für die Freunde der lauten Gitarren und der Doublebassdrum. Escape heißt der Club, und er fährt das ganze Programm. Pagan Metal, Death Metal, Speed Metal,

Classic Metal. Ich scheitere schon beim Verstehen der Genrebezeichnungen, als ich am Flugzettel die Höhepunkte des Veranstaltungsprogramms studiere. Es spielen die Doom-Metal-Bands Encompass The All, Doomina, Gorilla Monsoon und Count Raven.

Alex steht auf laute Gitarren. Heavy Metaller haben eine protestantische Arbeitsethik. Das erste Konzert beginnt pünktlich um acht Uhr. Auch beim Styling lassen die Metaller kein Klischee aus. Die Kleidung des Publikums besteht aus exakt drei Farben. Schwarz, dazu vereinzelt rote und weiße Farbtupfer. Die Burschen haben arschlange Haare oder Glatze. Warum trägt hier niemand Stirnfransen, Scheitel oder halblange Haare? Mit meinen Brillen und meinem grünen T-Shirt fühle ich mich wie Traveling Matt von den Fraggles. Das ist eine fremde Welt, die Verhaltensregeln durchschaue ich nicht. Wenn ich zur Bar gehe, darf ich nicht lachen. Es gibt Flaschenbier statt offenes Bier, die Kellnerin ist standesgemäß auf der Brust tätowiert und viermal gepierct. Statt tanzen darf man nur mitwippen und kennerhaft schauen. Die Leute sind hier zu cool zum Headbangen, darauf hätte ich mich am meisten gefreut. Alex hat sich vorbildlich als Heavy-Metal-Braut kostümiert, das ist noch viel schärfer als in der Oper. Sie trägt hauteng schwarze Jeans, dazu zwei Lagen noch engere T-Shirts, die ihre Brüste sehr betonen. Heute trägt sie keine Brille, dafür hat sie ihre Lippen und Fingernägel schwarz bemalt. Ich mache einen auf Heavy Metal und greife ihr abwechselnd auf den Arsch und auf ihren Busen während des Konzerts. Ich schmiege mich von hinten an und reibe mich an ihrem Hintern. Ich schreie »Hardrock« und forme die Hand zum Teufelszeichen. Alex schämt sich für mich. Meine Übernahme von typischen Hardrockverhaltensweisen misslingt, aber noch haut mir keiner der bedrohlich aussehenden Metal-Anhänger eine in die Fresse oder bedroht mich. Hier sind sicher total viele Satanisten unterwegs. Es sind auffällig wenige Frauen im Publikum, das Verhältnis ist etwa fünf zu eins. Ganz hinten haben sich sogar zwei Goths verirrt. Die sterben auch nie aus. Die Musik selber gefällt mir, es ist ein breiiger, zäher, dickströmender Gitarrenlärm, dazu ein tiefergelegter Bass, nur der Trommler hat Probleme mit dem Takt. Der Name Encompass The All stammt aus einem David-Lynch-Film, raunt mir Alex zu. Warum benennen sich nur so viele Bands nach David-Lynch-Filmen?

Mich langweilt der Ausflug ins Heavy-Metal-Wunderland schon ein wenig, ich denke wieder an Ulrike. Wir gehen rauf in den Barbereich und reden Backstage mit der Band Encompass The All. Wie die meisten Heavy-Metal-Musiker sind die Bandmitglieder wohlerzogene, reflektierte junge Männer und keine gewalttätigen Kirchenanzünder. Nach der dritten Band überkommt mich Langeweile. Drei Stunden Heavy Metal sind genug. Außerdem ist Alex' Outfit hammerscharf. Ich bin ein böser Rocker und du bist meine böse Rockerbraut. Wir sind verdammt zur Hölle und wollen am Weg dorthin noch eine Nacht guten, dreckigen Spaß.

»Magst du nicht lieber sofort nach Hause, Alex, oder magst dir noch das ganze Konzert anhören?« Sie will nicht, die Musik hat sie aufgegeilt.

Rein ins Taxi, rauf ins Bett. Wir schlafen im Hardrockstil. Beim Aufstehen vögeln wir noch eine Runde, bevor sie zur Arbeit fährt. Ich dreh mich um, schlafe noch eine Runde und verbringe den Sonntag allein.

Was ist mit Ulrike? Während der Arbeitswoche schreiben wir einander einige E-Mails, aber ich habe keine akzeptable

Idee für eine zweite Verabredung. Dann bekomme ich von einer PR-Agentur zehn Gratiskarten für die Premiere des Ökodokumentarfilms »Abendland« angeboten. Der Werbetext klingt lustig. »Abendland« durchmisst in einer großen assoziativen Reise ein nächtliches Europa in vielen Facetten. Pulsierende Dienstleistungs- und Wohlstandsgesellschaft, Bollwerk der Sicherheit und Ausgrenzung, urbane Zivilisation, hedonistischer Vergnügungstempel, beflügelt und belastet zugleich von Geschichte, Tradition, Hochkultur, Nachtarbeit, Selbstvergessenheit, Lärm und Stille, Sprachverwirrung und Übersetzungsprobleme, erste Schritte ins Leben, Krankheit, Tod und verzweifelte Versuche, Grenzen zu überschreiten. Das könnte ihr gefallen, Ulrike interessiert sich für Ökologie. Aber warum drehen Filmemacher seit einem Jahrzehnt dauernd kritische Dokumentarfilme? »Money«, »We Feed The World«, »Plastic Planet«. Seit »Koyaanisqatsi« 1982 Kassenrekorde brach, sind diese depressiven Ökokatastrophenfilme zu einem eigenständigen Genre herangewachsen. Wunsch- und Warnfilme, um Fair-Trade-Dogmatiker in ihrer Sehnsucht nach dem Weltuntergang argumentativ mit drastischen Bildern zu bestärken. Widerwärtig, aber ich werde kein schlechtes Wort über den Film verlieren. Ulrike sorgt sich um ihre Umwelt. Sie ist 30, scheint aber von der Schlechtigkeit der Welt nichts zu ahnen. Welche Abgründe sie wohl hat? Ich lade sie auf jeden Fall zu diesem Film ein. Als wir uns am Schwarzenbergplatz treffen, geben wir uns einen flüchtigen Begrüßungskuss. Sie kommt direkt von der Arbeit, sie trägt Jeans, wieder diese graue, an den Ärmeln leicht geknautschte Lederjacke und zweifärbige Schuhe. Auf Ohrringe hat sie verzichtet. Mir stockt der Atem, hier neben ihr zu sitzen. Wären wir jung, könnten wir knutschen, aber wir sind erwachsen, und ich muss mich auf den Film konzentrieren. Der Film ist eine nicht enden wollende Katastrophe. Sozialpornographie und schlechtes Gewissen 90 elend lange Minuten. Er reiht unermüdlich Klischee an Klischee. Wir sehen brutale Schlepper, wir sehen gierige Notenbanker, wir sehen die Festung Europa, wir sehen Dumpfbacken bei einem holländischen Riesenrave, wir sehen einen Berliner Gefängniswärter. Kurz, wir sehen gehäuft die geballten und doch richtigen Feindbilder der Moralindustrie. Ich reiße mich zusammen und sage nichts Gemeines über den Film. Schließlich will Ulrike die Welt retten oder interessiert sich wenigstens für ihre Mitmenschen. Doch sie überrascht mich wieder.

»Was war denn das für ein peinlicher Scheißdreck?«, fragt sie beim Rausgehen. »Am liebsten wäre ich schon während des Films gegangen, aber weil du mich eingeladen hast, hab ich mich nicht getraut, was zu sagen. Gehen wir auf einen Drink, reden wir bitte nie mehr über den Drecksfilm.«

Kein Wunder, dass die PR-Firma großzügig Gratistickets verschenkt hat, freiwillig schaut sich diesen Stuss niemand an. Welche Lokale gibt es in der Nähe des Schwarzenbergplatzes? Das 1516, Wiens großartige Bierhausbrauerei, ist mein erster Einfall. Das Pub ist knackevoll, weil dort Idioten Fußballübertragungen anschauen. Eigentlich wird das Pub von einem Amerikaner geführt und sollte deshalb fußballfreie Zone sein, aber da habe ich mich gründlich getäuscht. Also spazieren wir weiter durch die Innenstadt bis zum Engländer und setzen uns in den Gastgarten. Dort werden wir vom Kellner nach einem Bier des Gastgartens verwiesen, weil Sperrstunde ist, und bei der Einhaltung der Sperrstunde hört sich in Wien die Gemütlichkeit auf. Heute läuft das mit Ulrike nicht rund. Zuerst ein erbärmlicher Film, dann Flucht aus einem wegen Fußballübertragung überfüllten Lokal und hier vertreibt man uns nach einem Bier. Das Gespräch verläuft schleppend. Sie hat mir einen USB-Stick mitgebracht mit einer angesagten US-Serie, und ich habe ihr »Die Kunst, Recht zu behalten« von Arthur Schopenhauer geschenkt.

»Weil du so begnadet stänkern kannst. Du bist ein echter Hip-Hopper.«

»Das ist aber nicht nur ein Kompliment.«

»Eigentlich schon. Hab ich dir eigentlich was getan, weil du immer so unfreundlich bist?«

»Nein, hast du nicht, aber ich fand dich einfach unsympathisch.«

Genau das wollte ich hören. Ich rutsche nervös auf dem Sessel herum, ich bin mir nicht sicher, ob sie nicht doch eine Zynikerin ist und mich verarscht. Sie schaut mich an, und ich muss den Blick senken. Ich kann ihrem Blick nicht standhalten, das ist peinlich, aber es ist so. Ich mag dennoch nicht, dass der Abend schon aus ist. Das Alt Wien wird uns retten. Wir zahlen und spazieren weiter, auch im Alt Wien gibt es keinen freien Tisch. Wir setzen uns zu fremden Leuten beim Eingangstisch. Leider erwischen Ulrike und ich nur weit voneinander entfernte Sessel. Jetzt kann ich nicht mal reden mit ihr. Diese zwei Stühle Distanz zwischen uns schmerzen mich körperlich. Ich will ihr nahe sein. Die Leute am Tisch sind komisch, ein 60-jähriger Österreicher mit einer 20-jährigen Nigerianerin, die Ulrike um eine Zigarette anschnorrt. Aus Frauensolidarität bekommt sie eine geschenkt. Das scheint hier der Rauchertisch zu sein. Der Rest am Tisch raucht nur schnell zwei Zigaretten, dann verkrümelt sich die Gruppe wieder nach hinten in den rauchfreien Teil des Lokals. Endlich sitze ich neben Ulrike. Ein Vorarlberger Mitt-50er spricht sie an und meint, sie habe liebe Zöpfe. Das ist mir bislang nicht aufgefallen, sie hat in ihre Haare heute zwei kleine Zöpfchen eingeflochten, das schaut entzückend aus. Ich muss schnell nach Hause, es ist halb zwei, ich muss morgen schließlich arbeiten. Wir verlassen das Lokal, ich schlendere mit ihr beim Eissalon Zanoni vorbei, drehe mich schnell um, presse ein schnelles »Gute Nacht« heraus, küsse sie auf die Wange und verschwinde, ohne mich nochmal umzudrehen, Richtung zweiter Bezirk. Das war kein gutes zweites Date. Wenn ich verkrampfe und versuche, alles perfekt zu machen, wenn ich nur möchte, dass sie sich wohlfühlt, dann kann das nur heißen, ich mag sie.

Kaum bin ich wieder im Büro schreibt mir Ulrike ein Mail. Das ist das erste Mal, dass sie mich anschreibt und nicht ich sie kontaktiere. Sie fragt mich, ob ich sie morgen auf eine Geburtstagsparty ihrer Freundin begleiten will. Will ich nicht, ich hasse es, auf Geburtstagspartys fremder Menschen mitzugehen, wo sich alle seit Jahren untereinander gut kennen, ich aber niemanden. Ob sie das versteht? Ja, versteht sie. Vier Stunden später schreibt sie mir wieder. Die Geburtstagsparty ist keine richtige Geburtstagsparty, nur ein Geburtstagsessen zwischen fünf und neun. Wenn ich keine sonstigen Pläne habe, könnten wir uns noch um neun treffen. Sie habe mich nur dabei haben wollen, weil sie jemanden zum Co-Lästern brauche, weil ihr der Freund ihrer Freundin so unsympathisch sei. Ein eifersüchtiger Kontrollfreak, der ihre Freundin einsperrt und sich ihr gegenüber auch sonst vollkommen unangebracht benimmt. Ich habe nie Pläne, ab neun geht natürlich. Wir arrangieren ein Treffen nach dem Geburtstagsessen in unmittelbarer Uni-Nähe. Ich schlage ihr vor, dass wir uns im Bendl treffen, um nachher eine gründliche Lokaltour im neunten und ersten Bezirk zu absolvieren.

Ich bin überpünktlich um dreiviertel neun im Bendl. Die

gesamte Inneneinrichtung ist dort seit 40 Jahren unverändert, weder Stühle noch Boden, weder Ausschank noch Tische wurden restauriert und renoviert. Die schweren, dunklen Holzböden faulen fröhlich vor sich hin. Immer, wenn aus der Originaltapete ein Stück rausfällt, wird der Stoff nachkopiert, nachgedunkelt und wieder feinsäuberlich nachgeklebt, damit die Patina erhalten bleibt. Sogar die Musikbox wird noch mit echten Singles bespielt. Austropop-Hadern aus den 80ern, Stefanie Werger singt von salzigen Küssen. Das Wirtshaus ist dennoch immer voll. Erstens, weil es schön abgewohnt ist, und zweitens, weil das Bier und das Essen supergünstig sind. Hier saufen Studenten, Parlamentarier und Alkoholiker gleichermaßen gern. Im Bendl ist es proppenvoll, und ich ergattere nur noch einen Hocker an der Bar. Warum sind so viele Leute schon so früh da? Leute mit Trachten belagern die Tische, die strömen von den Steirertagen vom Rathausplatz her, weil sie genug von den Steirertagen haben. Auf dem Rathausplatz werden ständig irgendwelche Bundesländertage und Fressmeilen veranstaltet. Die Menschen in den Dirndln und Lederhosen trinken befreit auf. Wie viel Verspätung wird Ulrike haben? Warum will sie mich sehen? Wir hatten uns doch erst vor zwei Tagen verabredet, der Abend verlief meinem Gefühl nach eher schlecht und nun will sie mich plötzlich wieder sehen. Ein Bekannter kommt herüber, der als Pressereferent im Umweltministerium arbeitet. Smalltalk über Interna der österreichischen Innenpolitik brauche ich jetzt nicht. Gerhard ist und fühlt sich unterfordert, vor allem will er noch Karriere machen. Gott sei Dank bin ich nicht ehrgeizig. Ich bin schon froh, wenn ich die Politikfressen am Wochenende nicht sehen muss. Ich wimmle ihn ab, sage ihm, er soll mir für mein Date Glück wünschen und widme mich wieder dem Bier. Ich schaue den Kellnerinnen zu, wie sie es zapfen und vertreibe mir die Zeit, indem ich versuche, die Trachten nach Bundesländern zu sortieren. Woher kommt dieser plötzliche Drang meiner Mitmenschen, in der Stadt einen auf Landei zu machen? Sollte Ulrike mit einer Tracht auftauchen, bringe ich mich um. Die Menschheit oder ganz Wien ist verrückt geworden. Warum kostümieren sich alle als Bauern, wenn die Landwirtschaft total durchindustrialisiert ist? Weil es keine Heimat mehr gibt, sucht der ortlose Mensch vielleicht Trost in lächerlichen Verkleidungen. Oder es ist Fasching. Oder es ist einfach jedem egal, wie er rumläuft und nur ich mache mir überflüssige Gedanken. Trachten sind wie Jeans und Anzüge auch nur eine Uniform. Nachdenken über den Trachtenirrsinn hilft mir nicht weiter. Alle paar Minuten drehe ich mich um und blicke zum Eingang. Hoffentlich versetzt sie mich nicht.

Inmitten des Trachtenmeers erspähe ich ein einfärbiges T-Shirt. Das muss sie sein; ich muss wegschauen, sonst werde ich rot. Scheiße, ich bin keine 20 mehr. Ich richte ihr den Barhocker her und bestelle ihr ein kleines Bier. Ulrike hat viel zu erzählen. Das Geburtstagsessen war langweilig, sie denkt ernsthaft darüber nach, ihrer Freundin die Freundschaft zu kündigen. Wir reden, aber ich kann mich kaum auf den Inhalt des Gesprächs konzentrieren. Ich schaue auf ihre Lippen und in ihre Augen. Es sind kaltblaue Bergseen. Ich verliere mich in diesen Augen und sie führt mich mit diesen Augen. Ihre Wimpern sind lang und dicht, aber nicht gezupft. Sie hat nicht mal den Ansatz eines Bartflaums. Ihre Haltung ist kerzengerade. Wieder reden wir drei Stunden, und ich merke nicht, dass die Zeit vergeht. Ich fühle mich sauwohl. So kann das ewig weitergehen. Das ist seltsam. Meistens will ich weggehen, wenn ich mit Menschen rede. Eine Unruhe überkommt mich dann, meine Gesprächspartner nerven mich. Ulrike nervt mich gar nicht, ich höre ihr gerne zu, auch wenn sie nur Belangloses erzählt. Sie erzählt Nichtigkeiten spannend. Sie ist eine begnadete Stänkerin. Depp A, Idiot B, Stümper C. Bei jeder Erzählung baut sie geschickt und scheinbar mühelos abwertende Eigenschaftswörter ein. Scheiß dies, drecks- das, die Frau ist schlagfertig und beherrscht die Kunst der gepflegten Pöbelei. Da heißt es achtsam sein und nichts Falsches sagen. Wir beschließen einen Lokalwechsel und gehen exakt 100 Meter in das nächstbeste Pub. Dieses Lokal würde ich unter normalen Umständen nie freiwillig betreten. Dort ist weniger los, wir entern einen Tisch und ich hole uns zwei frische Biere. Ein Bekannter quatscht mich an, schon wieder, den ich aber nicht gleich erkenne, weil er einen Schnurrbart trägt. Warum tragen so viele Männer wieder Schnurrbärte und Bärte? Ohne Bart hätte ich ihn garantiert erkannt.

Der nette Bartmensch ist bald abgespeist, es ist halb drei, Ulrike zeigt wieder keine Anzeichen von Müdigkeit oder Erschöpfung meiner Person gegenüber. Wir sitzen schon eng nebeneinander und ich küsse sie. Ohne Vorwarnung, ohne sie vorher anzuschauen, das traue ich mich nicht, einfach schnell, überhastet und drauflos. Wenn ich sie jetzt nicht küsse, küsse ich sie nie mehr und wir werden nur beste Freunde. Ich will ihr bester Freund sein, aber ich will auch ihr Freund sein. Sie erwidert meinen Kuss. Wir küssen uns sanft, dazu streichle ich ihr über den Hinterkopf, es sind keine gierigen Sexküsse und ich zieh dich gleich hier im Lokal aus, sondern es sind gute, saubere, sanfte Küsse. Wir küssen einander eine Weile. Was soll ich jetzt machen? Ich will bei ihr sein. Ich muss nichts machen, denn Ulrike entscheidet für mich.

»Hier ist es langweilig, magst mit mir nach Hause fahren.«

Und ob ich will.

Wir suchen ein Taxi und halten während der Fahrt weiter Händchen, wir reden nicht und genießen die Fahrt. Normalerweise dauerknutsche ich im Taxi, wenn ich mit meinen Eroberungen heimfahre, aber bei Ulrike verspüre ich keine Eile. Sie schaut mich an, sie hat die Situation unter Kontrolle, sie küsst mich sanft, sie zieht mich zu sich. Der Taxifahrer hat sich zweifellos ein ordentliches Trinkgeld verdient. Als wir aussteigen, trabe ich brav hinter ihr her. Ulrike bringt mich in ein Zimmer ohne Licht einzuschalten. Sie zieht mich aus, ich ziehe sie aus, wir genießen das Ausziehen und haben es nicht eilig. Ich streichle sie. Gottseidank ist es dunkel, ich bin noch nicht bereit für ihre Nacktheit. Wir lassen uns gemeinsam aufs Bett fallen. Ich küsse ihren Oberkörper, ich streichle ihr Gesicht. Mein kleiner Mike Tyson drückt und drückt und schon bin ich am Ziel. Auf ein Kondom habe ich vergessen. Ich bin in Ulrike. Sie wirkt verkrampft. Sie gibt mir ein Kondom und wir haben unbeholfenen Sex. Wir schlafen vertraut ein, so vertraut, als wären wir seit Ewigkeiten ein Paar.

Der nächste Tag und das gemeinsame Aufwachen sind das schwerste. Normalerweise. Kann sie sich noch an den Sex erinnern? Ist es ihr peinlich? Ist es mir peinlich? Will sie mich loswerden? Will ich sie loswerden? Paranoide, selbstzweiflerische Gedanken wie diese begleiten mich mein ganzes sexuell aktives Erwachsenenleben. Unsicherheit ist mein Begleiter. Doch diesmal ist alles anders. Als sie aufwacht, umschließt sie meinen Kopf mit ihrem Oberarm. Auf ihm bette ich mich wie auf einem Kissen. Auch diesmal macht sie das nicht fest und nicht zu zaghaft, ihre Bewegung ist natürlich. Habe ich jemanden gefunden, dem ich vertrauen kann? Träume ich noch? Wie werde ich von den Göttern diesmal bestraft werden? Ich will da nicht mehr weg. Ulrike umarmt mich und fängt an zu reden. Sie erzählt mir von ihrer Familie, ihrer Wohnung und ihrem Hobby, dem Reiten. Sie redet, ich höre zu, denn ich will alles von ihr erfahren. Und dann beschließen wir, frühstücken zu gehen. Wir wissen nicht, worauf wir Lust haben, außerdem kenne ich mich in ihrer Gegend nicht aus. Der lokale Türke am Marktplatz, den sie vorschlägt, klingt verlockend, Lammkotelette und Gebackenes sind ratsam, wenn man einen flauen Magen hat. Wir essen, reden nicht viel und spazieren zu ihrer Wohnung zurück. Sie fragt mich, ob ich bei ihr bleiben will. Doch ich mag nach Hause. Nicht weil ich weg will. Ich fühle mich ungewaschen, schmutzig und schlecht riechend. Ich brauche eine Dusche, frische Kleidung und mehrere Lagen Zahnpasta. Ich kann einer Göttin nicht ungewaschen entgegentreten. Für Ulrike muss ich sauber und rein sein. In meinem Zustand bin ich inakzeptabel. Ich küsse sie auf die Stirn und suche die nächste Straßenbahnstation. Warum fahre ich weg, wenn sie mich fragt, ob wir den Tag nicht gemeinsam verbringen wollen? Das ist nicht mein üblicher Fluchtimpuls, den ich kenne. Ich muss meine Gedanken ordnen. Samstagnachmittag hat Wien den Blues, die Sonne scheint. Ich bin so glücklich und grinse fremde Menschen an. Es ist schwierig, in der Vorstadt eine Straßenbahn zu finden. Ich war vorher noch nie in Hernals. Das ist eine Kleinstadt mit eigenen Regeln, es ist ruhig, es gibt keine Mitnehmläden, keine Kneipen, keine Geschäfte, nur Wohnblöcke und Gemeindebauten, das ist eine Schlafsiedlung. Die Gegend ist unsagbar trist, ein Bezirkszentrum lässt sich auch nicht ausmachen. Als ich nach einigem Suchen eine Straßenbahn finde, bekomme ich wieder Kontakt zur Erde, die Menschen schauen missmutig. Ich beschließe, meine unerwartete Eroberung mit einem einsamen Bier abzuschließen. Ich grinse still vor mich hin. Alles fühlt sich richtig und wahrhaftig an. Die Treppe im Einhorn hat mich zur Wahrheit geführt und Heinz von Försters These widerlegt. Sein ganzes wissenschaftliches Lebenswerk habe ich in der Kneipe seines versoffenen Bruders während einer Pinkelpause zertrümmert. Liebe ist eben doch möglich.

Nach drei Stunden, in denen ich meinen Triumph ausgiebig genieße, übermannt mich ein Sehnen und ich fahre in meine Wohnung. Warum bin ich nicht bei ihr geblieben? Sie hat mich sogar gefragt.

5

Eine Einführung in Waffenkunde

Ich bin etwas erledigt von unserer ersten Liebesnacht. Ich erlaube mir Sentimentalitäten und einen Hauch von Romantik, diesmal komme ich durch damit. Das weiß ich einfach. Ich schreib ihr vor dem Einschlafen eine SMS. Hoffentlich sehen wir uns bald wieder. Ich habe keine Angst, etwas Falsches zu schreiben. Ulrike hat für morgen einen Ausritt geplant, der leider, leider ins Wasser fällt, weil eine ihrer Reitfreundinnen ausgefallen ist. Ob es denn für mich kurzfristig ein Problem wäre, ihr Ersatzprogramm zu sein und mit ihr in ein Museum zu gehen? Ich als Sideshow Bob? Liebend gerne! Ulrike wollte schon immer das Heeresgeschichtliche Museum besuchen. Mich interessieren Kriege nicht, von Waffen hab ich keine Ahnung, dennoch klingt ein sonntäglicher Museumsbesuch mit Ulrike nach der perfekten Wochenendgestaltung für mich. Mit dieser Frau ginge ich auch zu einem Fußballturnier. Bleibt nur eine Frage offen, warum will Ulrike am Sonntag freiwillig das Heeresgeschichtliche Museum betreten? Das muss etwas mit ihrer Diplomarbeit zu tun haben.

Vor dem Museumsbesuch treffe ich noch Frank zum Frühstück, einen erfolgreichen Markt- und Meinungsforscher. Wir gehen regelmäßig miteinander frühstücken und schimpfen dabei über die Verkommenheit Österreichs. Frank habe ich bei einer Umfrage über Stadtpolitik kennengelernt. Mit seiner Nickelbrille, seinem Scheitel und seinem 1.000 Euro Anzug wirkt er wie ein seriöser Geschäftsmann. Der Eindruck täuscht. Wenn wir miteinander plaudern, spotten wir über die Innenpolitik, Österreichs Medienlandschaft und Wien. Frank ist gut drauf. Seine Augen lachen erfreut, wenn er Politiker ausrichtet. Er kennt viele Interna und hat stets die aktuellen Umfragedaten parat. Im Stakkatorhythmus schleudert er Pointen: seit Jahren schwächelt unsere rot-schwarze Regierung. Und die rot-grüne Stadtregierung verwaltet nur den Stillstand, in allen internationalen Rankings fällt Wien immer weiter nach hinten. Die bürgerliche Opposition ist eine Farce. Wien wird nicht gut verwaltet, die Stadt hat den Prater verschandelt, verbaut den Augartenspitz und hat den Praterstern durch dessen Umbau seiner historischen Seele beraubt. Die Stadt lagert ständig Schulden aus, um von ihrem Versagen abzulenken. Die Rathausclique heiratet untereinander, das alles ist eine einzige Inzucht und ein Ärgernis. Die Medien werden vom Presse- und Informationsdienst mit Inseraten gefügig gehalten, das Klima der Stadt ist undemokratisch und geriert sich als aufgeklärter Absolutismus. Das Geniale an der Wiener Machtpolitik ist, so Frank, dass man auch seine Gegner mit kleinen Geldgeschenken und Gefälligkeiten gefügig macht. Diese Stadt alimentiert Freunde und Gegner gleichermaßen, neben dem roten Donauinselfest gibt es ein schwarzes Stadtfest, und die Kommunisten haben auf der Praterwiese auch ihr eigenes Stadtfest. Sogar die Grünen bekommen ein Fest gesponsert. Wer nicht arbeitet, bekommt Mindestsicherung und eine Gemeindewohnung, wer arbeitet, wird besteuert, findet aber in billigen Mietshäusern ein bekömmliches Auslangen. Frank ist in Höchstform.

»Es kann sein, dass Fachaufsätze für deinen altersdementen Präsidenten zu schreiben kein aufregender Broterwerb ist«, spöttelt Frank und tunkt sein Kipferl in den Kaffee, »aber Meinungsforschung ist auch das pure Nonsens-Geschäft. Stell dir vor, heuer mache ich für einen narzisstisch veranlagten niederösterreichischen Provinzpolitiker schon die dritte Umfrage für seine kleine Bezirkshauptstadt. Dieser Kontrollfreak will alles über sein Kuhdorf wissen. Ob der neue Kreisverkehr was taugt, ob die Öffnungszeiten des Hallenbades kindergerecht sind, ob die Bürger mit der Neugestaltung des Bahnhofs zufrieden sind. Dabei tut sich dort überhaupt nichts. Die Einstellungen ändern sich in diesem Kaff nie. Drei Umfragen innerhalb von drei Monaten sind absoluter Rekord. Na, mir soll es recht sein, Hauptsache, die Kasse stimmt. Ich kann dir mittlerweile genau sagen, welcher Haushalt in diesem Kuhdorf welche Partei aus welchen Gründen wählt. Im Unterschied zu dir suche ich keinen Sinn in meiner Arbeit. Manchmal ist es dennoch zum Verzweifeln. Gestern bekam ich einen Anruf von einer Salzburger Landesrätin. Ich soll ihr eine Studie auswerten. Die haben um 30.000 Euro einen Fragebogen an 3.000 Haushalte zum Thema außerhäusliche Kinderbetreuung verfasst und beim Erstellen des Fragebogens vergessen, diesen so zu codieren, dass er wissenschaftlich auswertbar ist. Ich hab mir den Fragebogen angesehen, und man kann diese ganze Umfrage einfach nur wegwerfen. Aus den Daten lässt sich beim besten Willen nicht mehr als Teesud herauslesen. Das ist typisch österreichische Politik. 30.000 Euro für den Papierkorb. Das Ganze lässt sich nicht einmal als Imageaktion für die Frau Landesrätin PR-technisch schönreden. Die Leute prassen mit den Steuergeldern und starten ständig idiotische Umfragen, ohne sich vorher Ziele zu überlegen. Wir haben kein Ziel, aber wir fahren los, sozusagen. Ich habe diese Anfrage natürlich abgelehnt«, seufzt Frank.

»Es ist unglaublich, was für idiotische Anfragen so reinkommen. Mein Geschäft wird auch von Jahr zu Jahr mühsamer. Immer mehr verweigern Interviews, ungelernte Arbeiter, herkunftsfremde Österreicher, FPÖ-Wähler sind praktisch nie vor den Hörer zu bekommen. Die formal schlechter Gebildeten fürchten sich vor Umfragen, die sind dort gestresst wie in einer Prüfungssituation und haben Angst, als dumm zu gelten. Die Unterrepräsentation der bildungsfernen Schichten ist mittlerweile ein echtes Problem für die Meinungsforschung. Eigentlich bilden Umfragen immer nur die Stimmungslage des sogenannten Mittelstandes ab. Vergiss übrigens auch die bisherigen Studien zum Wahlverhalten der Neoösterreicher. Die Daten sind zum Wegschmeißen. Die Fallzahlen sind viel zu gering, um repräsentativ zu sein.« Frank widmet sich wieder seinem Kipferl und blättert lustlos in einer Zeitung.

»Das ist Satire, das ist keine Berichterstattung. Das ist weit davon entfernt, ein Qualitätsblatt zu sein. Diese pseudoliberale Blattlinie ist absolut jenseitig. Da werden sie fett alimentiert und gerieren sich als Gegenpart zu einem imaginierten Mainstream. Lies dir diese Kolumne durch. Diese Franziska Irgendwer hat keinen Plan, was die so zusammenschreibt, die hat echt nicht den geringsten Schimmer, wie Politik in Österreich funktioniert. Die hat sich 40 Jahre als talentfreie Schreiberin durchgeschnorrt und wird noch immer nicht alterweise. Warum müssen diese Wutsenioren so agil sein? Wenn ich nicht arbeiten müsste, würde ich sofort aufhören mit der Erwerbsarbeit. Aber diese Untote kann einfach nicht aufhören. Sie sollte sich der Orangenzucht oder was weiß ich widmen, nur bitte mit dem Schreiben aufhören. Es ist beängstigend, wie wenig sie vom Wesen der Politik versteht, nachdem sie in dieser Branche fast vier Jahrzehnte gearbeitet hat.«

Frank hat einen unverstellten Blick auf Österreich. Wir verabschieden uns, und während ich zu Ulrike spaziere, denke ich über die Wiener Unkultur nach. Wien ist keine pulsierende

Weltstadt, erst recht keine Clubbingstadt, eher ein Kaffeehaus. Deshalb funktioniert das Nachtleben in dieser Stadt nicht. Das hängt damit zusammen, dass überehrgeizige Bundesländerflüchtlinge in Strömen in die Provinzperipheriehauptstadt Wien ziehen und dort ihre Kleinstadtsozialisation verleugnen. Sie bringen unbedingten Ehrgeiz, Tunnelblick und einen Mangel an Stil mit. Grelle Forelle, Flex, Pratersauna – diese angeblich international renommierten Clubs sind eine Farce. Die Musik ist schlecht, das Publikum ist schlecht, die Architektur ist schlecht. Wenigstens ziehen sich die jungen Leute besser an als vor 20 Jahren und haben nicht mehr diesen aufgesetzt langweiligen Dackelblick. In Berlin beleben 50-Jährige die Clubs, in Wien ist jeder ab 25 ein störender Fremdkörper. Mit dem Alter kommt das Wissen, was zur Essenz einer gelungenen Clubnacht dazugehört. In Wien ist die Formel für Clubbing einfach. Jede durchschlafene Nacht ist um Welten aufregender als das Wiener Clubleben. Es reicht nicht, sich Kapuzensweatshirts anzuziehen, missmutig in der Ecke zu stehen und dort den Klängen eines importierten Plattenauflegers zu lauschen. Das Flex ist eine Schande für Wien. Vorarlberger und Tiroler Schafsköpfe, die einen auf Hardcore machen, aber ständig nur die Hotels von Papa und Mama originalgetreu nachbauen wollen. Dieser Glaszubau beim Flex ist in seiner Hässlichkeit nur mit den Kristallwelten von André Heller vergleichbar. Schlechte Haarschnitte, schlechte Laune, schlechte Partys. Nur noch Touristen und Marlene Streeruwitz gehen freiwillig dorthin. Es ist letztklassig, dass die süßen Punks am öffentlichen Platz vorm Club mit ihren mitgebrachten Bieren von den Flex-Security-Leuten verscheucht werden. Die selbsternannten Gralshüter der Wiener Clubkultur bangen um ihren Getränkeumsatz, dabei ist jede Ansammlung von zehn besoffenen Punks mehr Party, als im Flex jemals stattfindet. Manchmal treffe ich beim Weggehen dennoch nette Menschen, das ist der einzig triftige Grund, wegzugehen. Im Einhorn habe ich unlängst die serbische Nachwuchsschriftstellerin Barbi Markovic kennengelernt. Wir sind hier weder in Frankfurt noch in Belgrad, Barbi, habe ich zu ihr gesagt. Du bist untypisch für diese Stadt. Du bist unprätentiös, freundlich und eine Künstlerin, die nicht von ihrer Kunst redet. Der Rest der Stadt simuliert beim Ausgehen, dass sie Künstler sind, aber sie sind keine Künstler. Weggehen tue ich nur, weil ich hoffe, zweimal im Jahr auf Menschen wie dich zu treffen, Barbi. Ich muss zugeben, dass meine Erwartungshaltung gering ist. Oder realistisch. Welches Wort das richtige ist, hängt vom Blickwinkel ab. Und ich gehe natürlich aus, weil ich in Kneipen Bier vom Fass trinken kann. Aber auf keinen Fall kann man in Wien schön, elegant oder verwegen clubben. Dafür ist die Musik zu rückständig, dafür sind die Clubs zu schlecht, dafür ist Wien zu langsam. Deswegen gibt es hier in dieser Erzählung auch keine gestelzten Dialoge aus der Frankfurter Oberschicht wie bei den Erzähltableaus von Martin Mosebach, wo sich gelangweilte Bürgersgattinnen mit gelangweilten Bürgern paaren, um die Sinnlosigkeit ihrer Existenz zu überbrücken. Und alle arbeiten als Anwälte, Doktoren oder Lektoren für Verlage oder Zeitungen. In Wien ist alles anders. Da trifft der Kellner auf den arbeitslosen Diplomsoziologen, der gerade auf Kletterlehrer umsattelt. Gestelzte, verschachtelte Dialoge sind völlig fehl am Platz. Hier passieren die Dinge nachher, nicht vorher. Subtilität ist keine Wiener Sprachtugend. Wien ist tief wie die Bassena. Wegen kluger Tresenphilosophie geht in Wien niemand weg, Barbi. Manchmal, wenn man Glück hat, trifft man einen klugen Menschen. Und du bist ein solcher Mensch.

Du lebst seit ein paar Jahren in Wien und musst mittlerweile selbst die Kernthese deines ersten Buches »Ausgehen«, dieser gekonnten Paraphrase auf eine Erzählung Thomas Bernhards, widerrufen. Im Vergleich zur Belgrader Ausgehszene, die du dort so trefflich und wirklichkeitsgetreu beschrieben hast, ist Wien viel jämmerlicher und erbärmlicher. Die Serben setzen wenigstens keine pseudosharpen Hackfressen auf, die tanzen einfach, weil sie tanzen wollen. Da gibt es keine amateurphilosophischen Intellektualisierungsversuche des eigenen Scheiterns. Die suchen nicht verzweifelt nach poststrukturalistischen Formeln, um ihrem Umhacken eine Sinndimension zu verleihen. Wie peinlich ist das denn, ein Lokal nach einem französischen Philosophieroman zu benennen? Kein normaler Mensch nennt seinen Club rhiz, das ist indiskutabel. Barbi, ich gesteh dir zu, dass selbst in Belgrad jedes Ausgehen ein Ersatzausgehen ist und dass Partys in Belgrad ohne Stil organisiert werden und dass stilloses Clubbing bestraft gehört, aber im direkten Vergleich, liebe Barbi, musst du zweifelsfrei zugeben, dass es nirgendwo schlechtere Clubs als in Wien geben kann. Du hast in deinem Buch die geniale Vision entworfen, stilloses Clubbing zu bestrafen. Du hast vorgeschlagen, ein Ästhetiktribunal zu gründen und Stillosigkeit mit Höchststrafe zu ahnden. Du zeigst dich überzeugt, dass wer eine beschissene Party in Belgrad organisiert, sich bewusst ist, dass er Langeweile produziert. Und das ist der wesentliche Unterschied zu Wien. Die Wiener ahnen nicht, dass sie Langeweile produzieren. Deppen wie Crazy Tonic und Tom Weller, die Zeit ihres Lebens immer nur B-Seiten spielten, weil sie taub sind und unmusikalisch, sind aufs Naivste davon überzeugt, originelle Clubnächte zu veranstalten. Sie sind so weltfremd, dass sie nicht einmal ahnen, wie unendlich viel Leid sie vorsätzlich verursachen. Und deshalb, liebe Barbi, mag die Clubszene in Belgrad zwar beschissen sein, im Vergleich zu Wien ist sie eine unendlich inspirierende und lebendige, ich würde sogar so weit gehen zu behaupten, die Belgrader Clubszene ist im Vergleich mit Wien eine gelebte Realutopie. Ein Hort der Freiheit, des Widerstands und der Lebensfreude. Belgrad ist unglaublich vital und hibbelig im direkten Vergleich. Jeder durchschnittliche Abend in Belgrad ist ein Jahrhundertereignis verglichen mit dem hiesigen Stumpfsinn. Natürlich hast du recht, wenn du schreibst, dass die Belgrader die Nase gestrichen voll haben vom Ausgehen. Aber Wien ist die permanente Ausgehkrise. Ich gehe seit Jahren nicht weg, niemals in Clubs, und auch Szenebars meide ich wie der Rapper Nazar die Lektüre von Zeitungen, nur ins Einhorn komme ich manchmal, weil ich hier kluge Menschen wie dich kennenlerne, Barbi, aber das Gefühl des Das-Ausgehen-satt-Habens ist Teil der großen Wiener Erzählung. Ich habe mit 18 und mit 25 und mit 30 und 33 Jahren aufgehört auszugehen. Ich hatte ungezählte Ausgehkrisen, der einzige Ort, wo man in Wien nett weggehen kann, ist die Kopfdisko. Die Disko im Kopf ist der einzige Club, der mir gefällt. Die vollkommene Resignation und Passivität steht in Wien im Unterschied zu Belgrad am Beginn einer Ausgehkarriere und nicht am Ende, das kannst du mir glauben, Barbi. Klar gibt es auch Parallelen zwischen dem Belgrader und dem Wiener Ausgehleben. Du schreibst wahrscheinlich vollkommen zu Recht, dass in Belgrad gerade die mittelmäßigsten und oberflächlichsten Clubber hofiert werden. Das ist in Wien genauso. Das ist ein weltweit gültiges Clubgesetz. Wenn jemand besonders unmusikalisch ist, hat er die besten Marktchancen.

Du kannst dir nicht vorstellen, liebe Barbi, wie miserabel die Wiener Clubkultur ist. Du lebst noch zu kurz in Wien.

Als die Meierei und der dort veranstaltete, besonders schlechte Converse Club im Jahr 2002 geschlossen haben, atmete Wien kollektiv auf, diese Schließung empfand ich als Erlösung. Wenn heute die Wiener Popbeamten von der Grellen Forelle als dem legitimen Nachfolgeort der Meierei schwadronieren, zeigt dir das nur, wie verloren alles ist. Es wäre unendlich hilfreich für die Psychohygiene der Stadt, wenn das Flex, die Pratersauna, das Fluc, der Camera-Club und die Grelle Forelle kollektiv geschlossen werden würden. Nach dieser Stunde null könnte man mit dem behutsamen Aufbau einer sensiblen, vielschichtigen und netten Ausgehkultur in Wien beginnen. Das werden wir beide nicht mehr erleben, dafür ist Wien viel zu phlegmatisch. Den einzigen Lichtblick in der grauenhaften Wiener Clubkultur bildet der Morisson Club. Dort gibt es keinen Sexismus, das Bier ist billig und nicht von Ottakringer, der Eintritt ist nie teurer als 5 Euro, es verkehren keine Popbeamten oder Szeneleute dort, dafür nur hauptberufliche Partynasen, viele Ausländer, hübsche Frauen und hübsche Männer. Auf dieses gallische Dorf könnte man aufbauen, leider wird das nicht passieren. Auch die Aufhebung der Sperrstunde und 24 Stunden durchgehend fahrende öffentliche Verkehrsmittel werden die Ausgehkultur nicht zum Besseren wenden, so viel steht fest, liebe Barbi.

Es ist gut, dass Wien Peripherie und Provinz und keine Weltstadt ist, denke ich mir am Weg zu Ulrike. Vom Zanoni bis zu unserem Treffpunkt, dem Karlsplatz, ist es ein feiner 15-minütiger Spaziergang, wo ich über Banalitäten wie die Clubunkultur Wiens nachdenken kann. In Wien kann ich zu Fuß problemlos überall hingehen innerhalb des Gürtels. Das ist in weitläufigen Metropolen wie London und Berlin unmöglich. Dort verrotten die Bewohner in ihren Bezirken. Ich habe aufgehört, Städte miteinander zu vergleichen. Es gibt keine guten und schlechten Städte mehr, nichts ist toter als New York. Dort darf man nicht mal mehr in Parks rauchen. Die Idee, dass Städte pulsieren, ist ein Konzept aus dem vergangenen Jahrtausend. Die nächste Revolution wird vom Land ausgehen. Wien als Landstadt besitzt einen Vorteil. Ich muss nicht eineinhalb Stunden blöd mit dem Bus fahren wie in London, um in ein Kaffeehaus zu kommen. Das schaffe ich in Wien in kürzerer Zeit zu Fuß.

Beim Spazieren lerne ich die Stadt kennen und Bausünden hassen. Wer Wien kennt, weiß billiges Essen im ersten Bezirk zu schätzen. Beim Zanoni kostet das Frühstück 5,90 Euro, und dieser italienische Eissalon ist nur zwei Minuten vom Stephansdom entfernt. In Mailand lege ich für ein Bier 10 Euro ab. Dass man in der Innenstadt günstig essen kann, weiß nur keiner, aber wir wissen es, weil wir Wiener sind, und deswegen gehen wir in die guten Lokalitäten der Altstadt. Wir gehen oft zum Reintaler und essen Schnitzel und Schweinsbraten, wir meiden den Systemgastronomen Plachutta, den angeblichen Erneuerer der Wiener Küche, der das Wiener Beisl der Geschmacklosigkeit preisgegeben hat. Plachutta hat die Wiener Küche verflacht, sie ihrer Bodenständigkeit beraubt und keinesfalls modernisiert. Deshalb gefällt der Plachutta der geschmacksresistenten Wiener Stadtregierung, sie überhäufen ihn mit Auszeichnungen. Es ist das große Ziel der Stadtregierung, das Stadtbild systematisch zu verhässlichen. Der Donaukanal, eine Kloake. Der Westbahnhof, eine Groteske. Die Kärntner Straße, ihrer sittlichen Substanz beraubt. Dieser Peek-und-Cloppenburg-Wahn hätte baupolizeilich nie genehmigt werden dürfen. Die Verantwortlichen vom Rathaus gehören wegen ästhetischer Grausamkeit verklagt und eingesperrt.

Ganz haben sie Wien noch nicht zerstört. Nicht mal der Anblick des Plachutta mit seinem grottenhässlichen Wintergartenzubau trübt meine Laune, denn bald sehe ich Ulrike. Weil ich noch ein wenig Zeit habe, nehme ich einen kleinen Umweg über den Parkring. Wir treffen uns direkt am Fahrsteig, und ich gehe ihr entgegen. Es gibt einen kurzen Kuss auf den Mund, das war's schon mit Zärtlichkeiten, wir knutschen nicht herum, wie ich es mir gewünscht hätte. Wir fahren los, steigen aus und flanieren durch den Peterspark. Bevor wir ins Museum gehen, suchen wir noch eine Parkbank, und Ulrike raucht sich eine an. Sie raucht viel, aber ich bin ein extrem toleranter Ex-Raucher. Ich finde es gut, wenn Nichtraucher und Raucher harmonieren. Diese hysterischen Gesundheitspuritaner, die Rauchen in Parks und Lokalen und Zigarettenautomaten generell verbieten, sind mir zu sinnesfeindlich. Politik soll Jobs schaffen und Banken kontrollieren, und sich nicht in das Privatleben der Menschen einmischen. Das sage ich als Nichtraucher. Ich habe vor sieben Jahren aufgehört. Ich schaue zu, wie sich Ulrike eine weitere Zigarette anzündet. Wir blicken in den Park, vor uns liegt ein kleiner Teich, und ein paar Jugendliche, die ebenfalls Zigaretten rauchen, lümmeln auf einer Bank. Manche sehen gefährlich aus und Ulrike erzählt mir, dass die Problemjugendlichen in ihrer Heimatstadt Kitzbühel in Tirol genauso aussehen. Die Leute sind grantig und voller Hass, in Kitzbühel gibt es nicht viel zu tun und zu arbeiten, deswegen werden sie destruktiv. Ein Gespräch über jugendliche Gewalttäter fesselt mich nicht im Augenblick, auch das gesellschaftlich sicher drängende Problem von Migrantengewalt der dritten Generation und rechtsextreme Jugendliche in Provinzstädten nicht. Ich folge lieber Ulrikes Blicken, wie sie in die Sonne blinzelt, rüber zu den Bäumen schaut und verzweifelt versucht, mit dem nun schon dritten Streichholz ihre Zigarette anzuzünden. Ich küsse sie, sie weicht zurück, meine Zunge war vorschnell, so wird das nichts. Ich versuche die Kurve zu kratzen und gebe ihr drei Bussis. Einmal links, einmal rechts und dann einen Kuss auf ihre Nase. Das wirkt bestimmt linkisch und unbeholfen. Ich trete den geordneten Rückzug an. Sie lächelt, und wenn sie lächelt, bilden sich neben ihrer Nase mikroskopisch kleine Lachfältchen. Unter ihrem Grübchen auf der Wange entdecke ich noch zwei kleine Reservelachfältchen. Diese Zusatzlachfältchen bilden sich nur, wenn sie etwas erheitert. Alles ist gut. Die Stille im Park und zwischen uns ist mir unangenehm, mir fällt leider kein Überbrückungswitz oder eine freche Bemerkung ein.

Also gehen wir ins Heeresgeschichtliche Museum. So spannend das klingt, so groß ist der Publikumsandrang. Es ist Sonntag 15.00 Uhr und zehn Menschen, ausschließlich verschrumpelte Männer ab 70, befinden sich mit uns im Museum. Dazu gesellt sich noch eine Kindergruppe, die mit einer Aufsichtsperson blöde Plastikkugeln in eine Spielzeugkanone stopft und kollektiv hässliche Kostüme trägt. Ulrike ist eine Nachwuchswissenschaftlerin mit echtem Forschergeist. Die nächsten zwei Stunden wird sie 300 Lanzen, vierhundert Messer, dutzende Bajonette und Gewehre, Propagandamaterialien, Kriegsbeute, Rüstungen und allerlei sonstiges Kriegsgerät inspizieren. Für Heeresfanatiker besitzt es fraglos hohe historische Brisanz, wie ein Bajonett während der Türkenbelagerung ausgesehen hat, mich ermüdet die Ausstellung schnell. Das 100. Bajonett bleibt eben ein Bajonett, und schnelle Innovationszyklen wie bei Mobiltelefonen gab es zwischen 1540 und 1720 nicht. Ich beobachte lieber Ulrike als das altertümliche Kriegsgerät. Ulrike liest sich alle Texte genau durch und überprüft jede Lanze einzeln. Sie hat eine beneidenswerte Ausdauer, meine Aufmerksamkeitsspanne ist nach zehn Minuten erschöpft, sie taut erst richtig auf. Macht nichts, dafür kann ich sie stundenlang anschauen. Wie sie sich bewegt. Wie sie die Vitrinentexte studiert und einordnet. Wie sie Andreas-Hofer-Memorabilia erspäht. Völlig in Verzückung gerät sie, als sie das Original-Attentatsauto von Sarajevo 1914 erblickt. Sie umkreist das Kronprinzenauto andächtig. Gewiss ein historisch wichtiges Auto, es hat den Ersten Weltkrieg ausgelöst und das Ende der Monarchie eingeläutet, aber eine solche tief empfundene Begeisterung für ein Kriegsgefährt bei einer Frau? Ist Ulrike Legitimistin? Ist sie Monarchiefreak? Hat ihre Begeisterung etwas mit ihrer Diplomarbeit über Warlords und Failed States zu tun? Sie erzählt von ihrem Forschungsinteresse und liefert mir eine Kurzfassung ihrer Diplomarbeit.

Ulrike hat gescheiterte Staaten untersucht. Hier zählt die Zugehörigkeit zu einem Clan, einem Stamm oder einer Religionsgruppe mehr als die Verpflichtung zu einer Nation. Aufbauend auf ihrer These, wonach nur der Staat der Ordnungshüter der Gesellschaft ist, hat sie in einem historischen Vergleich die feudale Anarchie im Spätmittelalter mit dem Warlordismus der Gegenwart verglichen. Sie nahm Somalia und den Libanon als Beispiele für Staatskollaps und verglich diese mit der Gewaltordnung des Spätmittelalters. Sie wollte herausfinden, warum in modernen Failed States das Gewaltmonopol des Staates nicht mehr existiert. Ulrike ist davon überzeugt, dass im 21. Jahrhundert das Mittelalter zurückkehren wird. Ich bin von ihrer Gedankenwelt fasziniert.

Ulrike schließt die Ausführungen über ihre Abschlussarbeit ab: »Lies dir bitte meine Arbeit nicht durch. Das ist mir peinlich.«

»Warum denn? Ich find's toll, dass du dir ein exotisches Thema gewählt hast und nicht zum 40. Mal die Kampagnenfähigkeit von Nichtregierungsorganisationen wie Greenpeace untersuchst. Bei solchen Allerweltsthemen ist der Erkenntnisgewinn eher gering.« Sie glaubt mir nicht und redet ihre eigene Arbeit schlecht.

Seltsam, dass eine Frau das Thema Staatszerfall für eine wissenschaftliche Abschlussarbeit wählt. Das ungewöhnliche Forschungsgebiet bedingt wahrscheinlich auch ihr Interesse für langweilige Museen. Nur warum relativiert sie den Wert ihrer Abschlussarbeit vor mir und macht sich mies? Diese Frage beschäftigt mich mehr als der Einschusswinkel beim Attentatsfahrzeug. Ulrike berechnet hingegen Einschlaggeschwindigkeit und Flugbahn des Projektils. Sie merkt, dass mich der Ausbruch des Ersten Weltkrieges nicht wahnsinnig fesselt.

»Weißt du, normalerweise gehe ich am liebsten allein in Museen. Sonst fühle ich mich verpflichtet, schnell durchzugehen, jeder Mensch hat sein eigenes Tempo. Ich kann mir historische Kriegsgeräte stundenlang anschauen, ohne mich zu langweilen.«

Das Museum war eh lehrreich. Es ist ein zu kalter Frühlingstag. Man sitzt schon draußen im Gastgarten, weil die Sonnenhungrigen und vom Winterlichtmangel Depressiven für ein paar Sonnenstrahlen selbst Kälte, Wind und eine gewisse Ungemütlichkeit geduldig ertragen. Immerhin scheint die Sonne zaghaft. Ihr Licht spendet so wenig Wärme, dass es nach ein paar Eiernockerln Zeit wird weiterzugehen. Es wäre besser mit Ulrike im Bett zu kuscheln. Spazieren ist zum Aufwärmen nur das Zweitbeste. Die ersten drei Verabredungen war ich lockerer drauf, obwohl es nach dem Kino schon stressig war. Das erste Postkopulationstreffen läuft nicht ganz rund.

Wir schlendern durch den Stadtpark, gehen den Ring entlang über den Karlsplatz und passieren die Oper.

»Warst du schon einmal in der Oper«, frage ich.

»Nein, aber es wäre sehr schön, einmal in die Staatsoper zu gehen.«

»Das lässt sich ändern. Weißt du, ich besuche öfters mal Opernvorstellungen, ich höre Richard Strauss und Puccini recht gerne. Was magst du denn?«

»Wagner. Nur bitte keinen Krempel wie die Zauberflöte.«

Nach dem Heeresgeschichtlichen Museum der deutscheste der Deutschen. Passt. Ich werde morgen den aktuellen Spielplan studieren, recherchieren, ob wir eine Vorstellung finden, die uns beiden zusagt. Die Idee eines gemeinsamen Opernbesuchs hebt meine Laune, wir spazieren die Kärntner Straße hinauf, die mit jedem Jahr hässlicher, unpersönlicher und austauschbarer wird, als ich spontan beschließe, Ulrike noch schnell die Loos-Bar zu zeigen. Oper und Loos Bar bilden für mich eine Einheit. Als Bundeslandflüchtling kennt sie dieses Kleinod nicht. Mir ist es eine Freude, sie in diesen Ort einzuführen. Sonntag um 17.00 Uhr wird selbst die Loos Bar profan. Es ist trotzdem der Ort, wo ich mich in Wien am heimischsten fühle. So und nicht anders muss Architektur sein. Zwei Schafsköpfe mittleren Alters mit Turnschuhen, sicher US-Amerikaner, dazu zwei Osteuropäer und die Helligkeit des Tageslichts verwandeln meine Lieblingscocktailbar in einen säkularen Raum. Ulrike bestellt ein Wasser.

»Lach jetzt nicht, aber ich hab mich als Kind vor Tschernobyl gefürchtet. Aus Angst vor der Kernenergie konnte ich mehrere Nächte nicht schlafen, die Endlagerung und diese Technik, das bereitet mir echt Sorgen. Der Mega-GAU in Japan in Fukushima führt uns doch deutlich vor Augen, dass

91

wir die Restrisiken dieser Technologie niemals 100-prozentig beherrschen und kontrollieren werden.«

Ihre Worte erheitern mich. Fürchtet sie sich wirklich vor Nuklearenergie? Es ist besser, ich schweige. Meine Meinung ist irrelevant. Meint sie das ernst? Ich kenne niemanden, der eine Meinung zu Atomenergie hat. Das ist doch längst gegessen als Thema und Aufreger. Über Atomenergie denkt doch niemand ernsthaft nach. Selbst Fukushima hat schon wieder jeder vergessen und verdrängt. Verarscht sie mich? Sie kann gut stänkern und schimpft viel, aber das ist schon das zweite Mal – Dates an Freitagen sind schöner, Angst vor Atomenergie –, dass sie unfassbares Zeug von sich gibt.

»Ich finde es zum Niederknien, dass du so unzynisch bist.«

»Ich muss dich nicht immer verstehen, wenn du was sagst«, antwortet sie.

»Nein, musst du nicht, ich wollte dir nur sagen, es rührt mich, dass du eine menschliche Regung zeigst wegen einer Sache wie der Atomenergie. Meine letzte Freundin hat sich nur für Geld und High Heels interessiert, meine vorletzte für Speed und ihre Drogen. Die haben über Nebensächlichkeiten wie ihre Umwelt nicht nachgedacht, die haben nur sich und ihre Bedürfnisse in den Mittelpunkt ihres Daseins gestellt. Dass du auch an andere denkst, das gefällt mir. Ich kenne eigentlich nur Menschen, denen ihre Umwelt und ihre Mitmenschen vollkommen egal sind.«

Sie lächelt besonnen. So lächelt jemand, der gerne lebt. Sie ist eine nette Frau aus der Kleinstadt. Sie findet ihr Leben in Ordnung, sie will nicht ausbrechen und woanders hin. Diese Frau ist ab sofort mein Vorbild. Wir zahlen und gehen weiter. Wir spazieren weiter durch die Innenstadt, gehen über den Graben, und ich bringe sie bis zum Schottentor, wo ich gemeinsam mit ihr auf die Straßenbahnlinie 43 warte. Sieben Minuten. Die warte ich auf jeden Fall gemeinsam mit ihr. Ist es zu offensichtlich, sie zu küssen? Ich denke zu viel nach und stelle mir zu viele idiotische Fragen. Ich mache noch ein bisschen Smalltalk für drei Minuten und dann wird es mir zu blöd. Ich nehme ihre Hand und küsse sie. Es ist ein schüchterner, ein zärtlicher, ein Antipornokuss. Diese Frau ist 30, küsst mich aber wie beim ersten Mal. Nicht fordernd, nicht schlatzig, ihre Zunge spielt mit meiner, tastet sich langsam vor. Mir wird leicht schwindelig. Ulrikes Küsse sind das Pendant zum Slow Food. Slow Kissing. Langsam, liebevoll, respektvoll, dazu hält sie meinen Kopf mit ihrer linken Hand. Ich streichle über ihre Haare, die ein bisschen länger als schulterlang sind. Sie lässt sich ihren Bob auswachsen, sie will längere Haare. Obwohl sie klein ist, stauchen sie die langen Haare nicht. Ich finde diesen ausgewachsenen Haarschnitt umwerfend. Ihre Silhouette muss sich erst entscheiden, ob sie der Körper eines 13-jährigen Jungen oder eines 13-jährigen Mädchens ist. Sie hat kaum Hüfte und einen flachen Hintern, er ist nicht drall oder spannt. Er wirkt nicht sonderlich weiblich, das fasziniert mich, ich umschließe ihren Hintern und greife in ihre Hosentasche. Das ist der langsamste Kuss, seit ich 14 war. Schon kommt die Straßenbahn. Sie lächelt zum Abschied. Ich gehe nach Hause. Ich habe ein Problem, ich muss sofort meine Affäre beenden.

Ich wünsche mir eine Beziehung. Ich hab mit ihr geschlafen, bin mir aber nach wie vor unsicher, ob sie mich mag. Hat sie mir bei unseren ersten flüchtigen Begegnungen nicht zu verstehen gegeben, dass ich eine Witzfigur und schrecklich peinlich bin? Vielleicht war sie letzten Freitag kurz schwach und wollte Sex, sie war doch so defensiv und zurückhaltend. Ich brauche Gewissheit. Ulrike ist wie Alex Tirolerin und Tirolerinnen sind stolz, stur und treu. Wenn die eine von der anderen erfährt oder draufkommt, ist es mit beiden vorbei. Da brauche ich mich keinen Illusionen hingeben. Meine Entscheidung ist längst gefallen. Selbst wenn ich Ulrike nicht bekommen kann, darf ich nie mehr mit Alex ausgehen. Wie erkläre ich das Alex? Sie lernt in Innsbruck in ihrem Bürgerhaus für eine Kultur- und Sozialanthropologieprüfung, und ich kann sie nicht anrufen und einfach sagen, sorry, ich mag dich gerne, ich schlaf gerne mit dir, du bist mein Tiroler Heavy-Metal-Chick. Ich klapse dir gerne auf den Hintern und ich finde es komisch, dass du dich für mich schämst, wenn ich einen auf Heavy Metal mache. Ich mache gerne den Affen für dich, ich unterhalte dich gerne, ich höre mir deine Geschichten an, und dann haben wir bedeutungslosen Sex. Das ist das Gute am Erwachsensein, wenn man nicht verliebt ist. Wir schlafen ein bisschen miteinander und alles ist gut. Nicht Gelegenheitssex, dafür bist du ein viel zu anständiges Bürgersmädchen, wir mögen einander ja und wir spielen die Spiele der Erwachsenen. Für eine Beziehung ist mir das allerdings zu wenig. Das kann ich ihr nicht so direkt sagen, das hat sie sich nicht verdient, sie ist ein netter Mensch.

Ich bin verliebt, dieses große Wort kann ich ruhig in den Mund nehmen. Ich muss dauernd an Ulrike denken und will in ihrer Nähe sein. Ich hatte noch nie eine so kleine Freundin wie sie. Im Einhorn nennen sie alle Jodie. Weil sie aussieht wie Jodie Foster in »Taxi Driver«. Wer will schon aussehen wie Jodie Foster? Alle schätzen Jodie wegen ihres Intellekts, ihrer Verlässlichkeit, wegen ihrer Schauspielkunst, wegen was weiß ich, aber wie viele Männer finden Jodie Foster scharf? Bis vor kurzem hab ich nie über Jodie Foster nachgedacht, plötzlich suche ich Gründe und Argumente, warum ich Jodie Foster begehrenswert und schön finde. Überhaupt schauen die beiden einander nicht ähnlich. Ist Ulrike objektiv hübsch? Diese Frage stellt sich mir nicht, für mich als Mensch ist sie die vollendete Frau. Ich habe nie eine schönere Frau gesehen. Wenn ich weiß, ich will eine Frau, will ich sie. Ich bin mir sicher, dass ich wieder eine feste Beziehung will, dafür muss ich sofort meine Affäre beenden, um frei für Ulrike zu sein. Im Affären beenden bin ich leider ungeübt. Ich rufe Alex an und frage sie, wie es ihr bei den Prüfungsvorbereitungen geht. Meine Anteilnahme freut sie, als ihr potenzieller neuer Freund kümmere ich mich um sie.

»Geh etwas spazieren, geh an die frische Luft, lass dich von deiner Mutter bekochen, 17 Stunden lernen ist genug, schau dir danach nur keine lähmenden TV-Shows an, bald hast du es geschafft.«

Ich gebe den mitfühlenden Freund und komme mir schäbig vor. Sie muss misstrauisch sein. Sie ist es nicht, sie freut sich und fragt mich, ob es ein Problem sei, wenn wir uns erst am Mittwoch treffen, dann können wir gemeinsam feiern. Ich schlage die Gasthausbrauerei 1516 vor. Hoffentlich übertragen sie dort nicht schon wieder eine Fußballübertragung. Mich zieht das 1516 magisch an, weil es dort das einzig trinkbare Pale Ale Wiens vom Fass gibt. Die Wiener mögen keine hopfigen Biere, sie bevorzugen süßen Malzkram wie Ottakringer. Ich werde am Mittwoch nicht über Biersorten mit Alex sprechen, sondern muss ihr sagen, dass ich nicht mehr mit ihr schlafen darf, weil ich jemanden anderen kennengelernt habe. Auch das ist noch gelogen. Ich habe parallel gedatet, weil ich mir nicht zugetraut habe, bei Ulrike zu landen. Selbst jetzt, nachdem ich mit ihr geschlafen habe, oder besser gesagt wir intim waren, denn richtiger Sex war das nicht, glaube ich nicht, dass ich echte Chancen bei ihr auf eine Beziehung habe. Nach diesem Nicht-mal-Blümchensex besteht zumindest die vage Hoffnung, dass sie mich vielleicht doch mag. Mir ist klar, dass ich die Affäre sofort beenden muss, weil ich mit Ulrike zusammen sein möchte. Dafür nehme ich auch das Risiko auf mich, dass ich dann keine Frau mehr habe. Die Sache mit Ulrike ist alles andere als fix. Warum sollte ich mit zwei Frauen schlafen, wenn ich eine leidlich okay, die andere zum Niederknien finde. Die Zeit des Reflektierens ist vorbei.

Schon wieder läuft ein Fußballspiel im 1516. Das einzige, das an Pubs nervt, sind Fußballspiele, immerzu laufen Fußballspiele. Ich bestelle mir ein Clubsandwich und ein Pale Ale, der Kellner bringt aber ein Helles. Einen kurzen Disput später bekomme ich mein Ale und der Kellner tut beleidigt. Soll er ruhig, als Belohnung bekommt er einen Euro Trinkgeld, ich kann kein Helles trinken. Alex ist aufgeregt, sie hat mich geküsst bei der Begrüßung und wollte mir die Zunge in den Mund stecken. Hab ich abgeblockt, jeder Kuss wäre ab sofort ein Betrug an Ulrike. Seit mich Ulrike geküsst hat, bin ich ihr treu. Alex strahlt mich an, sie will mit mir ihre letzte Prüfung als Senior-Studentin feiern und dann bei mir übernachten. Sie riecht nach Sex und sie will Sex. Ich sehe es in ihren Augen. Ich will natürlich auch Sex, ich bin ein heterosexueller Mann, und sie will mich. Ich darf nicht mit ihr schlafen, denn ich werde hoffentlich in Kürze eine Freundin haben. Diese Freundin wird Ulrike heißen, und ich bin ihr schon treu, bevor wir zusammenkommen. Ich schwöre innerlich Ulrike Treue, solange ich mit ihr zusammen bin. Also muss ich hart sein. Alex ahnt nichts, ich gönne mir ein paar Bissen vom Clubsandwich und schinde Zeit mit ein paar Fragen. Wie war es in Innsbruck? Wie wird es nach den Prüfungen weitergehen? Wie geht es im

Job? Sie greift mit ihren Händen auf meine Oberschenkel. Sie hat verdammt schöne, große Hände. Perfekt maniküt, ohne aufgeklebte Nägel mit hässlichen Mustern, sondern lange Nägel mit Farblosstift drauf. Diese schönen Hände möchten heute noch gerne meine Brust kraulen. Das ist nicht fair, ich muss dieser schönen Frau, die mich mag und die ich mag, sagen, dass ich nicht mit ihr schlafen werde. Heute nicht und zukünftig nie mehr, weil ich jemanden kennengelernt habe. Das ist schwerer, als ich es mir vorgestellt habe, weil ich sie nicht verletzen will. Ich bin weder ein Bad Boy noch ein Frauenheld. Ich bin einfach ein Mann, der das Pech hat, zufällig zur selben Zeit zwei nette Frauen kennengelernt zu haben.

»Alex, wir haben ein Problem, ich muss dir was sagen«, die wohl dümmlichste Eröffnungssequenz von allen denkbaren. »Ich mag dich, aber wir können uns nicht mehr sehen. Ich hab jemanden getroffen, mit dem ich zusammen sein möchte. Sie ist meine Traumfrau.«

Alex zuckt zusammen. Einen Augenblick starrt sie ins Leere. Ihr schießen einige Tränen in die Augen, die sie unterdrückt. Sie versucht sich zusammenzureißen. Mir wird heiß. Dann stellt sie Fragen. Wo ich die Tussi kennengelernt habe? Ob das schon länger geht? Ob ich nicht weiß, dass sie kein leichtes Mädchen ist und sie für Affären nicht zu haben ist? Ob ich neben ihr die ganze Zeit ein Doppelspiel trieb? Viele gute Fragen, und mir fehlt der Mut, sie redlich zu beantworten. Ich versuche, ehrlich zu sein, bin es aber nicht. Ich erzähle ihr, dass ich Ulrike seit zwei Jahren nachrenne, was nicht stimmt, und sie durch Zufall wieder getroffen hätte, was nicht stimmt, sie sei mit mir weggegangen, was stimmt, und wolle mich wiedersehen, was stimmt. Ich bin untröstlich, weil die Sache mit uns seit der Party gut läuft und ich gerne mit ihr zusammen bin. Um ehrlich zu sein, auch wenn es hart klingt, mit Ulrike bin ich eben noch lieber zusammen. Dieser Satz versetzt ihr den Todesstoß. Ich hab sie abserviert, noch dazu besonders letztklassig. Ich fühle mit ihr und ich frage sie, ob ich sie nach Hause begleiten darf. Ich spaziere mit ihr bis zu ihrer Haustür. Ich küsse sie auf die Wange zum Abschied und gehe. Es ist besser so. Ich werde mich bei ihr nie mehr melden. Das ist bedauerlich, in einem anderen Lebensabschnitt wären wir ein Dreivierteljahr zusammen gewesen, hätten Sex gehabt, wären in die Oper gegangen, ins Kino und Essen, dann hätte sie mir mitgeteilt, dass zu wenig von mir kommt. Klar wäre zu wenig von mir gekommen, denn ich bin nicht verliebt in sie. Ich finde sie hübsch und schlafe gerne mit ihr, aber ich will nicht ihr Babe sein.

Es tut mir leid. Ich kann das nicht ändern. Ich bin frei, frei für Ulrike. Ulrike schreibt mir nach dem durchwachsenen Museumsbesuch. Sie fragt mich, ob sie mich am Freitag zum Essen einladen darf. Klar darf sie, weder bin ich es gewohnt noch erwarte ich mir, dass Frauen für mich kochen. Für Männer zu kochen war der Generationenvertrag unserer Großeltern. Die meisten meiner Freundinnen haben nicht gekocht, oder schlecht oder Fertiggerichte. Das hat mich nie gestört, ich kann selber nicht gut kochen. Gleiches Recht für beide. Außerdem ist das Kochenkönnen bei Frauen mit vielen Gefahren verbunden. Ist die Frau ein Heimchen am Herd, will sie gleich Kinder von mir. Sie kocht mich ein, damit wir eine Kernfamilie produzieren.

Ulrike wird für mich kochen und lädt mich zu sich nach Hause ein. Bis Freitag ist noch reichlich Zeit. Zur Vorbereitung auf das Treffen treffe ich mich mit Frank, mit dem ich die neue Situation durchbesprechen muss. Ist es ein gutes Zeichen, wenn mich die Frau, mit der ich geschlafen habe, eine Woche später zum Essen einlädt? Welche Speise soll ich mir wünschen? Was soll ich ihr als Geschenk mitnehmen? Was zum Trinken oder ein paar Blumen? Ich habe Geisteswissenschaften studiert und bin in dutzenden Genderseminaren gesessen. Ich bin verunsichert, was die moderne Frau will. Findet Ulrike Blumen bevormundend, aufdringlich oder romantisch? Frank lacht mich aus, als ich ihn frage. Es erheitert ihn, dass ich seit einer Stunde über Ulrike spreche und nichts falsch machen will. Sonst mach ich das nie, sagt er. Er lächelt amüsiert.

»Süß, dass du dir Sorgen machst, ob sie dich mag. Du Depp, warum sollte sie für dich kochen, wenn sie dich scheiße findet?«

Das ist ein Argument. Welche Speise soll ich mir zum Essen wünschen? Auf jeden Fall ein Dessert, das ist immer gut, gibt mir Frank einen weiteren Tipp. Statistisch gesehen stehen meine Chancen mehr als prächtig. Frank ist mein Frauenflüsterer und wundert sich, warum ich so viel über diese eine Frau nachdenke. Das fällt mir selbst auf, ich rede am liebsten von Ulrike.

6

Leben in der Vorstadt

Ulrike mailt erneut, um mir mitzuteilen, dass sie ihrer Schwester beim Umzug helfen muss und deswegen wenig Zeit zum Kochen hat. Ob es ein Problem ist, wenn es nur ein zweigängiges Menü und keine Nachspeise gibt? Nein, das ist kein Problem, das mit der Nachspeise war nur die Idee von Meinungsforscher Frank, Desserts erhöhen statistisch betrachtet den Romantikfaktor. Ich kann mich nicht aufs Essen konzentrieren, wenn ich in deiner Nähe bin. Ich finde es sehr löblich von dir, Ulrike, wenn du deiner kleinen Schwester beim Umzug hilfst. Eine Hauptspeise reicht völlig.

Freitag ist High-Tag, der beste Tag der erwerbstätigen Massen. Ich spüre die Vorfreude aufs Wochenende, ich kann mich nicht mehr erinnern, wann ich mich zuletzt auf ein Wochenende gefreut habe. Ich trinke keinen Wein, will aber kein Vollprolet sein und nehme ihr als Geschenk und Speisebegleiter eine Flasche Wein mit. Ein burgenländischer Rotwein passt immer. Lieber brächte ich Ulrike einen Strauß Blumen mit, aber das traue ich mich nicht. Ich kenne zu viele Frauen, die Blumen hassen. Also lassen wir das. Ich drucke mir die Anfahrtsskizze aus und schaue, wie ich am schnellsten mit den Öffis zu ihr komme. Der 17. Bezirk liegt am Ende der Welt. Wenn es nicht unbedingt sein muss, verlasse ich niemals den zweiten Bezirk. Mit der U2 muss ich zuerst bis zum Schottentor fahren und dann mit der Linie 43 bis zum Elterleinplatz. Dann aussteigen und zehn Minuten Fußmarsch. Hernals ist der typische Vorstadtbezirk. Ich fahre einen anderen Weg als letzten Samstag, wieder passiere ich keine Lebensmittelgeschäfte, keine Drogerien, überhaupt sehe ich keine Geschäfte weit und breit. Ein Wohnsilo für Leute, die in der Stadt leben, aber eben doch nicht richtig. An ihre Wohnung kann ich mich nicht mehr erinnern. Hoffentlich ist ihre Schwester nicht da. Während der langen Straßenbahnfahrt in den Vorort schaue ich mir den Weg an. Ich fahre am Neuen Institutsgebäude vorbei, dann kommt das Alte AKH. Ich fahre die Alser Straße rauf durch den langweiligen achten Bezirk. Ein paar traurige Cafés, ein paar Restaurants, nichts, was sofort ins Auge springt. Dann kreuzen wir den Gürtel und tauchen in die Vorstadt ein. Warum lebt jemand in einer Großstadt, wenn er dann erst wieder in einer Vorstadt lebt? Alle Kleinstädte sind gleich aufgebaut, ähnlich wie Hernals. Hier ist es so was von kaffig. Die Anrainer gehen langsamer als in den Innenstadtbezirken. Die Menschen schauen wenigstens freundlicher und weniger genervt, oder ich bin einfach weniger gestresst und grimmig. Sind meine Schwingungen so ansteckend fröhlich, dass mich selbst grantelnde Wiener angrinsen? Ich bin gut drauf, weil ich zum Essen zu meiner Hoffentlich-bald-Freundin fahre. Von mir aus kann das die ganze Welt wissen. Heute sind mir Wirtschafts- und Flüchtlingskrise, Inflation, die schleißige Stadtverwaltung, die sinkenden Börsenkurse, der Dauerstress im Job sowie der Gestank in den Öffis vollkommen einerlei. Ich steige bei der Haltestelle aus und erinnere mich wieder. Hauptstraße runter, erste links und dann ungefähr 700 Meter die Lacknergasse rauf bis zum Diepoldplatz.

Ulrike ist ein echtes Bürgerskind. Sie hat ihren Nachnamen fein säuberlich auf das Türschild geschrieben. So was machen nur Kleinstädter. Meine Freunde betreiben einen regelrechten Kult um ihre Anonymität. Sie lassen die Vormieternamen auf den Türschildern kleben. Man will unerkannt bleiben, man wohnt schließlich in der Stadt und nicht am Land, wo einen jeder kennt. Ich läute und gehe in den ersten Stock, die Tür steht schon offen. Ich ziehe mir die Schuhe aus, gehe durch das Vorzimmer in den Küchenwohnraum und Ulrike kommt mir mit einem Grinser im Gesicht entgegen. Sie küsst mich auf den Mund und fragt, ob wir nicht noch schnell auf den Balkon gehen könnten, eine rauchen. Sie trägt eine Küchenschürze und darunter eine Art Hauskleid. Es ist eigentlich kein Kleid, sondern eine schwarze Jogginghose, die sie dreiviertellang trägt, und darüber ein ärmelloses Top. Das schaut fantastisch aus. Beides grau verwaschen, beides aber weder unterschichtenschick noch alternativ. Ihre Waden sind schön geformt, kleine Rundungen und ein sattes Braun. Diese Beine sind sehr kurz, Minimundus-Beinchen. Sie muss wenig Hautbehaarung haben, man sieht keinen Wurzelansatz auf ihren Beinen. Ihre Schürze ist korrekt gebunden und Ulrike scheint zu wissen, wie perfekte Haushaltswirtschaft funktioniert. Sie schenkt zwei Aperitifs ein, und wir gehen auf den Balkon, von dem aus man in einen kleinen Innenhof blickt. Gegenüber steht ein Schulgebäude.

»Fein, dass du gekommen bist. Ich koche für mein Leben gern. Ich bin in die Höhere Bundeslehranstalt gegangen, früher Knödelakademie genannt, da habe ich das Kochen zwar nicht gelernt, aber nachher hat mich das immer mehr interessiert und ich bin da so reingekippt. Heute gibt es nichts Besonderes. Nur eine Selleriesuppe und einen Lachs mit Rosmarinkartoffeln, einen selbst gemachten Dip, einen gemischten Grünen-Karotten-Salat mit Dressing von mir und zur Nachspeise Brandteigkrapferln.«

»Ich dachte mir, du hast keine Zeit für ein Dessert, weil du deiner Schwester beim Umzug helfen wolltest.«

»Eh nichts Großes, nur Brandteigkrapferl, das geht ganz schnell.«

Wieder ein schüchternes Lächeln. Wir setzen uns zum Tisch. Der Tisch ist bereits gedeckt, Ulrike will lieber ein Bier als Wein trinken. Sie wiederholt noch einmal, dass sie nichts Besonderes kochen wollte, nur was Normales, und dass Sellerie super ist, eine regelrechte Allzweckwaffe, weil man den praktisch überall reintun kann und er jede Speise veredelt. Ich will ihr mit dem Suppenschöpfer etwas Suppe einschenken. Sie schaut mich ernst an.

»Nein, mach das nicht, das hasse ich. Ich kann mir meine Suppe selber einschenken.«

»Klar kannst du das, ich wollte nur freundlich sein, der Köchin zuerst einschenken, ein Akt der Höflichkeit gewissermaßen, kann ich nicht wissen, dass du das nicht magst, schenk dir nur selber ein.«

Sie erzählt mir vom Umzug. Ihre Schwester hat vor drei Monaten einen Austro-Spanier in der Donau Bar kennengelernt und zieht zu ihm. Sie erklärt mir, wie sie das Essen zubereitet hat, und fragt mich, warum mich das interessiert.

»Ich wollte immer schon richtig kochen lernen und so oft lernt man HBLA-Absolventinnen nicht kennen.«

Das Essen schmeckt köstlich, sie entschuldigt sich, weil die Kartoffeln etwas verbrannt sind, wir haben beim Aperitif etwas getrödelt. Macht nichts, für ein selbst gemachtes Abendmahl mit frischen Zutaten lasse ich alles stehen. Ich gehöre zur Tortellini-Brüderschaft, wenn ich alleine bin, koche ich nur Fertiggerichte. Ulrike hingegen kocht immer frisch, auch wenn sie alleine ist. Auf den Fensterbrettern stehen verschiedene Kräuter. Thymian, Rosmarin, Petersilie, den Rest kenne ich nicht. Sie spricht noch ein bisschen von ihrer Schwester und dass sie über ihren Auszug recht froh ist, da sie unordentlicher als Ulrike war. Dann erzählt sie von ihrer bevorstehenden Reitstunde. Sie reitet seit einem Jahr und bereitet sich auf die erste Reiternadelprüfung vor. Nach dem Essen fragt sie mich, ob wir uns nicht noch eine DVD anschauen wollen. Sie weiß natürlich, dass ich ein Mann bin, aber sie würde sich gerne mit mir einen Bollywood-Film anschauen. Gibt es da einen neuen Kult, von dem ich nichts weiß? Ich habe mir doch erst unlängst mit Alex einen Bollywood-Film angesehen. Umso besser, dann kann ich gleich von der Bollywood-Filmwoche in Wien erzählen. Ich erwähne auch, dass ich Märchen mag.

Sie grinst: »Du Schleimer, keinem Mann gefallen Märchen.«

»Doch, ‚Die Braut des Prinzen‘ ist mein Lieblingsfilm. Echte Liebe überdauert alles. Keine Ahnung, warum ich Märchen mag, ist aber so.«

Wir räumen ab, und sie richtet das Sofa gemütlich für den Videoabend her. Ulrike legt die DVD in den Player ein und es passiert nichts.

»Mist, der DVD-Player spinnt schon wieder. Kannst du den mal aufschrauben und dir das ansehen?«

Es wird wohl Zeit für ein erstes kleines Outing.

»Tito hat zwei linke Hände, er ist der unfähigste Heimwerker, den du dir vorstellen kannst, probieren kann ich es gerne.«

»Umso besser«, erwidert sie, »mein Vater hat mir das nie zugetraut, das Heimwerken, aber ich bastle gerne. Halt mal den Rekorder, den Rest mach ich.«

Sie schraubt am Gerät herum, ich schraube am Gerät herum und schon läuft der Rekorder wieder. Wir schalten den Film an. Der Soundtrack klingt fantastisch, die Tablas rollen, die Bässe pumpen, und fröhliche Menschen in bunten Gewändern tanzen dazu. Natürlich geht es um Liebe, um unerfüllte, sehnsuchtsvolle Liebe, mystisch angehaucht. Zuerst trifft der Falsche auf die Richtige, dann die Richtige auf den Falschen, zum Schluss trifft die Richtige auf den Richtigen. Das ist schön, wenn die wahre Liebe siegt und das inspiriert auch uns. Ulrike küsst mich, unser Sofa wird zum Bett umfunktioniert und nach dem Knutschen will ich sie ausziehen.

»Warte mal kurz, du musst die Jalousien runterlassen, sonst sehen uns die Nachbarn, und das will ich nicht, die gaffen da ständig rein.«

Ich lasse die Jalousien im Eiltempo herunter und bin schon wieder bei Ulrike. Ich ziehe sie aus. Heute ist das Licht eingeschaltet. Sie hat feste Brüste, die mir kerzengerade entgegenlachen, einen harten Bauch, kaum eine Hüfte, was mir besonders gut gefällt, und den schlanksten Hintern, den ich je gesehen habe. Sie holt ein Kondom aus dem Schlafzimmer und ist ebenso schnell wieder da wie ich nach dem Herunterlassen der Jalousien. Wir gehen schnell zur Sache, haben es aber nicht eilig, heute lieben wir uns richtig. Gleich nach dem Orgasmus schlafen wir ein. Wir wachen beide zeitgleich auf, Ulrike nimmt mich an der Hand und bringt mich ins Schlafzimmer. Ich bin nackt, sie ist nackt, wir ziehen uns die Decke über den Kopf und lieben uns wieder. Ulrike beginnt zu stöhnen, erst leise und dann lauter. Das ist kein Pornostöhnen, kein Leistungsstöhnen, sondern ein Stöhnen, weil es für sie schön ist, mich zu lieben. Ein gleichmäßiges Stöhnen, das synchron zu unseren Bewegungen ertönt. Ich muss schon wieder abspritzen. Wir wachen eng umschlungen auf. Wir sind jetzt ein Paar. Wir schlafen wieder miteinander. Wir verbringen unser erstes gemeinsames Wochenende. Ich muss ihr was gestehen.

»Ulrike, ähem, ich bin extrembrutalunglauchblichvollheftig verliebt in dich.« Ich drehe meinen Kopf von ihr weg, weil ein paar Freudentränen in mein Gesicht schießen und ich mich ein wenig schäme.

»Ich habe mich auch in dich verliebt. Die erste, die es mir gesagt hat, war meine Schwester. Die kennt mich.«

Ihre Schwester ist eine bemerkenswert kluge Frau, sie besitzt eine gute Menschenkenntnis. Jolanda wollte mir Liebeserklärungen aus der Nase ziehen, aber man kann Zuneigung nicht erzwingen. Ich gehe ihr Zigaretten und uns ein Frühstück holen. Wir kuscheln miteinander. Wir kleben aneinander fest. Ich beneide Ulrike um ihren Hausanzug. Ich hätte auch gern einen. Ich hab nur Jeans vom Vortag da und keine Zahnbürste. Wenn wir nicht miteinander schlafen, schlafen wir oder sie erzählt mir Sachen von ihrem Leben. Noch immer kann ich mich nicht konzentrieren, auf das, was sie sagt. Es sind sicher wichtige Dinge, aber ich muss mir ihr Gesicht einprägen. Ihr Philtrum ist wirklich lang, ihre Oberlippe sehr schmal, ihre Wangen pausbackig. Diese vermeintlichen Abweichungen von einem Werbeideal, das fiel mir schon beim Inder auf, bilden eine eigene Symmetrie. Das ist keine Katalogschönheit, das ist eine Schönheit zweiter Ordnung. Ulrike geht zum Fernseher und schaltet einen Privatfernsehsender ein, irgendeine Castingshow über liebestolle Landwirte. Sie amüsiert sich und meint, es sei peinlich, welche Leute in Österreich leben. Mich interessiert Unterschichtenfernsehen nicht, wir gehen wieder ins Bett. Wir lieben uns erneut.

»Du, Tito, ich finde, das mit dem Sex braucht Zeit. Ich will und muss mit dir viel üben. Wir brauchen also Übung und Zeit. Ich will deinen Körper kennenlernen. Ich freu mich darauf, alles von dir kennenzulernen. Magst du dir nicht ein paar Sachen aus deiner Wohnung holen und öfters zu mir kommen. Ich will, dass du bei mir bist. Ich will, dass du in meiner Nähe bist.« Ich will nichts Anderes.

Den Sonntag verbringen wir wie den Samstag im Bett. Als es dunkel wird, fällt mir ein, dass ich am Montag wieder arbeiten muss und frische Kleidung brauche. Da gibt es nichts zu ändern, wir müssen morgen beide arbeiten, und ich brauche dringend bürotaugliche Kleidung.

Ich suche die Straßenbahn. Ich öffne meine Wohnungstür, meine Wohnung ist unaufgeräumt, dreckig und leer. Seit zweieinhalb Jahren warte ich nun schon, dass der Umbau und die Zusammenlegung mit der Wohnung nebenan beginnen. Bisher vergeblich. Immer wieder kommt es zu Verzögerungen des Baubeginns. Angeblich hat die Stadt Wien eine thermische Generalsanierung geplant, eine sogenannte Huckepacksanierung, wo alte Substandardwohnungen der Kategorie D auf Kategorie-A-Wohnungen hochgepimpt werden. Wohnen war mir nie wichtig, die Schöner-Wohnen-Fraktion ist mir verdächtig. Ich wohne noch in meiner alten Studentenbude, mit den Möbeln meines Vormieters und einem Hochbett. Ich bin sicher der einzige, der mit 38 freiwillig in einem Hochbett schläft. Dennoch habe ich mich gefreut, als mich meine Vermieterin gefragt hat, ob ich meine Wohnung nicht sanieren und mit der Nachbarswohnung zusammenlegen möchte.

»Sie haben dann statt 35 Quadratmeter 61 und das Klo nicht mehr am Gang. Sie bezahlen die Hälfte der Sanierung, das werden so 15.000 Euro sein und zahlen statt 150 dann 390 Euro Miete. Sie bekommen einen Parkettboden und ein neues Bad«, lockte mich meine Vermieterin.

Für mich klang das nach einem guten Geschäft. Wohnen ist eines der wenigen passablen Dinge in Wien. In welcher anderen Hauptstadt Mitteleuropas kann man zehn Minuten zu Fuß vom Zentrum entfernt für 400 Euro Miete wohnen?

Leider verschiebt sich der Umbau immer wieder. Ich will nicht mehr in meiner vergammelten Studentenwohnung wohnen. Die Dusche in der Küche rostet, der Küchenboden hat unzählige Löcher und die Kästen riechen modrig. Ich kann meine Wohnung nicht mehr riechen. Ich lege mich in mein Hochbett und frage mich, ob der Umbau jemals beginnen wird. Um halb neun betrete ich mein Büro, um fünf nach halb neun schreibt mir Ulrike. Wir könnten den Abend miteinander verbringen, gemeinsam kochen. Nach der Arbeit zwänge ich mich in die U6 und fahre Richtung Alser Straße. Dann quetsche ich mich in die überfüllte Straßenbahnlinie 43. Komischerweise scheint die Stadtplanung in Wien vergessen zu haben, dass auch die Bezirke 17, 18 und 19 eine U-Bahn-Verbindung benötigen könnten. Im 17. Bezirk gibt es keine U-Bahn, weshalb sich alle Berufstätigen in die Favela-Linie 43 zwängen. Man bekommt beim Fahren eine Idee davon vermittelt, wie öffentliche Verkehrsmittelbenützer sich in Indien oder Bangladesch fühlen. Die Menschen stehen dicht aneinander gedrängt. Die Stadtverwaltung hat es nicht nur verabsäumt, eine U-Bahn-Linie zu bauen, sie verzichtet auch auf eine sinnvolle Intervallverkürzung zu den Hauptverkehrsstoßzeiten. Die Linie 43 kommt, wann sie will, und das ist selten. Die Fahrgäste kleben wie die Menschen im Dar Al-Salam Slum in Kairo aneinander. Dabei wollen wir nur eines, heim zu unseren Liebsten. Hätte ich Platzangst, würde ich auszucken. Ich freue mich auf Ulrike. Schließlich habe ich sie seit einer Ewigkeit nicht mehr gesehen. Sie empfängt mich in ihrem Hausanzug und kocht Selleriesuppe und einen Wurstsalat. Nichts Großes und ist gleich gemacht, betont sie.

Es wird Zeit für ihr erstes Outing: »Tito, ich hoffe, es ist dir nicht peinlich, um halb sieben schaue ich gerne ,Anna und die Liebe'. Wir essen, du musst nicht schauen. Ich liebe diese Sendung einfach.«

Die Selleriesuppe schmeckt fantastisch, der Wurstsalat fantastischer. Ich mache mich nützlich und räume den Geschirrspüler ein. Ich gehe zur Spüle und will die Teller vorabwaschen, als mich Ulrike leicht pikiert anschaut.

»Also Vorabwaschen brauchst du nicht, das hat meine Schwester auch immer gemacht. Das ist sinnlos. Komm her, dafür zeige ich dir, wie man richtig einräumt, ich hab die perfekte Geschirrspüleranordnungsstrategie.«

Sie trippelt zum Geschirrspüler und ordnet Töpfe, Teller, Besteck und Gläser an, bis alles rappelvoll ist. Ich bin beeindruckt von diesem Einräumsystem.

Die Wohnung von Ulrike besteht im Prinzip aus vier gleich großen quadratischen Zimmern, einem Vorraum mit Bad und WC, einem Wohnraum mit Küche, Sofa und TV, einem Schlafzimmer und einem zweiten Schlafzimmer sowie einem Balkon davor. Während Ulrike »Anna und die Liebe« guckt, inspiziere ich ihre Wohnung. Ulrike mag Pflanzen, auf den Fensterbrettern, am Balkon, in den Zimmern, überall stehen Pflanzen, deren Namen ich nicht kenne. In ihrem Schlafzimmer steht ein großes Bücherregal. Ein paar politikwissenschaftliche Einführungen, viel klassische österreichische Literatur, ein paar Pferdebücher, ein Plattenspieler, ein paar CDs und eine Plattenhülle von Rammstein. Rammstein! Darüber werde ich kein Wort verlieren, warum steht in dieser Wohnung ein Rammstein-Album? Ich gehe mich duschen und lege mich wieder zu Ulrike aufs Sofa in die Wohnküche. Ich liebe Pärchenfernsehen und bin froh, dass sie kein Aktivitätsfreak ist, der Fernsehen verabscheut. Sie schaut gerne fern, und so verbringen wir unseren ersten Pärchenfernsehabend. Am nächsten Tag müssen wir beide früh raus, für Ulrike heißt das, um halb sieben aufstehen, für mich um acht. Vor neun beginne ich nie zu arbeiten, das ist mein größter Luxus. Wir machen uns im Bad bettfertig, zuerst sie und dann ich, und dann kuschle ich mich zu ihr ins Bett.

Sie grinst mich an:»Tito, ich hab dir doch erzählt, dass ich in Finnland studiert habe. Dort sind die Nächte so hell. Seitdem trage ich eine Schlafmaske. Die hat mir meine spanische Freundin genäht. Das stört dich doch nicht?«

Sie setzt sich die Schlafmaske auf und nimmt sie gleich wieder ab und zieht mich zu sich. Sie entledigt mich fingerfertig meines soeben angezogenen Pyjamas und streichelt mich. Wir lieben uns sanft. Während ich das Kondom entsorge, zieht sie sich schnell noch ihre Schlafmaske auf.

Um halb sieben weckt mich ein Industrial-Beat vom Album »Haus der Lüge« der Einstürzenden Neubauten aus dem Jahr 1989 und kein Wecker. Diesen Nihilistenkram hörte man als nachdenklicher Gymnasiast in den frühen 90ern. Aber heutzutage? Zum Aufstehen vorm Arbeiten? Ulrike scheint auf jeden Fall harte Rhythmen als Aufstehhilfe zu benötigen, um ihren Dienst in der MA 9 unbeschadet antreten zu können.

72 Stunden später beschließen wir gemeinsam und in vollster Übereinkunft, dass es besser für uns beide ist, wenn ich jeden Tag nach der Arbeit zu ihr komme und ich bei ihr einziehe. Ich beschließe, meinen Mitmenschen und Ulrike offen entgegenzutreten und kein abgebrühter Politikberater mehr zu sein. Ich werde sesshaft werden und statt über die Verkommenheit Österreichs über die Vollkommenheit Ulrikes nachdenken. Dafür brauche ich einen Hausanzug. Außerdem benötige

ich ein paar Toiletteartikel und ein paar Kleidungsstücke zum Wechseln für die Firma. Ich gehe nach der Arbeit schnell zum Palmers und zum Schuhgeschäft gegenüber und kaufe mir einen ersten Hausanzug und erste Lederslipper. Ulrike bietet mir an, ein paar Schubladen in ihren Kästen für mich freizuschaufeln. So schnell bin ich noch nie domestiziert worden. Ich fühle mich nicht verhäuslicht. Die nächsten Wochen verlaufen täglich nach demselben Muster. Wir gehen arbeiten, wir kommen beide nach Hause, wir küssen einander zur Begrüßung, wir kochen miteinander, wir schlafen miteinander und wir reden miteinander. Ulrike spricht wie ein Wasserfall. Meine Freundin erzählt mir von ihrem Leben und ist mir keine Unbekannte mehr. Am liebsten redet sie während des Essens und während der gemeinsamen Essenszubereitung. Ulrike ist eine begnadete Köchin, ich wollte immer schon von der Pike auf Kochen lernen, also schlage ich folgende Arbeitsteilung vor. Ich bin ihr williger Kochassistent, schneide Zwiebel, schäle Kartoffel, zerhacke Sellerie, zerkleinere Mais, schäle Gurken und sonstiges Gemüse, erledige alle Hilfsdienste, die Ulrike für die Zubereitung der Speisen benötigt und kaufe alle Lebensmittel ein. Ich schleppe Kisten und Einkaufstüten und sie weiht mich im Gegenzug in die Geheimnisse der gehobenen Küche ein. Ulrike kocht außergewöhnlich nuancenreich, sie zeigt mir, wie man richtig Zwiebel schneidet. 20 Jahre lang habe ich das falsch gemacht. Sie spricht mit spürbarer Verachtung von vorgefertigten Saucen und Geschmacksverstärkern, künstliche E's sind ihr erklärter Feind. Sie kocht alles mit frischen Zutaten, würzt diese mit Kräutern von ihren Fensterbrettern und fertigt Dips, Saucen und Grillgewürzmischungen, ohne dass sie für eine Speise eine Packung Kotanyi verwendet. Das ist ein Haushalt ohne Kaufsaucen und vorgefertigte Gewürzmischungen. Ich bin beeindruckt, wir kochen Hühner und stopfen diese mit köstlichen Füllungen, wir machen Aufläufe, Soufflés, Rinder- und Hühnersuppen, grillen Fische, machen Tacos und Spaghetti und bei jeder Speise zeigt sie mir einen neuen Trick aus ihrem unerschöpflichen Repertoire. Ich bin ihr Kochlehrling. Die Hauswirtschaftsschule lehrt, angemessene Mengen einzukaufen und aus 15 Zutaten eine bekömmliche Mahlzeit zu zaubern. Bislang hatte ich nie mit mehr als vier, fünf Zutaten gekocht. Aglio e olio, Al tonno, Spaghetti ,Nduja, Ratatouille, Kartoffel-Brokkoli-Auflauf, Omelette, Tiroler Gröstl, alles Gerichte, bei denen auch Kochanalphabeten nicht viel falsch machen können. Für Ulrike ist das kein richtiges Kochen. Dass Kochen eine subtile Kunstform ist, begreife ich erst, als ich sehe, wie geschmeidig Ulrike Hendln häutet. Sie schneidet und würzt mit Hingabe, dabei gart, kocht und spricht sie synchron, während ich mit dem Zerkleinern und Putzen nicht nachkomme. Ich werde wohl noch drei Monate im Stadium des Kartoffelschälens verharren, bis ich bereit für die nächste Kammer bin.

Ulrike erzählt gern von sich. Hat sie Jahre darauf gewartet, endlich jemandem intime Details aus ihrem Leben zu erzählen? Ich kenne ihre kleinstädtische Sozialisation, ihre Familiengeschichte, ihr berufliches Wollen, ihre Versagensängste und Träume. Ihre Erzählungen fügen sich in meinem Kopf langsam zu einem Bild. Sie schmückt ihre Geschichten mit Schimpfwörtern aus, bei denen jeder Gangster-Rapper vor Scham erröten würde. Nicht mal Gangster dissen ihre Mütter, Ulrikes Lieblingsgegnerin ist ihre Mutter. In ihrer Verachtung und ihrem Schmerz für ihre Familie fühle ich mit ihr, ich will sie beschützen und unterstützen. Gangster-Rapper schreiben Liebeserklärungen für ihre Mütter, Ulrike hasst ihre Mutter voller Inbrunst. Sie schimpft auch über ihre Ex-Freunde. Ihre Verachtung für ihre Ex-Freunde weckt in mir eine Unruhe. Was haben meine Vorgänger nur falsch gemacht?

7

Alle Familien sind psychotisch, oder:
bestimmt die Familie den Selbstwert?

Ulrike ist das dritte von vier Kindern des pensionierten Haupt-
schuldirektors Otto Plaisirnig, erzählt mir Ulrike. Sie redet sich
ihre Familiengeschichte von der Seele. Plaisirnig war nicht nur
Hauptschuldirektor und Lehrer aus Leidenschaft. Die Kinder
liebten ihn, bei allen Elternsprechtagen kamen Eltern zu ihm
und erzählten, wie gut er mit Kindern umging und welch toller
und ausgleichender Pädagoge er wäre. Er sah in allen Kindern
einen guten Kern, die handwerklich Begabten brachte er zum
für sie besten Lehrberuf, die mathematisch Begabten führte er
in mittlere und höhere berufsbildende technische Schulen, die
sprachlich Talentierten förderte er so lange, bis sie in die Ober-
stufe des Realgymnasiums wechselten. Als Pädagoge mit viel
Tagesfreizeit und geselliger Mensch ist er vorbildlich ins Ver-
einsleben seiner Kleinstadt eingegliedert. Er schreibt Kinderbücher, hat eine literarische Wandzeitung und Kulturinitiative
mitgegründet, er sammelt Spenden für die Rumänien-Hilfe,
kocht für Armenausspeisungen und spielt Orgel in der Kirche.
In der Kleinstadt gibt es keinen, der von Otto Plaisirnig nicht
voller Hochachtung spricht. Ein vielseitig begabter Bürger der
Zivilgesellschaft, hilfsbereit und stets gut gelaunt. Ein geselliger Zeitgenosse, ein Lehrer vom alten Schlag, der Autorität
nicht durch Strenge, sondern ganz beiläufig durch seine herzli-
che Ausstrahlung erreichte. Als gläubiger, praktizierender Ka-
tholik hat er vier Kindern das Leben geschenkt und diese alle

mit Ausbildungen gut auf das Leben vorbereitet.

Plaisirnigs Frau wiederum genießt in der Kleinstadt einen nicht so makellosen Ruf, und das hat laut Ulrike handfeste Gründe. Wenn Otto bei Pfarrfesten kocht, musiziert und die Anwesenden mit seichten Schwänken unterhält, steht sie meist abseits und blickt missmutig. Sie wollte auch bei der Rumänien-Hilfe mitarbeiten, aber da sie sich überall einmischte und vorgab, vieles besser zu wissen, haben ihr die anderen Mitglieder der Rumänien-Hilfe bald zu verstehen gegeben, dass man auf ihre Mithilfe liebend gerne verzichtet. Frau Plaisirnig ist die Tochter eines alten Bauerngeschlechts, wo die Leute arbeitsam und wortkarg sind. Sie ist eine Frau ohne Leidenschaft, Ehrgeiz und Liebe. Nach der Hauptschule begann sie eine Lehre, die sie abschloss, um sich nach ihrer Heirat der Erziehung ihrer vier Kinder zu widmen. Zwischendurch arbeitete sie als Schuhverkäuferin, einer mit wenig Sozialprestige verbunden Tätigkeit, um der Familie ein Zubrot zu verdienen. Als ihr Mann mit dem Direktorenamt der Hauptschule beauftragt wurde, kündigte sie sofort, da man als Frau Direktor nicht gleichzeitig Schuhe verkauft. Schließlich muss eine Direktorengattin in einer Kleinstadt repräsentieren. Immerhin hat sie vier Kindern das Leben geschenkt und diese zu tüchtigen, strebsamen Staatsbürgern erzogen. Sie ist, um das mündliche Urteil des Kleinstadttratsches abzurunden, nicht so gesellig und witzig wie ihr Gatte, aber eine gute Ehefrau und Mutter.

Eine so gute Ehefrau und Mutter, meckert Ulrike weiter, dass der älteste Sohn des Hauses, Werner, sein Studium der Theologie abgebrochen hat und mit 34 Jahren ohne Job und ohne Versicherung zu Hause wohnt. Er hat das Kunststück geschafft, noch nie gearbeitet zu haben. Das zweitälteste Kind, Hannes, hat eine technische Fachhochschule besucht und arbeitet und wohnt in Kärnten. Die beiden älteren Brüder haben das dritte Kind, Ulrike, seit frühester Kindheit abgehärtet. Es ist das typische Schicksal dritter Kinder, beklagt sich Ulrike. Sandwichkinder werden weniger beachtet als die ersten zwei und gänzlich ignoriert, wenn das jüngste, vierte Geschwisterchen kommt und zusätzlich ein Nachzügler ist.

»Was brauche ich die eristische Dialektik von Schopenhauer, wenn ich mich gegen zwei ältere Brüder durchsetzen muss?«, stellt Ulrike klar. »Mag sein, dass die Trotteln in der Kleinstadt meinen Vater für das letzte Universalgenie halten, aber ich kenne ihn anders. Mein Vater hat mir nie was zugetraut, in der Volksschule wollte mich die Lehrerin ins Gymnasium schicken, was mir mein Vater verboten hat. Er hat mich in die Hauptschule gesteckt. Nach vier Jahren dort hat er mir nahegelegt, ich soll Rezeptionistin lernen. Weil ich das nicht wollte, hat er mich nach langem Zetern und Streit dann in die HBLA geschickt, weil man da alles lernt, was eine Frau braucht«, sagt Ulrike verbittert.

»Mir ist diese Schule auf den Wecker gegangen. Ich hab nichts gelernt und musste die erste Klasse wiederholen. Nach der Matura wollte ich einfach nur abhauen und bin nach Wien zum Studieren geflüchtet. Sieben Jahre lang habe ich mir alles selber organisiert, weil mein Vater wollte, dass ich in Innsbruck studiere. Meine Eltern haben mich nie besucht, erst als meine kleine Schwester, die die Schule abgebrochen hat, eine Lehre in Wien zur Apothekenhelferin begann, sind sie plötzlich alle drei Monate gekommen, um uns zu besuchen. Sie haben meiner Schwester das Zimmer eingerichtet, ihr die Küche eingebaut und sie finanziell unterstützt. Mich haben sie nie beachtet, schau mal her«, sie deutet auf den Höcker auf ihrer Nase, in dem sich eine kleine Mulde abzeichnet, »ich bin mir nicht mal sicher, ob meine Nase nicht gebrochen ist. Das war ihnen egal bei mir, das haben sie nicht mal bemerkt. Auch bei Tschernobyl damals habe ich im Garten gespielt, während die anderen Kinder von ihren besorgten Eltern reingeholt wurden. Ich bin meinem Vater total egal. Mein älterer Bruder, der 34 ist und wieder zu Hause wohnt und noch nie gearbeitet hat, ist sein liebstes Kind. Mein Papa betont, er sei was Besonderes und der Klügste von uns. Als ich mit dem Studium fertig geworden bin, meinte mein Vater nur, ich würde obergescheit daherreden und meinen Magister raushängen lassen.«

Ulrike schaut traurig, sie ist zutiefst überzeugt, dass sich ihre Eltern nie geliebt haben und immer wenn ihre Beziehung im Alltagstrott zu verebben drohte, sie als Kitt ein weiteres Kind produzierten. Das Wort produzieren klingt seltsam technisch.

Ulrike fühlt sich von ihren Eltern ungeliebt, sie ist im Unterschied zum sensiblen, hochbegabten Lieblingssohn, im Unterschied zum robusten, musikalischen Zweitältesten und im Unterschied zur schwächlichen Nachzüglerin einfach nur das dritte Kind. Das prägt ihr Selbstbild. Sie war einfach da und hat im Haus mitgelebt. Ihre Eltern haben nicht bemerkt, dass das Kind mit elf zu rauchen begann, sie haben ignoriert, dass der Teenager daheim Hanfstauden züchtete, und sie haben es emotionslos zur Kenntnis genommen, als das dritte Kind auszog. Ulrike ist 30 und definiert sich noch immer über ihre Rolle als drittes Kind. Sie graust es, an Feiertagen nach Hause zu fahren und erklärt mir, künftig auf dieses Ritual verzichten zu wollen. Aus Protest ist sie aus der Kirche ausgetreten, aus Angst vor dem Vater hat sie ihm das nicht gesagt. Ihr Vater sei im Grunde schwach, sie wisse das genau, auch wenn ihn die ganze Kleinstadt für einen begnadeten Schöngeist hält, und ihre Mutter sei eine kalte Frau. Eine Frau, die zu faul gewesen sei, eine weiterbildende Schule zu besuchen. Eine Frau, die das mit dem Argument rechtfertigt, es sei kein Geld für den Schulbesuch da gewesen, obwohl ihre Familie sie bei einer Berufsausbildung selbstverständlich unterstützt hätte. Denn den Kindern eine gute Ausbildung zu finanzieren, sei in den verwinkelten Tälern Tirols selbst den Bauern ein Anliegen gewesen. Eine Frau, die unmotiviert gewesen sei, für ihre Familie zu kochen. Wenn sie nach der Schule heimkam, gab es meistens Nudeln mit Käse. Keine Sauce, einfach Nudeln mit geschmolzenem Käse, für die Zubereitung einer Sauce sei sie zu träge gewesen.

Ulrike verspürt eine tiefe Abneigung gegenüber beiden Elternteilen. Durch diese Abhärtung, reime ich mir zusammen, ist sie enorm selbständig. Spätestens ab 25 Jahren sind Kinder für sich selbst verantwortlich und nicht mehr das Produkt ihrer Eltern. Ulrike spricht noch immer voller leidenschaftlicher Verachtung über ihre Eltern. Der Vater schwach und sie ignorierend, die Mutter faul und kalt, wiederholt sich Ulrike und redet sich in Rage. Nicht mal, als ich in meinem Pflichtpraktikum von den Chefleuten eines Wirtshauses fertiggemacht und ausgebeutet worden bin, haben sie mir geglaubt, regt sie sich auf. Wenn sie schimpft, bekommt sie eine kleine Zornesfalte. Das sei doch eine angesehene Wirtshausfamilie, das könne nicht sein, Ulrike solle nicht wehleidig reagieren, haben sie ihre Eltern zurechtgewiesen.

»Die haben mir nicht geglaubt, ich bin dort einfach abgehauen und habe stattdessen lieber bei McDonald's gearbeitet. Das war für mich das Paradies, die Pommes dort zu frittieren, das kannst du mir glauben.« Wenn sie sich über ihre Familie auslässt und dabei traurig schaut, bemerke ich eine Härte in ihren Zügen.

Ulrike behauptet von sich, ihre Gefühle von einem auf den anderen Moment abstellen zu können. Wer hart erzogen worden ist, bewegt sich in der Erwachsenenwelt leichter, diese Lieblosigkeit bot ihr eine perfekte Vorbereitung auf die wettbewerbsintensive Arbeitswelt. Wenn ein Vater seinem Kind kein Urvertrauen mitgibt, lagern sich in den Tiefenschichten des Unbewussten Unsicherheiten ab. Dieses Unbewusste manifestiert sich in einer verschobenen Selbstwahrnehmung. Ulrike ist 30, arbeitet prekär beschäftigt bei der MA 9 und traut sich nicht, Bewerbungsschreiben an andere Unternehmen zu verfassen. Sie hat Angst vor Absagen. Da sie gewohnt ist, alles selbst für sich zu organisieren, will sie nicht die Hilfe und Unterstützung von mir annehmen. Als ich ihr ein Verwaltungspraktikum vermitteln will und ihr bei der Zusammenstellung der Bewerbungsmappe helfe, meckert sie. Das kannst du nicht so schreiben, das kann ich nicht, das ist zwar perfekt formuliert, aber die Zuständigen kommen sicher drauf, dass ich das nicht selber geschrieben habe. Am Abend des Bewerbungsgesprächs kommt sie zerstört nach Hause.

»Du hast eine dumme Freundin. Ich habe beim Bewerbungsgespräch nicht mal gewusst, wie der österreichische EU-Kommissar heißt.«

»Das ist doch komplett egal, die Clowns wechseln alle paar Monate. Da kann man leicht den Überblick verlieren«, tröste ich sie. »Ein Bewerbungsgespräch anzukündigen und dann einen Wissenstest zu machen, ist wirklich das Letzte, ich werde mich bei der zuständigen Stelle beschweren.«

»Tu das nicht, ich war schlecht«, meint sie resignierend.

Zwei Wochen später will ich ihr ein Praktikum bei der Social-Media-Agentur meiner Freundin Karin vermitteln. Anstatt sich zu bewerben, beschwert sie sich, dass ich der Firmeneigentümerin gesagt habe, dass wir ein Paar sind.

»Nepotismus und Vitamin B verachte ich. Ich mag meine Jobs selber bekommen und nicht über meinen Freund.«

Ich versuche Ulrikes Aussagen einzuordnen. Bei mir und meiner Familie war das Aufwachsen anders. Ich konnte selbst entscheiden, was ich arbeiten und studieren will. Meine Eltern haben mir jeden Berufsweg zugetraut, es war ihnen egal, ob ich Handwerker, Beamter, Superstar, Musiker, Gärtner oder Wissenschaftler werde. Ihnen war alles gleich viel wert. Meine Eltern sind katholische Hippies und begleiten bei den Messen rhythmische Wortgottesdienste. Noch heute träume ich von der vorkonziliaren Kirche, von schweren Orgeln und Chorälen, der ästhetische Bruch der Gottesdienste seit dem Vatikanum II ist für die Kirche ein existenzieller. Diese rhythmischen Messen und der Verlust der Transzendenz sowie die Verengung des Glaubens auf Sozialarbeit haben die Kirchen radikal geleert. Für meine Eltern, die streng nach dem neuen Testament leben, bedeutet Glauben unerschütterliche Liebe und Vertrauen in die Kinder einzuimpfen. Ulrikes bittere Klagen über ihre Eltern sind mir fremd. Alles, was ich wollte, durfte ich machen. Ich schlug meinen Eltern vor, aufs Gymnasium zu gehen, ich wählte mit zwölf den Lateinunterricht und ich habe mir meine Arbeitsplätze selbständig ausgesucht. Eine bedrückende, beklemmende Atmosphäre mit tiefer Abneigung gegenüber meinen Eltern kenne ich nicht. Ich will Ulrike helfen, ihr verschobenes Selbstbild zurechtzurücken.

Meine Mutter erinnert mich an Ulrike, auch sie ist das dritte von vier Kindern, und die dritten Kinder werden am wenigsten beachtet und werden folglich die lebenstüchtigsten. Diese Zufriedenheit mit ihrem durchschnittlichen Leben und ihre Anspruchslosigkeit bewundere ich. Verwöhnte männliche

Erstgeborene wie ich sind leichter aus der Bahn zu werfen. Was für mich einen Schlag und eine narzisstische Kränkung darstellt, bemerkt Ulrike nicht einmal. Ulrikes Mama war faul und kochte nie für ihre Kinder nach der Schule. Bei uns zu Hause standen jeden Tag frisch gekochte Speisen und selbst gemachte Säfte auf dem Tisch. Das ging so weit, dass ich mir als Kind Tiefkühlpizzas gewünscht habe und gekaufte Limonaden, weil mir Selbstgemachtes auf den Keks ging.

Ulrike will bald meine Mutter kennenlernen, da sie ihr aufgrund meiner Erzählungen bereits sympathisch ist. Ich will Ulrikes Eltern auch kennenlernen.

»Soll ich deinen Vater anschleimen und besonders freundlich sein, damit er mich mag?«

Sie winkt ab: »Das durchschaut er sofort. Du musst ihm ohne zu lachen in die Augen schauen. Verziehe keine Miene, und sei nicht zu freundlich.«

Sie kennt ihren Vater sicherlich besser als ich. Ich kenne ihren Vater auch. Das ist das Seltsame. Als Ulrike anfing, mir von ihrer Familie zu erzählen, kamen in mir schwammige Erinnerungen hoch. Plaisirnig? Plaisirnig! Klar doch, Plaisirnig war aktiver Bestandteil jener Pfarrgemeinde in Kitzbühel, wo meine Eltern ebenfalls zur Messe gingen. Ich habe es verdrängt, aber ich muss es gestehen, ich komme auch aus Tirol, aus einem kleinen Vorort von Kitzbühel. Nur bin ich schon so lange weg von dort, dass ich meine Erinnerungen an den Ort meiner Kindheit völlig verdrängt habe. Ich fahre praktisch nie nach Hause, außer zu den österlichen und weihnachtlichen Feiertagen, um dort mit meinen Eltern zu feiern, gehe dann aber nie aus und gehe den Einheimischen aus dem Weg. Die bittere Wahrheit ist dennoch: ich bin wie Ulrike Binnenmigrant, nur dass ich schon zu lange weg bin, um mich noch als

Binnenmigrant zu fühlen. Ich fühle mich heimisch in Wien, ich bin kein Zugereister mehr. Für meine Tiroler Verwandten bin ich ein Wiener.

Ulrike, acht Jahre jünger als ich, weckt in mir längst verblasste Erinnerungen an den Ort meiner Kindheit. Sie spricht diesen typischen Dialekt. Vieles ist bei ihr volle fein und brutal gut. Ihre Sprache ist die meiner Kindheit und deshalb fühle ich mich heimisch bei ihr. Ihre Sprachmelodie klingt vertraut. Seit zwei Jahrzehnten hatte ich keine Tiroler Freundin, das ist schon ein unglaublicher Zufall, dass Ulrike fast aus dem gleichen Kaff wie ich kommt. Komisch, dass ich sie erst in Wien kennengelernt habe. Und umso verwirrender, dass ich ihren Vater aus der Pfarrgemeinde und den Pfarrfesten meiner Kindheit kenne. Er war mir sympathisch, er war stets freundlich zu uns Kindern, hatte ein lustiges rundes Gesicht mit knallroten Backen und schaute ein wenig aufgedunsen aus der Wäsche. Der hat immer gerne geschnapselt. Dieser gesellige, aktive Pfarrgemeindemensch mit der guten Nachrede in der gesamten Pfarre soll nun ausgerechnet Ulrike nie beachtet und ihr viel Selbstzweifel als Mitgift ins Leben mitgegeben haben. Ich erinnere mich an ein Pfarrfest, wo er mir ein Kotelett ausgegeben hat und wie er sich zum Tisch meiner Eltern setzte. Ich schaue Ulrike an und überlege mir, ob und wo da die Ähnlichkeiten sind. Wie kann dieser pummelige Lehrer nur so eine schöne Tochter haben? Sie muss mehr wie ihre Mutter aussehen. Ich glaube Ulrike jedes Wort. Er hat sie mies behandelt, der Arsch, und deswegen finde ich ihn nicht mehr sympathisch. Ich solidarisiere mich mit meiner Freundin. Das ist seltsam in dieser Beziehung, unsere Eltern kennen einander. Alle in einer Kleinstadt kennen einander. Wenn ich ihnen von meiner neuen Freundin erzähle, werden sie es nicht glauben.

Ich habe eine Tiroler Freundin! Wir flüchten nach Wien, nur um dann wieder mit unserer Kindheit konfrontiert zu werden.

8

Erinnerungsschleifen

Ich wundere mich, warum mir Ulrike nicht viel früher aufgefallen ist und ich sie nicht viel früher angesprochen habe. Obwohl Ulrike und ich Dutzende gemeinsame Bekannte haben, sind wir einander nie in den von uns gemeinsam frequentierten Kitzbüheler Stammkneipen über den Weg gelaufen. Sie ist zu hübsch, als dass ich sie übersehen hätte können. Ich bin ihr sicher 1.000-mal über den Weg gelaufen ohne sie zu bemerken. Es hat erst Atzgo, seines heftigen Eifersuchtsanfalles und meiner Eingebung auf der Jakobsleiter im Einhorn bedurft, damit ich geschnallt habe, das ist meine Frau.

»Wie wäre es, ein gemeinsames Wochenende in Kitzbühel zu verbringen? Schließlich ist bald Osterwochenende.« Ulrike schmiedet Pläne.

Unsere Eltern kennen einander. Das verkompliziert die Sache. Wir sind erst seit drei Wochen zusammen, sollen wir unsere zarte Liebe mit lähmenden Elternbesuchen belasten? Noch dazu, wo sie ein schwieriges Verhältnis zu ihren Eltern hat. Mit offiziellem Entrée, peinlichem Schweigen und obligatorischer Blumenmitnahme für die Mutter des Hauses beim Antrittsbesuch. Erste Besuche bei Familien von Freundinnen sind steif. Ich merke ab der ersten Millisekunde, ob die Mutter meiner Freundin mich mag oder verachtet. Ich besteche deshalb Mütter mit Konfekt, Blumen und anderen kleinen Aufmerksamkeiten. Zu den Müttern selbst vertrete ich die Meinung meiner Partnerin. Gegen Ulrikes Mutter verspüre ich leichtes Misstrauen, nicht, weil ich sie kenne, sondern weil Ulrike permanent über sie schimpft. Warum ist diese Frau gefühlsarm gegenüber ihren Kindern? Warum fühlt sich Ulrike als ungeliebtes drittes Kind? Was ist das Geheimnis dieser Familie?

Die Anfahrt mit dem Zug ist anstrengend. Der Zug ist überfüllt, die Toiletten kaputt, die Stimmung aggressiv bis lakonisch. Nur sind die Fahrgäste alle tätowiert und tragen im Unterschied zu den Wienern keine Trachten. Die Landbewohner sind urbaner gekleidet als die Städter. Bis auf die seltsame Garderobe läuft alles wie gewohnt. Mich überkommen Beklemmung, Abscheu und Ekel, wenn ich in den Zug einsteige. Ulrike tätschelt mir meinen Oberschenkel, sie schmiegt sich an meine Schulter, wenn sie schlafen will. Ulrike freut sich auf die anstehenden Treffen mit ihren Freunden. Sie will einen Freund, der in Innsbruck Theologie studiert, treffen und am Karfreitag gemeinsam Schnaps trinken. Schnaps trinken und Grillabende feiern ist in einem gläubigen Herrgottswinkel wie Tirol der letzte Schrei, um seine Abneigung gegen die katholische Amtskirche zu demonstrieren. Ulrike ist da keine Ausnahme. Sie ist wegen der sexuellen Missbrauchsskandale aus der Kirche ausgetreten, sie ist so katholisch. Selbstverständlich säuft sie am Karfreitag bis fünf Uhr in der Früh, weniger um die Kirche, vielmehr um den Vater zu ärgern. Sie soll ihren Spaß haben, aber ich bleibe daheim. Lieber sitze ich zu Hause, besuche die Karfreitagsliturgie und denke nach, woher das tiefe Bedürfnis vieler Tiroler herrührt, sich am Karfreitag bis zur Besinnungslosigkeit zu besaufen.

Als wir aussteigen, blamiert mich mein Vater gleich bei der Vorstellung. »Ein ganzes Plaisirnig-Gesicht«, sagt er und grinst sie freundlich an.

Ich erstarre, was ist denn das für eine komische Ansage? Warum kann sich mein Vater nicht normal aufführen? Wa-

125

rum ärgere ich mich über so was? Warum kann ich mit einer solchen Kleinigkeit nicht gelassen und humorvoll umgehen? Wir fahren schweigend nach Hause und ich vermisse Ulrike schon wieder. Ich fahre meinen Vater an, er kann doch nicht zur Begrüßung sagen, meine Freundin hat ein typisches Plaisirnig-Gesicht. Was soll das überhaupt sein, ein typisches Plaisirnig-Gesicht? Jetzt ist er beleidigt auf mich, er wollte nur freundlich sein. Ich schäme mich und bin gereizt. Wir beschließen, einander am Abend in der Stadt zu treffen. Es ist Monate her, dass ich das letzte Mal zu Hause war. Es ist schwer, nach dieser langen Zeit sich mit den Gebräuchen, Riten und Regeln seiner Herkunftsfamilie zu arrangieren. Selbst mit 38 bin ich dann wieder Kind und werde als solches behandelt. Ich bin froh, als ich Ulrike um halb zehn im Gasthaus treffe. Sie ist meine neue Familie und meine tiefste Vertraute. Ulrike geht es ähnlich wie mir, sie tut sich schwer, sich auf ihre Familie einzustellen. Sie hat eine blendende Idee und schlägt vor, den Kitzbühel-Aufenthalt so kurz wie möglich zu gestalten. Wir sind seit vier Stunden da und beratschlagen den idealen Zeitpunkt für unsere Abreise.

»Je länger wir da sind, desto weniger können wir miteinander Sex haben. Ich halte drei Tage ohne Sex mit dir nicht aus«, stellt sie nüchtern fest.

»Wir könnten zum Kai gehen und dort miteinander schlafen, du könntest auch bei mir übernachten.«

»Das ist beides verdammt teeniemäßig.« Ulrike seufzt, sie will das Lokal wechseln.

Nach dem Brauereistüberl wechseln wir ins Immerblau. Warum haben Lokale in Kleinstädten so doofe Namen? Dort sitzt Nicole, und Ulrike weiß bis heute nicht, ob Nicole ihre Freundin, ihre Feindin oder ihre Konkurrentin ist. Nicole mit ihren glatten braunen Haaren und ihrer knabenhaften Figur schaut überrascht, als sie uns beide gemeinsam sieht. Sie weiß nicht, dass wir ein Paar sind.

Wir setzen uns zu Nicoles Tisch und Ulrike erklärt sanftmütig: »Darf ich vorstellen, das ist Tito, mein neuer Freund, und wir werden zusammenziehen.«

Nicole schaut belämmert. Sie ist hübscher, größer und noch schlanker als Ulrike, aber mit einem Damenbart und phlegmatisch, also nichts für mich. Wäre sie ehrgeizig, hätte sie locker modeln können. Sie sieht aus wie die kleine Schwester von Stilikone Kate Moss. Wir hatten einmal ein gemeinsames Date. Ich erfahre, dass Nicole und Ulrike seither schon öfter über mich gesprochen haben. Ulrike wollte ursprünglich nicht mit mir weggehen, ich war ihr unsympathisch, wie sie scheinbar der ganzen Welt mitgeteilt hatte. Nicole meinte, ich benehme mich bei Verabredungen, habe Manieren und würde sie garantiert nicht anknutschen. Ein Prost auf Nicole, aber ich wundere mich, warum sie verschreckt schaute, als sie uns gemeinsam hereinkommen sah. Ulrike denkt, Nicole kann sich nicht über das Glück anderer Menschen freuen. Es ärgert sie, dass Ulrike glücklich ist. Wir reden noch ein wenig, als Ulrike einen Bekannten an der Bar sieht.

»Scheiße, Tito, der an der Bar steht auf mich. Das ist mir unangenehm, wenn er mich mit dir sieht. Lass uns weitergehen.«

Beim Rausgehen trifft sie zwei weitere Bekannte, die sie küsst und mit denen sie Smalltalk führt. Ich denke mir nichts dabei, frage mich nur, warum auch der Typ an der Bar schon wieder auf sie steht. Ständig erzählt mir Ulrike, wer sie verehrt und welche Männer alle bei ihr landen wollen. Mitschüler, Uniprofessoren, lesbische Kommilitoninnen, die sie überreden möchten, gleichgeschlechtlichen Sex auszuprobieren, Musiker, Nachbarn, Literaten. Dauernd wird Ulrike angebraten, und sie erzählt mir immer brühwarm, wer sie wo angesprochen hat. Das macht mich langsam nervös. Ich weiß, sie ist verdammt hübsch, aber dass die halbe Welt sie begehrt, setzt mich unter enormen Druck. Ich finde es unangebracht, mir zu erzählen, wer sie verehrt und wie viele das sind, aber ich traue mich nicht, ihr das zu sagen. Ich kann verstehen, dass sie weg will, wenn ihr Verehrer hier sitzt und sie traurig und mit gebrochenem Herzen anblickt. Außerdem wirft er mir hasserfüllte Blicke zu, weil ich neben Ulrike sitze und nicht er.

Wir wechseln erneut das Lokal und baden im Kitzbühel-Blues. Ulrike schaut verlegen.

»Ich muss dir was sagen«, beginnt sie zögerlich, »ich bekomme normalerweise total regelmäßig die Regel. Diesmal nicht, wir sind zehn Tage überfällig.«

»Das macht doch nichts, ich kann mir Schlimmeres vorstellen, als mit dir ein Kind zu bekommen. Das würde mir nichts ausmachen, im Gegenteil. Natürlich sind wir noch nicht lange zusammen, aber wenn's läuft, dann läuft's. Hat schon der Skirennläufer Rudi Nierlich gewusst, oder würdest du etwa abtreiben?«

»Du bist viel zu süß, Tito, nein.«

Nun bin ich an der Reihe mit einem Outing. Das war das Netteste, was ich je gehört habe. Ich bin gerührt.

»Ich muss dir auch noch was sagen, Ulrike, meine letzte Freundin hat unser Kind abgetrieben. Sie war der festen Überzeugung, sie will lieber Karriere machen als ein Kind zu bekommen. Wir haben die Kosten geteilt, ich war bei der Abtreibung dabei. Ich werde nie vergessen, wie sie mit schmerzverzerrtem Gesicht im Bett gelegen ist. Ich habe ihre

Hand gehalten und sie hat mich weggeschickt. Ich hätte nichts gegen ein Kind gehabt, nicht dass ich eines wollte, aber ich bin gegen Abtreibung.«

»Du Armer, das habe ich mir schon gedacht.« Sie nimmt meine Hand und schaut mich zärtlich an. »Ich könnte nie ein Kind von dir abtreiben.«

Bei den wichtigen Fragen des Lebens stimmen wir überein. Endlich habe ich eine Freundin, die sich vorstellen kann, mit mir ein Kind zu bekommen, obwohl sie gar keines will. Ulrike denkt viel nach, ob in unsere Welt der Gier weitere Menschen geboren werden sollen. Mir ist egal, ob Ulrike schwanger ist oder ob die Regel sich einfach verschoben hat. Sie macht sich echte Sorgen. Ich kann mich sogar an dem Gedanken erfreuen, Vater zu werden. Ich bin relativ entspannt, ich hatte schon 15-mal Schwangerschaftsalarm mit Freundinnen, bis auf Jolanda ist nie etwas passiert. Ich dachte mir deshalb schon, ich bin unfruchtbar. Ich verwende Kondome mehr als schleißig. Barebacking erhöht die Gefahr und das mag ich.

»Wird schon nichts passiert sein. Wenn wir in Wien sind, kaufen wir uns einen Schwangerschaftstest.«

Wir gehen nach draußen in die Nacht. Für Freiluftliebe ist es zu kalt, ohne formelle Vorstellung bei den jeweils anderen Eltern im Haus des Partners zu übernachten, ist taktlos. Es hilft nichts, ich gehe alleine nach Hause.

Am nächsten Tag besuche ich die Auferstehungsfeier auf St. Hörersdorf. Rein kirchenrechtlich betrachtet ist diese Andacht um 15.00 Uhr nur eine kleine Andacht und noch keine Auferstehung. Wie jedes Jahr weist der Messdiener auf diesen Umstand hin. Wie jedes Jahr ignorieren die Kirchgänger dieses Faktum. Denn St. Hörersdorf ist ein wunderschöner Osterspaziergang. Man wandert eine Stunde, lauscht der Andacht und freut sich dann auf die Osterjause. Ich gehe alleine auf St. Hörersdorf, weil Ulrike konsequent war und mit ihrem Jugendfreund ohne mich noch bis fünf in der Früh Schnaps getrunken hat. Beim Nachhausegehen von der Auferstehungsandacht pflücke ich ihr einen Strauß Vergissmeinnicht. Sie ist Tirolerin, sie wird diese schüchternste aller Liebeserklärungen richtig deuten. Das ist das eindeutigste Signal, ich liebe dich zu sagen, ohne diese abgelutschten drei Scheißworte verwenden zu müssen.

Am Abend ist sie zu verkatert, um mich zu treffen. »Tito, bei mir daheim ist es mühsam. Lass uns morgen wieder fahren, dann können wir den ganzen Ostermontag im Bett herumkugeln.«

Ulrike hat Recht, wir müssen Prioritäten setzen. Ich teile meinen Eltern mit, dass wir leider frühzeitig abreisen müssen, weil Ulrike ein Bewerbungsschreiben ausfüllen muss. Keine originelle Ausrede, aber meine Eltern verstehen, dass wir frisch verliebt sind und nur Augen für einander haben. Der Vorteil einer Reise an einem Feiertag ist ein menschenleerer Zug. Man sollte naturgesetzmäßig und bevorzugt an, nicht vor oder nach den Feiertagen reisen. Als wir einsteigen und uns einen Platz suchen, schaut Ulrike abwesend und leer. Ich frage sie, was los ist, sie hat eine andere Körperspannung als sonst. Ich lege meine Hand auf ihr Knie, doch sie ergreift sie nicht. Sie starrt geistesabwesend aus dem Fenster. Eine einzelne Träne läuft Ulrike aus dem linken Auge. Etwas schmerzt sie. Ich gebe ihr ein Taschentuch. Sie meidet meinen Blick und sieht traurig und verloren aus dem Zugfenster. Langsam bessert sich ihre Laune, nicht schlagartig, aber allmählich.

Bei der Ankunft genießen wir eine Osterjause mit mitgebrachten Köstlichkeiten aus der Heimat. Ulrikes Familie mütterlicherseits kommt aus Reith bei Kitzbühel, auch so einem Kaff und Vorort, und ihre Verwandten sind Landwirte mit angeschlossener Produktion. Ein Onkel von ihr ist Fleischermeister, und dessen Produkte verkosten wir. Ulrike ist froh, wieder in Wien zu sein. Eine Last fällt von ihren Schultern, ihre Anspannung weicht aus ihrem Gesicht und sie ist wieder das freche, kecke Mädchen von nebenan. In den nächsten 24 Stunden schlafen wir sechsmal miteinander. Ich staune über meine Ausdauer. Unsere Körper sind für einander geschaffen. So oft habe ich noch nie mit einer Frau geschlafen, meine Libido ist nicht besonders ausgeprägt.

Ulrike lächelt:»Wenn ich jemanden mag, bin ich unersättlich, wir sollten und werden möglichst oft miteinander schlafen. In der Nacht, wenn es dunkel ist. Auf dem Sofa in der Küche. Gleich nach dem Aufstehen zweimal und am Nachmittag und am Vormittag sowieso.«

Ulrike vögelt sich die Sorgen ihres Elternhauses weg. Ich bin vom vielen Sex völlig erschöpft. In den kurzen Pausen kann ich nur mehr schlafen oder essen. Selbst Fernsehen ist mir zu anstrengend. Mittags hole ich uns was vom Serben, einem typischen Balkangrillhaus, die in Wien gerade beliebter werden. Nach dem Kroatien-Hype gibt es einen kleinen Serbien-Grill-Hype. Cevapcici, das serbische Somun-Brot, dieser unglaublich leckere Krautsalat und Tonnen von Fleisch. Ich brauche dringend Fleisch. Während ich Essen hole, denke ich nach. Ich verstehe nicht, warum Ulrike ihre Eltern so stressen. Während unseres Kurzurlaubs haben auch meine Eltern über Ulrikes Eltern gesprochen. Meine Eltern sehen das Gute in jedem Menschen, sie sind Katholiken.

»Also der Otto ist ein echter Tausendsassa. Er ist ein hervorragender Musiker, engagiert sich ehrenamtlich bei der Armutsbekämpfung und er hat mehrere Kinderbücher geschrieben. In den 70ern hat er sich mal ein Grundstück in unserer Gemeinde angeschaut.« Mein Vater schwärmt von Ulrikes Vater, als ob er das letzte Universalgenie der Menschheit wäre. Er stamme aus einer Lehrerdynastie, auch seine drei Geschwister und sein Vater waren bereits Lehrer und ein Onkel sei ein erfolgreicher und menschennaher Landespolitiker gewesen. Seine Schilderungen stehen im krassen Gegensatz zu den Beschreibungen Ulrikes. Über die Mutter fiel ihm weniger Nettes ein. Neben dem charismatischen Familienoberhaupt muss sie zwangsläufig abfallen. Sie rede wenig, grüße schwer und wirke missmutig und verschlossen. Sie sei nicht so offen und gesellig wie ihr Mann. An sie sei schwer heranzukommen, es umwehe sie ein Geheimnis. Bei seiner Erzählung war ich extrem hellhörig. Seine Informationen ergänzen perfekt Ulrikes Aussagen. Warum weiß in unserem Kaff jeder alles über seine Nachbarn, jedes noch so unwichtige Detail aus den Familienchroniken?

9

Süßholzraspeln funktioniert

»Tito, du bist so hübsch. Deine Nase ist schön, deine Lippen sind so keck geschwungen. Du hast wirklich ein schönes Gesicht.«

Ich lächle verlegen. So geht das seit fünf Minuten. Ich sollte mich freuen, reagiere aber verstört. Ulrike lobt meine körperlichen Vorzüge in einer Weise, wie mir das noch nie eine Frau gesagt hat. Ich bin ein durchschnittlicher Mann. Nicht hässlich, nicht schön. Nicht groß und nicht dick. Ich schätze meine Wirkung auf das andere Geschlecht realistisch ein. Wenn ich charmant bin und mich anstrenge, kann ich eine Frau erobern. Das braucht Zeit, sie bespringen und begehren mich nicht aus einer inneren Notwendigkeit. Ich muss mich ins Zeug legen, um Frauen zu erobern. Bei Ulrike hat es auch eine Weile gedauert. Frauen mögen meinen Charme, meine Zuvorkommenheit, vielleicht auch meine Lippen, aber ich bin definitiv nicht das magersüchtige Supermodel, als das mich Ulrike gerade beschreibt. Ulrike sagt mir ständig, wie fantastisch ich aussehe. Wenn ich aus dem Bett aufspringe, um kurz aufs WC zu gehen, ruft sie mir nach, wie schön und athletisch mein Oberkörper gebaut ist. Dauernd denkt sie sich eine weitere übertriebene Superlative für mich aus. Was kann denn an mir noch alles hübsch sein? Der schlanke, wohlgeformte Hals, die schönen weißen Zähne, die netten süßen Ohrläppchen, die männliche, markante Stirn, die verträumten braunen Augen, die feingliedrigen Hände, mein dicker Schwanz. Ich bin noch nie von einer Frau so oft auf meine körperlichen Vorzüge hingewiesen worden. Langsam beginne ich ihr zu glauben. Ich bin wirklich ein recht guter Typ.

Bei unseren gemeinsamen Spaziergängen beginnt Ulrike mit einem neuen Spiel. Sie gibt und schenkt mir Kosenamen. Sie nennt mich »Schatz« und fragt, ob mir das nicht zu gewöhnlich sei. Ich verneine, wundere mich aber, warum mich jemand nach 20 Tagen Beziehung »Schatz« nennt. Jeder andere Mann würde sich über einen solchen Vertrauensvorschuss freuen, ich werde misstrauisch. Sie nennt mich »Tiroler Herz«, »Liebling« und immer wieder »Schatzl«, »Schatzl«, »Schatzl«. Also ich hab nichts dagegen, wenn mich jemand mit gebräuchlichen Wörtern umgarnt. Und sie sagt mir, dass ich gut rieche, selbst wenn ich völlig verschwitzt der asozialen Linie 43 entsteige. Du kannst nicht schlecht riechen, meint sie streng, als ich mich erst mal duschen will. Sie zieht mich bestimmt zu sich und greift mir in den Schritt. Das mit dem Riechen ist das wertvollste Kompliment, denn wer sich nicht riechen kann, kann sich nicht lieben.

Ulrike ist eine unerfahrene und gleichzeitig gute Liebhaberin. Sie berührt und tätschelt meine Brust mit ihren Fingern und Händen. Ganz leichte Berührungen mit ihren Händen sind das. Keine Schläge, eher tastende Stupse. Sie umschließt meine Brust für eine Millisekunde, lässt sie los, es ist mehr Tasten und Ziehen als Umklammern und Krallen. Sie behauptet, sie gehe Liebesdinge verkopft an. Sie glaubt nicht an den vaginalen Orgasmus und zeigt mir, wo und wie ich sie berühren muss. Das setzt mich ein bisschen unter Druck.

»Ich will, dass du weißt, wie es mir gefällt. Ich finde es gut, wenn du mich leckst. Mit dem Kitzler komme ich leichter zum Orgasmus als mit meiner Muschi. Wir müssen mehr üben.«

Sie fragt mich, ob ich weiß, was Rimming ist? Ich lächle.

Ich weiß, was als Nächstes kommt.

»Analsex fand ich früher immer grauslig«, sagt sie. Guckst du oft Pornos, fragt sie weiter. »Ich würde gerne Pornos mit dir anschauen. Ich hab nur ganz wenige gesehen und kenne mich dort nicht gut aus.«

Ich schweige. Ulrike ist so konservativ. Dieser Analsexhype ist unerträglich. Und jetzt träumen sogar schon die Bundesländerflüchtlinge davon. Alleine, wie sie das Wort Analsex ausspricht, finde ich entlarvend. Soll ich ihr sagen, dass Atzgo schon vor 20 Jahren Songs über Analsex geschrieben hatte, als das noch verrucht und kein Dauerthema in Frauenzeitschriften war? Analsex ist retro wie Eurodance und interessiert mich überhaupt nicht. Ulrike, meine Freundin vom Land, ist meine erste Freundin seit zehn Jahren ohne Intimrasur. Ihre Haare kräuseln sich dicht um ihre Scham. Das ist ihr sicher unangenehm, diesen Busch zu schneiden.

Ich mag mit Ulrike keinen Analsex haben, ich mag mit Ulrike keine Pornos anschauen. Pornos sind widerlich, da geht es nur noch um Gewalt und Erniedrigung der Frau. Wenn den armen Frauen die Schwänze tief in den Rachen geschoben werden, dass sie fast kotzen müssen, erregt mich das nicht. Das ist widerwärtig, das hat nichts mehr mit Sex zu tun, das ist Tätlichkeit und pure Gewalt, da werde selbst ich zum überzeugten Feministen. Die von der Frauenbewegung verunsicherten Männer rächen sich mit Gewaltorgien an den Frauen. Ich will mich nicht an Frauen rächen, an Ulrike schon gar nicht. Deshalb will ich keinen Analsex mit ihr haben, auch wenn sie davon träumt, weil sie gerne mal etwas vermeintlich Verbotenes machen würde. Ich will mit ihr schlafen, aber ich will ihr nicht wehtun. Zu oft wollten Frauen schon von mir, dass ich ihnen beim Sex wehtue. Ich verweigere solche Unterwerfungsspiele.

135

Ich kann einer Frau nicht wehtun. Eine Feministin schimpfte mich deswegen Sexist, weil ich Frauen nicht schlage. Sie meinte, wer Frauen nicht schlägt und nur mit Männern kämpft, sehe Frauen nicht als gleichberechtigt an. Die Feministinnen sind mittlerweile auch ziemlich verwirrt.

Ulrike hat einen gesunden, unschuldigen Sextrieb, wie ihn nur landsozialisierte Menschen haben. Nach dem Aufstehen greift sie mir direkt auf den Schwanz.

»Ich liebe Sex in der Früh. Darf ich jeden Morgen gleich nach dem Aufstehen mit dir schlafen?«

»Was sind das für Fragen, ich möchte immer mit dir schlafen, ich habe noch nie mit jemandem so gerne Zärtlichkeiten ausgetauscht wie mit dir.«

Ulrike überrascht mich schon wieder: »Du, Schatz, wir haben uns ja schon gesagt, dass wir verliebt sind. Ich finde, das geht bei mir viel weiter und tiefer. Du bist ein Teil von mir. Ich liebe dich. Wie schaut das bei dir aus?«

Ich bekomme keine Luft. Mit meiner letzten Beziehung war ich zwei Jahre zusammen und ich hab ihr nicht mal gesagt, dass ich in sie verliebt bin. Mit großen Liebesbekundungen bin ich vorsichtig. Ich traue Worten generell nicht. Mir schießen Abwehrgedanken durch den Kopf. Natürlich liebe ich sie, das ist offensichtlich. Sie ist meine Frau. Ich liebe sie, keine Frage, aber ich kann ihr das nicht nach vier Wochen Beziehung sagen.

Ich stottere herum: »Findest du nicht, dass diese drei Worte etwas überstrapaziert sind? Sollte man das nicht erst nach zwei, drei Jahren sagen? Ich meine, ich könnte das sagen, ich tu es ja, in dich verliebt sein, aber diese drei Worte kommen mir abgeschmackt vor. Ich werde dir meine Liebe auf viel andere, auf viel bessere Weise beweisen. Warte es ab.«

10

Mich interessiert dein Sexvorleben nicht so

Neben ihrer Familie spricht Ulrike bevorzugt über ihre Ex-Freunde. Sie war ewig mit ihrem Jugendfreund Moritz zusammen, zwischen 17 und 27, und hat seitdem und vor mir zwei Beziehungen gehabt. Ist das nicht süß, denk ich mir. Dass es sowas noch gibt, eine Frau, die 30 ist, und erst mit drei Männern zusammen war. Sie schaut gut aus und wird ständig angesprochen, das erzählt sie mir dauernd. Das mit den drei Freunden muss dennoch stimmen, weil sie eine unsichere Liebhaberin ist. Sie ist trotz ihrer Unerfahrenheit meine beste Liebhaberin. Das ist für mich kein Widerspruch. Ich finde unsere sexuellen Entdeckungsreisen und ihre mit wissenschaftlicher Genauigkeit vorgetragenen Forderungen, wie ich es ihr zu besorgen habe, niedlich. Am liebsten mag sie Hündchenstellung, darauf besteht sie bei jedem Liebesakt. Nach spätestens fünf Minuten streckt sie mir ihren Hintern entgegen. Wie ich diesen flachen Hintern mag, wie ich diese kleinen, festen Oberschenkel verehre. Im Vergleich dazu sind ihre Füße mit Größe 38 fast schon groß. Schultern und Hüften haben keine Extrarundungen, der Oberkörper bildet zwei kerzengerade Linien. Diese Tatsache erregt mich mehr als alle Rundungen der Welt. Nach dem Aufwachen rollt sie sich auf mich drauf, nimmt meinen kleinen Mike Tyson und steckt ihn sich ohne Vorwarnung in ihre Scham. Vorspiel scheint sie nicht zu mögen. Wenn sie aufwacht, beginnt sie mich gleich zu rammeln. Zuerst reitet sie auf mir, dann dreh ich sie um und sie reitet umgekehrt auf mir. Das ist meine Lieblingsstellung. Mit meinen Händen stütze ich ihren flachen und winzigen Hintern. Der ist so klein und handlich, gleich groß wie ein Russ-Meyer-Busen.

Nach dem Gutenmorgensex geht sie sich duschen und kommt dann mit Bademantel und Handtuchturban wieder zu mir ins Bett gekrochen. Mit diesem Turban sieht sie wie Romy Schneider während ihrer Pariser Phase aus.

Dann erzählt sie von ihren Ex-Freunden und meinen Vorgängern: »Ich denk total oft darüber nach, warum ich mit meinen Freunden liiert war. Ich meine, mit Moritz war ich zehn Jahre zusammen, während sich meine Freundinnen ausgetobt haben. Ich glaub, das Ganze hat was mit seiner Beziehung zu seiner Mutter zu tun. Die war Gastronomin und beherrschte das Nach-außen-hin-freundlich-Sein perfekt. Ich möchte verstehen, warum gerade wir beide zusammengekommen sind. Schließlich warst du mir unsympathisch. Nach der Trennung von Moritz und meinem Auslandssemester hab ich Atzgo kennengelernt. Als ich von Finnland heimgekommen bin, habe ich ihn angerufen, und dann ist er mich besuchen gekommen. Er hat sich auf mein Sofa gesetzt und wild gekifft. Er ist ein hässlicher Kerl, aber dann hab ich mich total in ihn verliebt.«

Ich lache, weil er wirklich nicht sehr hübsch ist, aber dennoch anziehend. Atzgo hat eine fliehende Stirn, ein fliehendes Kinn, alles an ihm ist fliehend. Er ist nicht der Typ Mann, von dem eine Frau träumt. Unsere sittsame Bundesländerstudentin wollte nach der langen Beziehung einen leidenden Künstler ausprobieren.

»Mit Moritz hab ich im letzten Jahr nur viermal geschlafen, damals hab ich noch in einer Wohngemeinschaft gewohnt und hatte weniger Sex als meine Mitbewohnerinnen, und die wa-

ren solo. Atzgo, der hässliche Hund, war eine richtige Dreck-
sau im Bett. Kannst du dir vorstellen. Und er war rasend eifersüchtig auf mich. Er war auf meine Freundinnen eifersüchtig,
wenn ich mit denen weggehen wollte. Wir haben dauernd gestritten. Weißt du, warum ich mich von ihm getrennt habe? Er
hat mich beschissen... Er hat mich beschissen!«

Das kann ich nicht glauben. Atzgo ist nicht so irre, diese
schöne Frau, die weit außerhalb seiner Reichweite liegt, zu bescheißen. Mit wem denn um Himmelswillen? Atzgo war nie
ein Frauenmann. Seine alte Freundin war eine richtige Perch-
te. Und der hat Ulrike beschissen?

»Entschuldige, aber mit wem hat dich denn der Atzgo beschissen?«

»Mit seiner Ex-Freundin.«

Ich beginne zu lachen. »Ach so, mit der Ex-Freundin, ist
das dann eigentlich bescheißen? Du weißt schon, wie die aussieht?«

»Nein, weiß ich nicht, aber mein Vertrauen zu ihm war
weg und ich hab mit ihm Schluss gemacht. Seitdem habe ich
Angst, beschissen zu werden. Bescheiß mich nie, sonst ist es
sofort aus!«

Warum sollte ich ausgerechnet Ulrike betrügen? Was für
ein absurder Gedanke. Ich wohne mit ihr zusammen und bin
verliebt. Beim Aufstehen denke ich an sie, ich stehe extra früher auf, um mit ihr einen Stück Weg gemeinsam in die Arbeit
zu fahren. Wo sind meine gesunde Menschenverachtung und
mein Misstrauen geblieben? Ich freu mich, wenn ich mit ihr
gemeinsam zur Linie 43 gehen darf. In der Arbeit schreibe ich
ihr Mails, beim Mittagessen und beim Heimfahren denke ich
an sie.

Während ich dem Einhorn und Atzgo dankbar bin, dass

ich mich verliebt habe, fährt Ulrike mit der Aufzählung ihrer Ex-Freunde fort: »Nach dem Atzgo war ich dann mit einem Kitzbüheler zusammen. Hansel Trotter. Kennst du den?«

Ich schüttle den Kopf.

»Mit dem war ich nur kurz liiert, das passte nicht, und dann hab ich gesagt, ich mag nicht mehr. Ich hab ihn bei meiner Geburtstagsfeier zu Hause kennengelernt. Er ist mit einem Freund von mir zu meiner Party gekommen. Der Wichser hat sich mit meinem Vater gegen mich verbrüdert. Die beiden haben über die Rolle der Frau schwadroniert. Blöde Machos. Und das Ärgste ist, ich mache mit ihm Schluss, eine Woche später ruft er mich an, geht mit mir auf einen Kaffee, sagt, er macht mit mir Schluss und stellt mir dann seine neue Freundin vor. Was für ein Arsch. Er hat sich schon eine Woche, nachdem er mit mir zusammen war, eine andere gefunden.«

Hoffentlich redet Ulrike nie schlecht über mich. Worin besteht der Sinn, seinem aktuellen Partner in allen Nuancen von seinen Ex-Partnern zu erzählen? Das verletzt mich nur. Ich bin zurückhaltender und erzähle ihr nichts von meinen vergangenen Liebschaften. Diese Ausflüge in die Vergangenheit bergen die Gefahr der Eifersucht. Ulrike hingegen bewegt es außerordentlich, warum und wieso sie mit welchen Männern befreundet war.

Ich habe eine andere Schwäche, ich bin neugierig. Am nächsten Tag durchstöbere ich Ulrikes Facebook-Profil. Hansel Trotter, schon gefunden. Ich bin entsetzt, das kann nicht stimmen. Mit diesem Idiot war meine Freundin zusammen? Der Typ ist allerletztes Niveau. Trägt einen Kinnbart, wie er seit 1994 verboten ist und auch schon damals stylingtechnisch nicht ging. Dazu T-Shirts und Cargohosen und eine Baseball-kappe, die ihn optisch als das kennzeichnen, was er ist: ein

Landdepp, glücklich und zufrieden in seiner Beschränktheit. Wie konnte sich Ulrike freiwillig mit so was paaren? Ich verstehe, dass man mit Atzgo was hat, und ich verstehe, dass man mit Moritz zusammen sein kann. Moritz ist ein hübscher Mann, gutmütig, und sie war die Chefin dieser Beziehung. Atzgo war dann das Kontrastprogramm. Ein mürrischer, hässlicher, versoffener Intellektueller, der glaubt, Josef Roth zu sein und an seinem eigenen Zynismus erstickt. Dabei aber witzig und stets für einen originellen Sager gut. Auf den bin ich nicht eifersüchtig. Nicht so wichtig, sie hatte auch mal was mit Atzgos Bandkollegen OJ laufen. Das hat sie mir seltsamerweise aber nie erzählt, das weiß ich nur vom Thekentratsch. Ob sie mir mehr verschweigt? Kann ich mir nicht vorstellen, sie spricht dauernd von ihren Beziehungen. Seit ihrer Affäre mit OJ kursiert unter den Barsitzern im Einhorn ein schaler Witz. Ulrike ist das erste und einzige Groupie der Band Fatigue, der Band ohne Plattenvertrag, der Band ohne Auftritte, dennoch, der besten Band Österreichs.

Im Einhorn kursieren viele Geschichten, kein Wunder, schließlich sind dort immer dieselben Gäste. Ulrike hat sich mit einer Kellnerin vom Einhorn angefreundet, weil beide Pferde mögen. Saskia, 24 Jahre jung, Schulabbrecherin und Nachwuchsdepressive, die sich einredet, Alkoholikerin zu sein. Saskia war am besten Weg, sich als Bardame zu versaufen. Deshalb kündigt sie und wird am 30. April ihren letzten Bardienst absolvieren. Sie lädt Ulrike ein, und wir werden gemeinsam zu ihrem Abschiedsdienst hingehen. Seit wir zusammen sind, war ich nie mehr im Einhorn. Mich zieht dort nichts mehr hin, weil ich eine Freundin habe und diese Freundin mit zwei Männern was laufen hatte, die oft dort sind. Dennoch hat sie nicht den Ruf, dass sie leicht abzuschleppen ist. Wenn ich schwer verliebt bin, tendiere ich dazu, eifersüchtig zu werden. Wie wird Atzgo reagieren, wenn er mich mit Ulrike sieht? Er wird mich hassen, für diese nicht gerade bahnbrechende Erkenntnis brauche ich nicht ins fucking Einhorn zu gehen. Er ist mir fast an die Gurgel gesprungen, nur weil ich mit Ulrike geredet habe. Die sind seit drei Jahren nicht mehr zusammen und er fährt noch immer total ab auf sie. Ich habe das gespürt, ich verstehe ihn, Ulrike ist abhängig machend.

»Ich verliebe mich jeden Tag mehr in dich«, hat sie mir einmal ins Ohr geflüstert, und mir geht es genauso.

Wenn im Einhorn die ganzen Saufköpfe sie anquatschen, weiß ich nicht, ob ich souverän bleibe. Ich versuche Ulrike zwei Tage vor dem Abschlussfest für die potenzielle Gefahr und meine mögliche Eifersucht zu sensibilisieren.

»Ulrike, du willst mit Saskia abfeiern am Freitag. Ich bin nicht froh darüber, dass wir dort hingehen. Wenn deine Ex-Freunde da sind, werde ich eifersüchtig.«

»Mach dir mal keine Sorgen, Schatz. Die Party wird super.« Sie würgt meine Bedenken ab. Ich wage keinen zweiten Anlauf mehr.

Wir feiern unseren offiziellen Einstand als Paar. Ulrike huscht zu einem Tisch, ich stehe an der Bar und trinke Bier. Ein Engländer stellt sich neben mich, und wir beginnen zu quatschen. Smalltalk der eleganten Sorte. Wir trinken köstliches Hirter und ich habe mal wieder die Gelegenheit, Englisch zu sprechen. Der Engländer ist Sprachlehrer und erzählt mir, wie cool er das Einhorn findet. Er ist mit seinen zwei Freunden da, und sie haben zwei Frauen klargemacht. Die eine sei nicht so der Bringer, aber die andere anhänglich, freundlich und heiß, und sein Freund wird sie heute abschleppen. Dating im Einhorn, ich kann das nicht glauben, in der von sexueller

Energie befreiten Zone.

»Zeig mir mal die Schöne«, frage ich ihn amüsiert, als er auf Ulrike zeigt.

Ich lache vergnügt und meine, tut mir leid für deinen Freund, aber das ist meine Freundin. Der Engländer schaut ungläubig und sagt, das könne nicht sein.

»Deine Freundin ist sehr anschmiegsam zu fremden Männern und hält wenig Abstand. Mein Freund ist fest davon überzeugt, dass sie ihn anbaggert.«

»So ist sie eben«, schmunzle ich, »sie ist sehr gesellig, das hat sie von ihrem Vater.«

Fünf Minuten später tänzelt OJ bei ihr an. Er kniet sich nieder, sie küssen sich zur Begrüßung und Ulrike ist betont freundlich. Wie menschlich von ihr, sie hat ihn abserviert und bleibt freundlich, sie ist eben gut erzogen. Ich klammere mich an mein Bier, bestelle ein neues und gehe zum Tisch. Ich setze mich zu ihr. Sie hält meine Hände, küsst mich und sagt, dass ich schön bin. Die Engländer schleichen sich ohne sich zu verabschieden. Nichts Anderes habe ich erwartet. Wir trinken weiter, und Ulrike becirct mich mit Worten. Was für ein großes Glück es sei, dass wir zusammengefunden haben. Dass wir perfekt harmonieren und dass sie froh ist mit mir zusammenzuziehen. Sie hat das Bedürfnis bisher nicht verspürt, aber ich bin einfach ihr Schnuckel.

Um halb zwei kommt der DJ des Abends, Rene, der oft als Grafiker mit mir projektbezogen arbeitet. Er gibt mir die Hand.

»Tito, ich habe gehört, ihr seid jetzt zusammen. Alles Gute für deine Beziehung. Ich und Ulrike hatten auch eine Beziehung, wir waren drei Monate zusammen.«

Mein Blut stockt, meine Feierlaune ist schlagartig vorbei.

Was soll der Scheiß, sie spricht ständig von ihren Beziehungen und verschweigt mir ihre Liebelei mit meinem Grafiker? Ich habe ihr beim Abendessen öfters erzählt wie gern ich Rene habe. Da hätte sie mir doch sagen können, dass sie mit Rene was hatte. Warum verschweigt sie mir das? Sie spricht ständig von ihren Verflossenen. Wie demütigend, von dieser Beziehung von ihm und nicht von ihr zu erfahren. Das ärgert mich. Das Bier schießt mir in den Kopf. Thomas Wurnig setzt sich an unseren Tisch und macht Ulrike an. Ausgerechnet Wurnig, den kenne ich vom Sehen und Weggehen. Wir haben uns noch nie gemocht. Zuerst war er eifersüchtig auf mich, weil ich mal seine Freundin angebaggert habe und sie mich. Dann wollte er mit einer Freundin von mir vögeln. Seitdem verachten wir einander. Vier Typen an einem Abend sind mir zu viel.

Ich muss mein Revier verteidigen und schnauze ihn an: »Alter, hau ab. Verpiss dich.«

Der Wichser zuckt zusammen, steht auf und trottet weg. Ich bin der Herdenmacher, er weiß, dass ich ihm den Arsch aufreiße. Ulrike erschrickt.

»Was soll denn das?«

»Ich mag den Penner nicht, der Arsch soll abhauen, wenn ich mit dir an einem Tisch sitze. Das ist der vierte, der dich heute neben mir anmacht. Hast du gar kein Feingefühl?«

»Was fährst denn du für einen Film?«

»Das ist der Vierte, der was von dir will. Und alles neben mir. Soeben hat mich mein Grafiker zu dir beglückwünscht und gesagt, ihr hattet auch mal eine Beziehung. Warum verschweigst du mir denn sowas? Du weißt, dass ich mit ihm ein Buchprojekt mache.« Für mich ist das der absolute Vertrauensbruch. Was hat sie mir noch alles verschwiegen?

»Er hat behauptet, wir hatten eine Beziehung? Das ist ein

Witz. Ich war mit ihm weg, aber wir hatten doch keine Beziehung. Wir haben nicht mal miteinander geschlafen.«

»Was bist du für eine dumme magersüchtige Schlampe? Paarst du dich mit jedem Affen?«

Ulrike sackt zusammen. Sie erzählt mir die ganze Zeit intime Details von ihren Beziehungen, aber dass sie mit meinem Grafiker rummacht, blendet sie aus.

Ich pöble weiter: »Und dann noch der verfickte Wurnig, mit dem Arsch hattest du sicher auch was. Der vögelt alles, was ihm vors Rohr kommt.«

»Ich bin mal mit ihm weggegangen und habe mit ihm rumgeknutscht, weil ich ihn fesch fand.«

»Du findest diesen Drecksack hübsch? Du Schlampe, wenn du mit mir unterwegs bist, kannst du doch nicht mit Leuten reden, mit denen du mal was hattest. Bin ich der einzige, der sich bei dir anstrengen musste?«

Ulrike steht auf und verlässt den Tisch. Ich gehe ihr nicht nach. Ich gehe zur Bar und hole mir ein frisches Bier. Warum lügt sie mich an? Warum erzählt sie mir wochenlang, dass sie nur drei Beziehungen hatte, aber nicht, dass sie mit meinem Grafiker rummacht? Warum flirtet sie mit Wurnig und mit völlig fremden Engländern? Ich schweige in mein Bier, ich trinke und trinke. Nach einem weiteren Bier kommt Ulrike, ich vermute, sie hat ein schlechtes Gewissen. Wir gehen wortlos zur Rechten Wienzeile und geben uns nicht die Hand, ich winke uns ein Taxi, und wir fahren heim. Wir fallen ins Bett. Ich bin angesoffen und wütend. Ich bin froh, dass ich neben ihr einschlafen darf. Mir ist mein Auszucker peinlich. Warum rege ich mich auf? Es ist nichts passiert. Wir schlafen das erste Mal, seit ich eingezogen bin, nicht miteinander. Wir haben unseren ersten Streit. Mit Jolanda habe ich praktisch nie gestritten. Ich vermeide Streite und dann bricht es raus aus mir.

Ulrike ist nicht im Bett, als ich aufwache. Sie ist im Wohnzimmer und schaut fern.

Ich fahre sie erneut an: »Du weißt schon, warum ich angefressen auf dich bin?«

Nein, weiß sie nicht. Eigentlich sollte sie auf mich angefressen sein, da ich sie angeschrien habe. Ich hab ihr nicht gesagt, dass es für mich einen Vertrauensbruch darstellt, dass sie was mit meinem Grafiker hatte, ohne mir das mitzuteilen. Ich habe ihr nicht gesagt, warum ich Wurnig nicht mag. Ich habe ihr verschwiegen, dass ich, wenn ich angetrunken bin und meine Freundin von vier Männern an einem Abend neben mir angemacht wird, das nicht ertrage. Sie hat mit den Typen geflirtet wie ein Partygirl. Mir fällt ein, dass ich schon früher nie im Einhorn ungestört mit ihr quatschen konnte, weil sie ständig von Männern belagert wird. Vielleicht braucht sie eine Handvoll Bewunderer für ihr Selbstwertgefühl. Bislang kenne ich sie nur, wenn wir zu zweit sind. Mit Gruppensituationen haben wir keine Erfahrungen. Sie weiß nichts von meinem Smalltalk mit dem Engländer. Sie weiß nur, dass sie ihr bislang handzahmer Freund »magersüchtige Schlampe, die jeden drüberlässt« genannt hat, obwohl sie nichts gemacht hat.

»Ich halt das nicht aus. Diese Eifersucht mache ich nicht mit, ich hatte das mit Atzgo. Das interessiert mich nicht. Geh jetzt bitte.«

Ich weigere mich ihre Wohnung zu verlassen und gehe ins Schlafzimmer zurück schmollen. Sie bleibt im Wohnzimmer. Ich beschließe einen Sitzstreik abzuhalten, bis sie kommt. Ich bin überzeugt, sie muss sich bei mir entschuldigen, obwohl ich sie aufs Primitivste angeschrien habe. Wir hatten bisher noch kein böses Wort gewechselt, wir waren sanfter als Osterlämmer, und gestern habe ich sie angekläfft. Sie ist sicher erschrocken. Sie wusste nicht, dass ich cholerisch sein kann. Ich reiße mich meistens zusammen, aber die Biere senken meine Hemmschwelle. Doch ich denke nicht an meinen Wutausbruch, ich denke, dass sie mein Vertrauen missbraucht. Warum verschweigt sie mir Beziehungen und Affären. Hat sie mir noch mehr verschwiegen? Hat sie einen selektiven Zugang zur Wahrheit? Drei Wochen sind zu kurz, um jemanden richtig zu kennen. Ich finde es komisch, dass sie mir sagt, sie liebt mich und dann mit anderen Männern rumflirtet. Ich grüble und komme zur Erkenntnis, dass sie mich belogen hat. Ich will keine Freundin, die mich belügt. Das hatte ich schon und es war die Hölle. Ich bin nicht eifersüchtig auf meinen Grafiker, ich mag ihn gerne. Warum hat sie mir nicht erzählt, dass sie mit ihm zusammen war?

Bestimmt hat sie mir noch mehr verschwiegen. Sie ist eine Lügnerin. Ich muss weg. Ich öffne die Tür und Ulrike kommt mir entgegen. Es ist ein Sog. Ich muss sie sofort umarmen. Wir halten uns fest, wir umklammern uns. Wir beschließen, dass ich nicht gehen soll und wir uns lieber aussprechen. Über meine Enttäuschung, über ihre Enttäuschung, über meinen Fehler, über ihre Ängste. Wir reden, es wird dunkel und wir quatschen noch immer. Es ist wichtig, Missverständnisse auszuräumen. Sie erzählt mir reumütig, dass die Zeit zu kurz war, mir alles zu erzählen. Ich hatte auch noch keine Zeit, sie mit meinem Beziehungskram zu belasten. Sie erzählt mir, dass sie auch mit anderen Bekannten von mir was hatte. Wieder werde ich wie auf Knopfdruck unruhig. Ich muss sofort wissen, wer das ist, ich gehe im Kopf alle Leute durch, die ich nicht mag.

»Ich habe ihn im rhiz kennengelernt. Walter Kummer.«

Ich atme erleichtert auf und schmunzle. »Der ist ein lieber

Kerl. Für den brauchst du dich doch nicht zu schämen.«

»Der Kummer-Idiot ist ein Vollidiot. Er hat mich ange-knutscht, und ich wollte nichts von ihm. Ich war mit einer Freundin unterwegs. Er hat sich zum Tisch gesetzt und wir ha-ben rumgeknutscht. Das macht er noch heute so. Geht ins rhiz und knutscht Zweitsemestrige an. Er hat mir dann Dutzende Mails geschrieben. Ich habe ihm nie geantwortet. Dann habe ich ihn nach sechs Monaten angemailt und gefragt, ob er mich treffen will. Ich hatte acht Monate keinen Sex und hatte Bock auf körperliche Nähe. Er war natürlich total happy. Wir haben an dem Abend miteinander geschlafen. Wir haben uns dann öfters getroffen. Und dann hab ich mit ihm Schluss gemacht. Das war keine Beziehung. Und was macht dieser Trottel, er akzeptiert die Trennung nicht. Er ruft mich ständig an, er sagt, er will mich sehen, er will wissen, was er falsch gemacht hat und verspricht künftig alles besser machen zu wollen. Ich sage ihm, er soll mich in Ruhe lassen, ich war nicht in ihn verliebt, und was macht er? Er sagt mir, er fährt total auf mich ab. Er will mich zum Essen einladen, als Freund. Was für ein Idiot. Ich bin nicht sein Freund.«

Warum regt sich Ulrike über meinen alten Kumpel so auf? Seltsam, dass der ihr nachgerannt ist und sie nicht in Ruhe ge-lassen hat. Passt gar nicht zu ihm.

Sie breitet ihre Affären vor mir aus und erzählt von weiteren Seitensprüngen während ihrer Beziehung mit Moritz, dass sie im Endstadium eine Affäre hatte und diese Affäre mit einem anderen betrogen habe. Sie ist doch nicht der Engel, den ich aus ihren Erzählungen herausdestilliert hatte. Sie hat Dinge verschwiegen. Ich bin glücklich, dass mir Ulrike alles offen-bart. Ehrlichkeit ist das Wichtigste in einer Beziehung. Mir geht es um Vertrauen, nicht Kontrolle.

Ich beginne mit meiner Geschichte: »Meine Freundinnen waren sexuell nicht freizügig. Von Jolanda weißt du ja, das ging aber nicht ans Eingemachte. Was mich aber verwundert, von meinen Freundinnen hatte keine mit mehr als vier bis sieben Männern Sex.«

»Du spinnst, das glaubst du wohl selber nicht. Vielleicht die Generation unserer Eltern.«

»Nein, meine Freundinnen waren nicht easy to get. Mit Schlampen fange ich mir nichts an.«

Sie lacht: »Die haben dich 100-pro angelogen. Meine Freundinnen hatten alle viel mehr Sex als ich. Ich hatte zehn Jahre lang eine Beziehung.«

»Na ja, sogar die arme Sau Moritz hast dreimal beschissen.«

Der nächste Tiefschlag. Ulrike schaut traurig. Warum purzeln mir solche Sager heraus, die ich nicht mal ernst meine? Das ist verletzend. Mir ist ihr Vorleben egal, ich war nicht dabei. Es geht mich nichts an. Ich muss meine Zuneigung mit Zärtlichkeiten und nicht durch Pöbeleien ausdrücken.

»Ich bin schon der Ansicht, dass große Liebende einander wegen ihrer Schwächen und Abgründe mögen. Schönwetterbeziehungen taugen nichts. Das Leben ist schließlich Leiden.«

»Hör bloß auf. Nach dieser religiösen Regel lebt mein Vater. Ich will, dass es mir gut geht. Ich genieße mein Leben und fühle mich im Schmerz nicht wohl. Dieser Masochismus, von wegen Leben bedeutet Leiden, ist krank.«

Ulrike hat mir gesagt, sie liebt mich, und Liebe verzeiht ein cholerisches Temperament. Jeder Mensch hat eine Schwäche. Ich muss meine Zunge zügeln.

»Weißt du, ich hasse Streitereien. Bei uns gab es dauernd Streit zu Hause. Das brauche ich nicht«, sagt sie.

»Streitereien bedeuten doch nichts. Man raunzt ein bisschen herum, und dann ist alles vorbei und vergessen. Ich bin nicht nachtragend. Es tut mir leid, ich war besoffen. Vergiss das bitte einfach.«

Wir haben genug geredet. Also versöhnen wir uns und schlafen miteinander. Das ist der Grund, warum man als Pärchen streitet, man hat anschließend zärtlichen Versöhnungssex. Es wird in Beziehungen viel zu viel zerredet. Am nächsten Tag ist alles perfekt, ich hole Frühstück und Zeitungen, dann bringe ich Ulrike zur Reitstunde, hole mir frisches Gewand aus meiner Wohnung. Ulrike hat ihre Rückkehr für acht angekündigt, aber sie kommt schon um sechs. Ihr Blick ist verhärtet, sie ist verärgert.

»Wir müssen reden. Wir haben gestern zehn Stunden geredet. Ich habe nachgedacht. Das geht nicht, du kannst mich nicht beschimpfen ohne Grund. Ich mach keine Kompromisse mehr in Beziehungen. Meine Freundinnen sind der festen Überzeugung, du kannst dir alle zehn Finger abschlecken, eine Freundin wie mich zu haben.«

»Weiß eh, du bist der glamouröse Part von uns beiden, aber ich hätte gedacht, das hätten wir gestern ewig lang durchgekaut. Ich hab mich entschuldigt, es tut mir leid. Wenn ich betrunken, gestresst und verliebt bin, bin ich eifersüchtig, ich hatte nur bei meiner Esther diese Eifersuchtsanfälle. Esther und ich haben dauernd gestritten. Und uns dann versöhnt. Wir haben sicher 40-mal miteinander Schluss gemacht. Aber die Anziehungskraft war einfach größer. Immer wenn sie jemand angesprochen hat, und dauernd hat sie jemand angesprochen, bin ich ausgezuckt. Dauernd haben sie fremde Männer angerufen. Sie hat neben mir mit Typen auf Toiletten gekokst, ohne mir was zu sagen. Das hat mich fertiggemacht. Zu Silvester kam es dann zum finalen Akt. Wir haben uns gestritten, aber dieses Mal war alles anders. Sie hat um zehn ihren Koffer gepackt und ist zu ihrer Freundin gegangen. Danach haben wir uns noch getroffen, auch miteinander geschlafen, aber nach vier Monaten hatte sie einen neuen Freund. Nach insgesamt zweieinhalb Jahren hat sie mich verlassen.« Ich fange an zu heulen.

Ich weine und komme mir dabei lächerlich vor. You can't knock the hustle, dog. Meine Tränen sind echt, ich vermisse Esther.

»Meine Eifersucht und Angst um sie war nicht unbegründet. Sie war unglücklich und hat sich nach unserer Beziehung systematisch zu Tode gesoffen. War mit Junkies und harten Jungs zusammen. Vor zwei Jahren ist sie gestorben. Ihr Tod beschäftigt mich. Ich rede nicht so gerne darüber. Kurz vor ihrem Tod hat sie mich angerufen, gemeint, ich war der einzige, auf den sie immer zählen konnte. Der ihr Babe war. Sie war total besoffen und hat gelallt. Wir haben ausgemacht, dass sie zu mir zum Frühstücken kommt um halb zwei. Sie ist nicht gekommen. Um vier hat sie angerufen, und sagte, sie war zu schwach zu kommen. Nach dieser Enttäuschung habe ich sie abgeschrieben. Das war acht Jahre nach unserem Beziehungsende. Das hätte ich niemals tun dürfen. Sie abschreiben. Es war ein Hilferuf, da bin ich mir sicher. Ich wollte sie einfach beschützen während unserer Beziehung. Sie war wie du unsicher, weil sie ein so schlechtes Verhältnis zu ihrer Mutter hatte.«

Ulrike schüttelt den Kopf. »Eifersucht geht nicht mehr bei mir, das kannst du vergessen, das hatte ich mit Atzgo.«

Ich gelobe Besserung. Ich werde eine Eifersuchtstherapie machen. Ich entschuldige mich erneut. Ich bin unterwürfig, ich merke, dass ich bereit bin, meine Selbstachtung zu opfern.

Schon der Gedanke, dass sie mich verlassen könnte, erzeugt in mir Panik.

»Bist du eifersüchtig?«, frage ich.

Sie schüttelt den Kopf und meint, es ist kindisch, Verhalten zu spiegeln. Sie wirkt versöhnlicher. Bestimmt denkt sie, ich sei eine Heulsuse.

Sie akzeptiert meine Entschuldigung und verwebt sie mit einer Warnung: »Pass verdammt auf. Bei mir musst du mehr aufpassen als bei deinen anderen Weibern.« Das beunruhigt mich.

Der Wecker klingelt. Es ist noch dunkel und Ulrike hört wieder Einstürzende Neubauten. Sind wir in einer Zeitschleife des Jahres 1989? Die Berliner Mauer steht und der eiserne Vorhang wird gerade von Ossis massiv überrannt. Ulrike ist für mich ein solch epochales Naturereignis. Wir ziehen uns an und gehen zur Straßenbahn. Diese zehn Minuten Spaziergang genieße ich richtig. Wir gehen nebeneinander, und ich kann sie beim Gehen beobachten. Sie fließt so elegant beim Gehen. Ich verachte die Linie 43 von ganzem Herzen. Die Straßenbahn rollt an, schon vorm Einsteigen ist alles verstopft. Weitere Menschenmassen drängen sich in die Straßenbahn, Sitzplatz gibt es keinen, wir müssen raufen, um uns zwei Stehplätze zu sichern. Ulrike entzieht mir ihre Hand.

»Du bist ein Arsch! Du hast mir angedroht, wenn ich mit anderen Männern rede, redest du mit anderen Frauen. Du hast im Ernst gemeint, du kannst den Eifersuchtsspieß umdrehen. Das ist respektloses Shitverhalten. Und du hast mir ernsthaft verboten, dass ich mit Männern neben dir rede, mit denen ich mal was hatte. Du kannst mir nichts verbieten. Wie bescheuert ist das denn? Und du hast getönt, du wärst der einzige der sich bei mir anstrengen musste.«

Ich bin normalerweise nicht emotional, nur ein bisschen vorlaut. Mir ist absolut unerklärlich, warum ich diesen jämmerlichen Auftritt hingelegt habe, aber sie sollte es positiv betrachten. Wenn ich mich derart daneben aufführe, kann das nur heißen, sie ist mir wichtig. Ich strenge mich richtig an, um aus mir einen Vollidioten zu machen. Das ist ein umgekehrter Liebesbeweis.

Mein Verhalten bei Saskias Abschlussparty war total daneben. Ich höre zu viel Hip-Hop. Meine Ausdrucksweise benötigt einen Warnhinweis für meine Freundin. Dieses Rumpöbeln habe ich total verinnerlicht, ich kann es nicht mehr abstellen. I'm a hot boy. Ich bin verblödet. Sie hat mit den Männern nur geredet, weil sie ein freundliches Mädchen von nebenan ist. Das macht sie so liebenswert.

»Wenn du nicht willst, dass jemand mit deiner Freundin spricht, musst du dir eine hässliche Tonne suchen.«

Wenn man weggeht, redet man eben mit anderen Leuten. Das ist normal, und das mache ich auch. Ich schäme mich. Wenn ich zu wenig esse und zu viel trinke und mich dann auch noch ärgere, kann ich ausfällig werden. Allerdings nur, wenn mir etwas wichtig ist. Ulrike ist mir das Wichtigste. Innerhalb von drei Wochen ist sie mein Babe geworden. Ich hatte seit Esther kein Babe mehr und ich werde nie mehr eines haben. In ihr lebt der Geist Esthers fort. Das ist kein sentimentaler Schrott, das ist Bollywood.

Warum geht dieses Gezanke schon wieder los? Am Montagmorgen in der überfüllten Straßenbahn. Ich habe mich entschuldigt, sie tritt schon wieder nach. Wie nachtragend kann man sein? Ein Streit ist manchmal notwendig, dann entschuldigt man sich und alles ist vergessen. Ein Streit ändert nichts an meiner Zuneigung für sie. Nichts ist vorbei. Ulrikes Ärger hat die Halbwertszeit von Uran, vor dem sie sich so fürchtet, Ulrike kann Konflikte nicht schnell lösen wie ich und zu den Akten legen. Ulrike hat mich nicht »magersüchtigen Drecksack« genannt. Sie ist nur schlecht beim Verzeihen. Das ist ihr wunder Punkt.

Ulrike presst mit leiser Stimme heraus: »Ich brauche Abstand.«

Ich verlasse die Straßenbahn wortlos. Kaum komme ich in der Arbeit an, beflegeln wir einander mit E-Mails. Die Arbeit kann warten. Ich werfe ihr vor, sie ist nachtragend, sie sagt, sie könne Konflikte nicht einfach vergessen. Sie will eine Auszeit. Ich empfehle ihr, sie soll mich verlassen, wenn sie eine Auszeit will. Sie meint Auszeit und Abstand bedeuten nicht das gleiche, das könne drei Tage dauern oder mehr. An diese Möglichkeit hatte ich nicht gedacht.

Um 14.00 Uhr schreibt sie mir eine SMS: »Ich weiß, du hast eine Telefonphobie, von mir aus könnten wir gerne telefonieren. Ich weiß nicht, wer der größere Trottel von uns beiden ist. Ich würde gerne wieder von vorne anfangen. Den ganzen Blödsinn einfach vergessen.«

Ich bin euphorisiert und antworte ihr, dass ich das auch möchte. Und dass ich gerne der größere Trottel bin. Ich fahre am Abend nach der Arbeit zu ihr und alles ist, wie es vorher war.

Ich muss meine Eifersucht bekämpfen. Wir gehen nicht mehr ins Einhorn. Dieses Einhorn ist doch ein verwunschener Ort. Es hat zwar die Versteinerung meines Herzens gelöst, aber es hat mich mit dem Fluch der Eifersucht belastet. Ulrike stellt klar, dass ihr dieses Lokal schon länger auf den Keks geht.

Ich kläre sie auf: »Bin eh nur wegen dir in das beschissene Einhorn gegangen, in der Hoffnung, dass ich dich dort treffe.«

Sie lächelt erfreut.

Ich rufe Frank an, weil ich weiß, dass er eine Therapie absolviert hat. »Mir ist das unangenehm, aber ich hatte einen argen Eifersuchtsanfall wegen Ulrike. Du weißt, ich habe mich extrem verliebt und dann raste ich manchmal aus. Ulrike ist anders als andere Frauen. Die hat eine niedrige Toleranzgrenze. Ich darf meine Beziehung nicht wegen so einer Dummheit aufs Spiel setzen. So eifersüchtig war ich nur bei Esther. Das ist zwölf Jahre her.« Ich sage ihm, dass ich mich machtlos fühle und dass er mir die Nummer eines guten Psychotherapeuten schicken soll. Meine cholerischen Anfälle zerstören diesmal nicht meine Beziehung.

Ulrike ist meine zukünftige Frau und keine Lebensabschnittspartnerin. Jeder meiner Freunde kennt meine Wutanfälle, niemand nimmt sie ernst. Wenn ich rumpöble, bemerke ich selten, wie lächerlich mein Verhalten ist. Kein Tourette-Syndrom, einfach das Erbe von 25 Jahren Hip-Hop-Hören. N.W.A haben auf ihrer Platte 272-mal das Wort »fuck« verwendet. Die meinten das auch nicht ernst. Obwohl, Eazy E ist lange tot. Wenn Ulrike sich meinen Hip-Hop-Sprech zu Herzen nimmt, wäre das eine Katastrophe. Meine Freunde lachen, wenn ich den Ersatzgangster mime. Auf einer Party hatte ich einmal inmitten von Linksalternativen proklamiert, die Rechte gefiele mir besser, weil sie es verstünden, sich stylish anzuziehen. Was für ein durchsichtiger Bockmist. Tito lässt Dampf ab und will mit expliziten Worten provozieren. Wenn ich losbrülle, weiß ich meistens nicht, was ich sage. Es ist kein Fehler, dass ich seit 25 Jahren Gangster-Rap höre. Nur von den Rhythmen und Reimen fühlte ich mich in der Hölle Kitzbühel verstanden. Der Beat war mein Retter. Ich muss nur trennen. Thot, Boujee, Breeder, Piker, phoney, pathetic, voodoo, diese Wörter sind für mich uneigentliches Sprechen und sollen niemanden verletzen. Dieser Slang ist mein Ventil, ich bleibe schließlich auch als Gutverdiener Ghetto. Um mich abzureagieren. Je schlimmer und derber die Worte, je verletzender und entrückter, desto besser gefällt es mir. Beim Dissen gehe ich nach folgendem Muster vor: meine Freundin erzählt mir ihre Schwächen, Ängste und Fehler und bei jedem Streit, auch wenn es um etwas komplett anderes geht, halte ich ihr diese unter die Nase. Eine effiziente, eine widerwärtige Taktik, um Leute in die pure Verzweiflung zu treiben.

Frank beruhigt mich: »Du kannst dich ruhig selber beflegeln. Bei einer Freundin, die Hip-Hop nicht fühlt, ist das eher kontraproduktiv. Ich verstehe dich irgendwie. Ohne Sticheln halte ich diesen Meinungsforscherquatsch auch nicht aus. Durch eine Therapie ist bei mir alles besser geworden, Beziehungen, Sex, Verhältnis zu den Eltern. Dein Hass kommt nicht aus deinem Inneren, er ist nur Produkt der Umstände.«

Das klingt gut, nur glaube ich nicht an die Idee der Therapie, für mich ist das bürgerlicher Selbstbetrug. Ulrike hat mir klargemacht, dass ich mir bei ihr keinen zweiten Fehltritt erlauben darf. Diese Es-gibt-keine-Alternative-Aussage setzt mich unter Druck. Dieser Sager war schon bei Maggie Thatcher unglaubwürdig. Nie mehr ein Fehler. Das ist nicht einfach. Alleine schaffe ich das nicht. Also muss ich handeln und einen Therapeuten finden, der mir erklärt, warum ich so eifersüchtig bin. Auch mein Helfersyndrom muss ich ablegen. Warum will ich Ulrike bei der Jobsuche unterstützen? Sie ist klug und hat 30 Jahre ohne mich überlebt. Ich fühle mich verantwortlich für sie. Das Prekariat macht ihr zu schaffen, sie hat Angst, den Berufseinstieg nicht zu packen. Mit 30 Jahren von 800 Euro zu leben ist schwierig. Daher verschweige ich ihr meinen Stress. Ich darf sie nicht belasten, ich will sie entlasten. Ich werde ihr Arbeit besorgen und sie glücklich sehen, ich halte sie für klüger, durchschlagskräftiger und robuster als mich. Nur weil ihr blöder Vater ihr kein Vertrauen eingeimpft hat, heißt das nicht, dass ich ihr nicht die Erfindung des neunten Weltwunders locker zutraue. Ich muss sie beschützen und fördern, was ich bislang von ihr kennengelernt habe, muss doch auch die Berufswelt begeistern.

Nach dem ersten Streit habe ich einen Bammel vor ihr. Wenn es hart auf hart geht, bin ich gewillt, ihre Position zu übernehmen. Wir hatten unseren ersten Streit, der dauerte elendslange 48 Stunden. Wir haben uns versöhnt, ich war überzeugt, alles sei gut, aber sie hat erneut angefangen und gedroht, Eifersuchtsscheiß tue sie sich nicht an. Kompromisse, nicht mit mir, das ist ihr klarer Standpunkt. Ich vertrete keine klaren Standpunkte. Ich habe zu vielen Themen zwei verschiedene Meinungen. Beide sind mir gleich viel wert. Mein einziger klarer Standpunkt lautet, dass ich Ulrike verehre und mit ihr zusammenbleiben will.

Bei Ulrike darf ich mir keinen Fehler erlauben, sie verzeiht keine Schwächen. Alle ihre bisherigen Freunde und Verehrer hat sie abgesägt. Wegen ihrer kalten Mutter kann sie das problemlos, behauptet sie. Ich glaube ihr. Sie kann ihre Gefühle wie einen Mixer ausschalten. Angeblich können das nur Männer, aber ich spüre, dass Ulrike nicht lügt. Wenn sie von ihrer Mutter spricht, bekommt sie richtig harte Züge. Sie schaut hantig. Sie kann hart gegenüber sich selbst sein. Wahrscheinlich kann sie sogar ihre Sehnsüchte verdrängen. Könnte sie mit mir Schluss machen, selbst wenn sie mich liebt? Ich kann keine Beziehung mit einem Menschen beenden, solange ich ihn liebe. Ich diskutiere gerne, weil ich mich beim Streiten meiner selbst vergewissern kann. Man schreit ein bisschen herum, anschließend versöhnt man sich, Streitereien helfen beim Druckabbau und haben nie Konsequenzen. Biggie Smalls hatte Witz, Jay-Z kann erzählen, Texta haben nichts von beiden. Verstehst du das, Ulrike? Nein, sie hasst sinnlose Debatten. Sie hat Angst, dass ich sie bescheiße. Ich ängstige mich, dass sie mich verlässt. Warum zucke ich zusammen, wenn sie mich »Schatz« nennt? Ich sollte mich meiner Liebe erfreuen und nicht manisch nach Problemen suchen, die nur in meinem Kopf existieren.

Ulrike ist ein Prinzipienmensch, behauptet sie von sich selbst. Sie regelt alles genau, auch ein romantisches Zusammenleben braucht feste Regeln. Sie will also einen Mietvertrag für unser offizielles Zusammenwohnen aufsetzen. An so was Weltliches verschwende ich keinen Gedanken. Ulrike ist praktischer veranlagt.

»Klar machen wir einen Mietvertrag, wir teilen die Kosten 50 zu 50, bei den Betriebskosten ebenso, und wir checken uns eine Reinigungsfachkraft. Da ich sicherlich mehr als du putze, ich bin ordentlich im Gegensatz zu dir, schlage ich vor, dass du der Reinigungsfrau 70 Prozent zahlst, ich nur 30. Ich will den Vertrag schriftlich und eine zweimonatige Kündigungsfrist im Falle einer Scheidung.« Sie verwendet bei dem Wort Trennung immer den Ausdruck Scheidung. Das ist stimmig, wir sind schließlich so gut wie verheiratet. »Und ich schreibe in den Mietvertrag hinein, dass du mindestens viermal pro Woche mit mir schlafen musst.« Sie kichert.

»Willst du heiraten?«, fährt sie fort, »ich wollte nie heiraten oder Kinder haben. Meine Eltern haben Kinder gekriegt, um ihrer Beziehung einen Sinn und eine Tiefe zu geben, die sie aus sich heraus nicht hatte. Immer wenn sie sich selbst zu wenig waren und eine Leere verspürten, haben sie ein Kind gemacht.

Für mich ist die Beziehung das Wichtigste. Ich will mit meinem Partner alles teilen, Kinder kommen erst nachher. Und wenn man Kinder hat, darf die Paarbeziehung nicht darunter leiden. Eine Beziehung ist mir heilig.«

Sehe ich genauso. Ich habe gar nicht mehr damit gerechnet, dass ich nochmal so eine tolle Frau wie sie kennenlerne.

»Nein, ich wollte nie standesamtlich heiraten, bisher wollte ich nicht mal mit jemandem zusammenziehen. Du hast mich verzaubert. Wenn ich heirate, dann nur einmal und kirchlich. Vor Gott, ich möchte meiner Frau zeigen, dass die Heirat was Transzendentales, unser Leben Überdauerndes ist. Schließlich will ich auch im Himmel oder in der Hölle bei dir sein«, antworte ich.

»Wenn du kirchlich heiratest, musst du doch lähmende Ehevorbereitungskurse besuchen bei einem Priester, der keine Ahnung vom Eheleben hat, weil er zölibatär lebt. Der labert dich dann voll.« Ulrike denkt so bodenständig. Verpflichtende Ehevorbereitungskurse sind mit Sicherheit lähmend. Das ist nicht mein Punkt.

»Ich möchte vor Gott bezeugen, dass es mir mit meiner Liebsten ernst ist, den Bund vor ihm schließen, auf dass wir ewig zusammenbleiben. Und auch nach dem Tod vereinigt bleiben. Welche Weisheiten der Priester von sich gibt, ist mir einerlei. Ich wusste nicht mal, dass Ehekurse verpflichtend sind. Aber die Ehe ist schließlich ein Sakrament. Das ist für die Ewigkeit, wie ein guter Beat.« Das war jetzt eine romantische Liebeserklärung an sie, aber ich fürchte, sie grübelt eher über die Qual lähmend langweiliger Ehevorbereitungskurse, als das als Liebesbeweis zu deuten.

11

Wir bauen uns ein Nest

»Es ist Ende April und Anfang Juni bekommst du deinen Mietvertrag von mir, bis dahin bringen wir die Wohnung auf Vordermann.«

Bislang haben wir in ihrem Bett geschlafen, meine Kleidung in ihren Kasten gequetscht, und ich habe nur die notwendigsten persönlichen Sachen von mir geholt. Ich vermisse nichts, weder meine Bücher noch meine Musik. Ulrike denkt schon weiter. Wenn wir zusammenziehen, brauchen wir dringend neue Möbel. Für ein Pärchen ist zu wenig Platz. Einrichtung schauen, Wohnen, das ist was Neues für mich. Ich habe nie zuvor in meinem Leben Möbel gekauft, meine bisherigen Wohnungseinrichtungen bestanden aus Zusammengeschnorrtem, Sperrmüll und schon Vorgefundenem. Bisher musste ich also keinen einzigen Gedanken an Kästen, Kommoden, Sideboards, Betten, Regale, Kleiderkästen, Schränke, Küchen und Sofas verschwenden. Ulrike brütet leidenschaftlich über Einrichtungskatalogen.

Sie erklärt mir ihre Umbaupläne: »Im Zimmer hinter der Küche richten wir uns ein Wohnzimmer ein, für die Küche kaufen wir uns einen schönen großen Echtholztisch. Der Tisch bildet für mich das Zentrum der Wohnung. Da laden wir dann Gäste ein. Ich lade gerne Leute zu mir ein, dafür benötigen wir einen großen Tisch. Für die Kleidung benötigen wir einen großen Kasten und für deine Bücher ein großes Regal. Den Ikea-Krempel von deiner alten Wohnung will ich nicht hier haben. Ich werde gleich mal Interio, Leiner, Mömax und die aktuellen Kataloge der anderen Möbelhäuser anfordern, damit wir passende Möbel finden.«

Unsere Abende verbringen wir mit dem Anschauen und Vergleichen von Regalen, Tischen, Sofas und Kleiderkästen. Möbelstücke begeistern Ulrike. Sie misst in der Wohnung aus, sie vergleicht Preise, Größe und Farben der Produkte. Für mich sieht das meiste gleich aus, ich entdecke keine Unterschiede. Sie vertieft sich in einen Möbelhauskatalog wie ich in die Börsenkurse. Ein Möbelkatalog kann stundenlang ihre Aufmerksamkeit fesseln. Ich durchblättere meinen ersten Möbelkatalog. Meine Aufmerksamkeitsspanne ist dabei noch kürzer als im Heeresgeschichtlichen Museum. Möbelaussuchen ist so langweilig! Noch schlimmer als Möbelhauskataloge sind nur Möbelhäuser selbst. Und ehe ich es registriere, fahre ich an drei Wochenenden hintereinander zu Interio, um mit meinen eigenen Augen zu überprüfen, ob die Möbel im echten Leben so gut ausschauen wie im Katalog und ob sie möglicherweise die passenden für uns sind. Was für eine Zeitverschwendung. Als ob ich mit Möbelstücken meine Persönlichkeit ausdrücken könnte. Innerhalb eines Monats verwandle ich mich zu einem Inneneinrichtungsexperten. Ich kenne mittlerweile den Unterschied zwischen einem Echtholztisch und einem Spanplattentisch ebenso wie Qualitätsunterschiede zwischen Regalen. Ulrike ist eine geduldige Lehrerin.

Nach hunderten Produktvergleichen hat Ulrike inzwischen ihre drei favorisierten Einrichtungsgegenstände auserkoren. Ein Bücherregal, einen Kleiderkasten und einen Esstisch. Auch mir gefallen diese drei Produkte. Ich bin erstaunt, dass Möbel Geld kosten. Allein der Tisch kostet 1.400 Euro, das Regal 1.200 und der Kleiderkasten 1.500 Euro. Das ist nicht viel Geld, für nutzlose Möbel dennoch zu teuer. Ulrike erklärt mir amüsiert, dass dieser Preis für einen Massivholztisch ein Schnäppchen ist. Unsere gemeinsame Wohnung muss schön werden. Wir sind keine Studenten mehr. Am Anfang unserer Zusammenzieh-Pläne wollte ich nur während der Sanierung meiner Wohnung bei Ulrike einziehen. Als Überbrückung oder als Testzeit, je nach Betrachtungsweise. Wir schauen uns einfach an, wie das Zusammenwohnen funktioniert, und ich zahle ihr die Hälfte der Miete, weil für Ulrike die Miete zu teuer ist, so unser Deal. Meine alte Wohnung ist spottbillig. Für die nächsten zehn Jahre kann ich mir locker zwei Mieten leisten. Doch weil Ulrike eine Liebeserklärung wollte, habe ich als nonverbalen Liebesbeweis beschlossen, meine alte Wohnung ganz aufzugeben. Das habe ich ihr aber noch nicht gesagt. Ich will eigentlich nie mehr wieder zurück in meine alte Wohnung. Ich kann mir nicht vorstellen, jemals wieder ohne Ulrike zu leben. Ich hatte schon zu viele Beziehungen mit getrennten Haushalten, und dieses ewige Pendeln geht an die Substanz. Das Pendelargument ist nur ein lausiger Vorwand. Ich will einfach so oft als möglich in ihrer Nähe sein und das geht nur, wenn wir zusammenleben. Bei Ulrike im Vorstadtparadies gibt es frische Kräuter, einen Balkon, Vögel zwitschern, es ist ruhig, Dinge, denen ich früher keine Beachtung schenkte.

Beim Studium der Möbelkataloge fällt mir ein, dass seit Weihnachten Gutscheine von meiner Firma für die Shopping City Süd uneingelöst herumkugeln. Ich weiß nie, was ich damit kaufen soll. Ich ärgere mich immer, wenn ich Gutscheine geschenkt bekomme. Ulrike freut sich über die labbrigen Gutscheine, für sie strahlen sie wie ein Diadem. Dennoch verweigert sie das Geschenk. Erst als ich ihr glaubhaft versichere, ich habe keinerlei Verwendung dafür, willigt sie ein. Sie ist ein finanziell und generell unabhängiger Geist. Sie schätzt es nicht, wenn ich ihr die Koffer trage, sie lässt sich nicht gerne zum Essen einladen. Sie kannte das bisher nicht. Sie findet es blöd, wenn ich ihr Bewerbungsschreiben formuliere. Ich bin aber nicht ihr Vater, sie muss mir nicht beweisen, dass sie unabhängig ist.

»Ulrike, du wirst bald wesentlich mehr als ich verdienen, du bist klüger als ich. Dann kannst du mir alles zurückgeben. Wir sind post-gender, dieser Getrennte-Kassen-Scheiß stammt aus den Urzeiten der Frauenbewegung. Ich benötige kein Geld für mich, ich kann das, was ich verdiene, unmöglich ausgeben. Aktien mag ich mir keine mehr kaufen, da verliere ich nur Geld, ich hab nämlich keine Ahnung vom Aktienmarkt. Ich kaufe mir die Dinger nur, weil ich nicht weiß, wohin mit meinem verdienten Geld.« Das ist keine Angeberei, das ist eine nüchterne Sachverhaltsdarstellung.

Mehr kann ich ihr von meinen Wertpapieraktivitäten noch nicht erzählen, denn mein Geschick als Broker kann man nicht anders als erbärmlich nennen. Aktien interessieren mich. Schließlich hat Blaise Pascal diese Asset-Kategorie erfunden, um armen Menschen zu helfen. Ich investiere in Unternehmen, an deren Produkte ich glaube, und werde Teilhaber. Außerdem sind Aktien ein prima Zeitvertreib. Im Unterschied zur österreichischen Innenpolitik bin ich darin nicht beruflich involviert. Aktien sind für mich Ablenkung vom trüben Grau der Innenpolitik. Ich schaue mir die Charts an, lese Analystenempfehlungen und studiere die Jahresberichte der Unternehmen. Ich informiere mich genau, in welche Unternehmen ich investiere. Experte bin ich keiner, eher begeisterter Amateur. Und die älteste Börsenregel lautet, dass Kleinanleger immer draufzahlen, eben weil sie nie an die heißen Informationen rankommen. Bei Reuters und Bloomberg erfährt man nur

Vorgekautes. Doch die große Börsenwelt mit ihren idiotischen Akronymen und lächerlichen Fachbegriffen ist eine prima Freizeitbetätigung. IPOs fesseln meine Aufmerksamkeit mehr als NGOs, das muss ich zugeben. Und Börsenausdrücke wie NAF und KGV klingen toll, auch wenn der innere Wert ebenso wie das Kurs-Gewinn-Verhältnis schon lange keine aussagekräftigen Indikatoren mehr sind. Dennoch trade ich seit langem wie verrückt, einfach weil ich mein verdientes Geld unmöglich verkonsumieren kann. Dafür lebe ich viel zu sparsam. Ich war ein mittelloser Student und hatte nie Geld. Als ich zu arbeiten begann, kultivierte ich meinen spartanischen Lebensstil einfach weiter. Nach drei Jahren Arbeit hatte ich plötzlich 40.000 Euro am Girokonto. Noch einmal vier Jahre später waren es 100.000 Euro. Nicht viel Geld, aber doch ein Beginn. Was soll ich sonst mit meinem Geld anstellen? Am Tageskonto verrotten lassen? Ein Auto kaufen? Anfangen, Weine zu sammeln? Das überzeugt mich wenig. Mir Anzüge von Knize kaufen? Das wäre eine ernsthafte Alternative, käme mir allerdings wie eine Ressourcenvergeudung vor. Ich schaue auch in Strellson-Sakkos um 350 Euro recht passabel aus, und bei Hemden passen mir nur die Billigdinger von Hennes und Mauritz. Bei den anderen sitzen die Ärmel nicht korrekt. Vor Beginn meiner Investorentätigkeit kaufte ich mir das erste Buch über die Börse, »Die Verwirrung der Verwirrungen« von Joseph de la Vega. Bevor ich mit einem Hobby beginne, lese ich mich ein. Und was wäre dafür geeigneter als dieser geisteswissenschaftliche Schatz. Dieses Buch, von einem portugiesischen Wertpapierhändler im 17. Jahrhundert verfasst, vermittelt in Form von Dialogen zwischen einem Unternehmer, einem Philosophen und einem Aktienhändler die grundlegende Funktionsweise des Aktienmarktes. Blasen, Gier, Angst, Verlust, Gewinn, diese Grammatik gibt es seit 300 Jahren. Die Börse ist ein Spiel, und nur der soll mitspielen, der keine Angst vor Verlusten und Geld übrig hat, so der kluge Ratschlag des damaligen Wertpapierhändlers. Das hat mich überzeugt. Ich habe Geld übrig, weil ich nicht mehr als 800 Euro im Monat verbrauche. Ich habe keine Angst vor Verlusten, weil ich nie mehr Geld zum Leben brauchen werde.

Konsequenterweise beschloss ich kurz vor dem Ausbruch der Hypothekenkreditkrise in den USA und der danach folgenden Weltwirtschaftskrise in den Wertpapierhandel als privater Investor einzusteigen. Eine unglückliche Fügung des Weltgeistes, dass ich erstmals in meinem Leben genügend Aktiva angespart hatte, als der Kapitalismus, wie wir ihn kannten, zusammenbrach. Ein von mir wahrscheinlichkeitstheoretisch nicht berechenbarer Zufall, wie mir Meinungsforscher Frank versicherte. Jeder Depp verdiente in den 80er und 90er Jahren an der Börse Geld, jeder noch so gewiefte Taktiker und Experte verliert seit der Lehmann-Pleite. Mein Timing war schlecht und ich habe bisher mehr als 30.000 Euro verzockt. Ein Ende meiner Baisse ist nicht in Sicht, obwohl die Börsenkurse längst schon wieder historische Höchststände erreicht haben. Meine Verluste machen mir nichts aus, ich kaufe Aktien nur wegen des Nervenkitzels und weil ich mir kein Auto kaufen mag.

Seit ich Ulrike kenne, habe ich kein einziges Mal die Aktienkurse studiert. Ulrike ist pleite und liebt Pferde. Ich rechne mir aus, dass ich ihr statt der traumatisierten Schulpferde um 30.000 Euro einen ordentlichen Supergaul mit Stallplatz kaufen könnte. Ich finde es nachhaltiger, mein Geld in Ulrike zu investieren. Ich werde in Zukunft meine Börsenaktivitäten ruhend stellen und mein Geld in Pferde anlegen. Wenn Ulrike mir von Pferden erzählt und dabei versonnen lächelt, bin ich glücklich. Meine Papiergewinne und Papierverluste am Aktienmarkt nahm ich bislang stets emotionslos zur Kenntnis. Ich habe keine emotionale Beziehung zu Geld. Mehr als vier Jeans, vier Pullover, drei Sakkos und regelmäßig auswärts essen, brauche ich nicht zum Leben. Essen gehen ist mittlerweile sinnlos, meine Freundin ist die beste Köchin der Welt und betrachtet Kochen als Entspannung und nicht als patriarchales Unterdrückungsinstrument. Das Geld direkt in Ulrike zu investieren, kommt langfristig garantiert billiger als blöde Aktienkäufe. Ich habe nicht die geringste Ahnung von der Funktionsweise der Aktienmärkte. Wörter wie Arbitrage sind für mich nach wie vor unverständlich, obwohl ich regelmäßig wieder die Bedeutung google. Der Euro befindet sich im Endstadium, die USA, Griechenland, Japan und sicher bald auch Österreich sind pleite und das ändert sich nicht so schnell. Es wäre also nur folgerichtig, wenn Ulrike mein überschüssiges Geld für eine sinnvolle Tätigkeit verbraten könnte. Ich kaufe ihr ein Pferd und diesen komischen Vollholznusstisch Ikarus, auf den sie so abfährt. Das wird ihr nicht leicht zu vermitteln sein, sie lässt sich nicht mal gerne zum Essen einladen. Schon der Erwerb einer Kinokarte ist für sie unstatthaftes Verhalten. Ich investiere in meine Freundin, weil ich mir nichts aus Geld mache und in Zeiten wie diesen alles ein besseres Investment darstellt als Aktien. Da bin ich mir absolut sicher. Von meinen bisherigen sieben Aktiendeals gingen alle in die Hose. 100 Prozent. Das kann nur bedeuten, dass ich für diese Tätigkeit nicht das geringste Talent habe. Völlig gleichgültig, in welche Branche ich investiere, es besteht kein Zweifel, dass dieses Wertpapier sofort und unwiederbringlich in die Verlustzone schwenkt. Ich habe immer in eigentlich solide Wertpapiere von Erdölfirmen, Stahlerzeugern, nachhaltigen Energieunterneh-

men, Lebensmittelkonzernen, Immobilienaktien und Ziegel-
herstellern investiert. Sogenannte Bluechips, mit denen Anle-
ger angeblich nichts falsch machen können. Ich kann. Ich habe
nicht riskant gehandelt, wollte mir nur Rücklagen für schwere
Zeiten aufbauen. Wenn Ulrike das Geld ablehnt, spende ich
es an afrikanische NGOs. Die Menschen dort haben die Polyrhythmik erfunden. Ich will, dass sie Europa weiterhin mit
Beats kolonialisieren.

Ich verdiene mehr als viermal so viel wie Ulrike, habe aber
geringere Lebenshaltungskosten als sie. Da ich bis vor einem
Monat noch meine Substandardwohnung mit Klo am Gang
bewohnte, die nur 200 Euro Miete kostete, kann ich mir selbst
bei äußerster Anstrengung nicht vorstellen, mehr als 800 Euro
monatlich zu verprassen. Ich bemühe mich redlich, aber es
klappt nicht. Was soll ich mit dem Rest meines Verdienstes
machen? Autos langweilen mich, ich habe keine Kinder, bei
Jeans gefallen mir am besten die billigen, Markenkleidung leh-
ne ich generell ab und von Montag bis Freitag esse ich um 5
Euro all you can eat in einer Betriebskantine. Mein teuerstes
Hobby ist mein Patenkind. Und der freut sich, wenn ich ihm
Sturmmasken und Überlebensmesser kaufe oder manchmal
ein Computerspiel. Wenn ich weggehe, trinke ich drei bis fünf
Biere, weil ich teuren Wein und Whiskey oder andere harte
Getränke nicht vertrage und mir diese Getränke auch nicht
schmecken. Das sind nicht mehr als 18 Euro pro Abend. Rauchen tu ich nicht, aufwendige Hobbys habe ich keine, Boxen
auf der Uni und Ving Tsun sind ebenfalls kostengünstige Frei-
zeitaktivitäten, zu Nutten gehe ich nicht. Tonträgersammeln
ist im MP3-Zeitalter überflüssig, und Filme spielen mir die
Filmliebhaber im Einhorn gratis auf externe Festplatten, die
auch nicht mehr als 80 Euro kosten. Der einzige Luxus, den

ich mir leiste, sind Bücher. Selbst da kaufe ich keine gebundenen Erstausgaben oder ähnlich exklusiven Sammlerkram, ich bin mit Taschenbüchern restlos zufrieden. Kurz und nicht so gut, ich kann das Geld, das ich verdiene, unmöglich verbrauchen. Reduziere deine Lebenshaltungskosten und du fühlst dich frei. Als Lebensmotto funktioniert das ausgezeichnet für mich. Wegen eines Konsumkredits oder dem Ausreizen meines Überziehungsrahmens werde ich nie zu einer Bank kriechen. Ulrike als mein neues Investment auszuwählen ist der mit Abstand sinnvollste Plan für mein überschüssiges Geld. Es wird nur nicht einfach werden, sie davon zu überzeugen.

Ich benötige doch schon eine ganze Menge Überredungskunst, bis sie meine dämlichen SCS-Gutscheine akzeptiert: »Es macht mich glücklich, wenn ich dir mit den Gutscheinen eine Freude mache. Ich habe meine noch nie eingelöst. Ich brauche nichts.«

Endlich nimmt sie die Gutscheine. Sobald sie überzeugt ist, beginnt sie zu überlegen, welche Wohnaccessoires sie kaufen will. Balkonblumenkästen für Kräuter, ein Bügelbrett, Teller, unsere erste gemeinsame Bettwäsche, Besteck, ein paar Blumentöpfe, Trinkgläser und ein Bügeleisen.

»Ein Bügeleisen kann ich dir geben. Hab eines zu Hause seit fünf Jahren. Ist noch ungebraucht und in der Originalverpackung.«

Sie verdreht ungläubig ihre Augen.

12

Schlafmangel ist kein Lifestyle-Accessoire

Der Wecker klingelt zu früh. Schön langsam gewöhne ich mich an die grausige Musikuntermalung beim Aufstehen. Es ist immer Industrial-Metal der übelsten Sorte. Einstürzende Neubauten, Mike Patton, Rammstein. Zuerst kultiviert sich die Dame des Hauses, dann mache ich mich bürofertig. Ulrike bräuchte für ihren Seelenhaushalt ein bisschen Soul, dieser Industrial-Mist schlägt auf den Magen und vergiftet langfristig ihre Seele. Selbst Ulf Poschardt erkannte schon in den 90er Jahren, dass Rammstein ein aufgewärmtes Instantgericht ist. Leni-Riefenstahl-Zitate, rollendes R, Pseudotabubrüche zur Zielgruppenmaximierung verblödeter Lehrlinge und Gymnasiasten. Der Zeitenlauf wird diese Band vergessen lassen. Ich beschließe, Ulrike ein Mixtape aufzunehmen. Ulrike braucht Beats, Rhymes und Soul. Afroamerikanische Polyrhythmik wird sie entkopfen, dieser Industrial-Metal-Mist verkrampft sie nur. Vielleicht sind ihre Bewegungen, wenn wir uns lieben, deshalb abgehackt. Rammstein ist eine Retortenband für den USA-Markt, die auf böse Deutsche abfahren. In Ulrike steckt eine weiße Konsumentenbrust, versunken im Rhythmus kann ich sie mir nicht vorstellen. Ein Quantum Soul täte ihr gut, denke ich zufrieden, als wir zur Straßenbahn schlendern. Jede Tätigkeit dauert in der Vorstadt ewig. Wir benötigen zehn Minuten, um zur Station zu kommen. Wir brauchen zehn weitere Minuten, bis wir zu einem Lebensmittelgeschäft kommen, wo es dann praktisch nichts zu kaufen gibt. Kein Frischfleisch, nur abgepackte Waren. Wir benötigen weitere 15 Minuten, bis wir zum ersten erträglichen Kaffeehaus kommen. Da lobe ich mir meinen Heimatbezirk. Da hab ich Mitnehmläden, Lebensmittelgeschäfte, Bars, Trafiken, Parks und noch viel mehr innerhalb von 300 Metern. In Hernals führen die Trafiken keine internationalen Zeitungen.

Ulrike reißt mich aus meinen Gedanken. »Warum schaust du schon wieder auf meine Schuhe? Gefallen sie dir nicht? Du beobachtest mich so intensiv.«

Das stimmt. Ich kann meine Augen nicht von ihr lassen. Ihr Kleidungsstil ist zum Niederknien, es ist ein Stil, einer, den ich nicht kategorisieren kann. Sie trägt keinen Businesslook, auch keinen Alternativlook. Sie trägt kein Zubehör des Pseudoalternativseins wie Freitag-Taschen und verzichtet auf bekannte Marken wie Bench, Carhartt, Diesel, Stussy oder was sonst aktuell in Wien angesagt ist. Sie ist auch kein Fly-Girl. Die Leute in Wien schauen alle gleich aus, naturgesetzmäßig dann, wenn sie glauben, individuell gekleidet zu sein. Das sind Lurche, die dem Wahn verfallen sind, mit massengefertigten Konsumwaren ihre Individualität auszudrücken. Diese Technovollbärte bei Männern, die affigen Riesenbrillen und diese Angewandte-Kunst-Universität-Haarschnitte machen mich aggressiv. Ulrikes Stil hingegen ist einzigartig, ich kann ihn einfach nicht katalogisieren und schubladisieren. Deshalb gaffe ich sie an. Ich denke mir Worte für ihren Stil aus. Reiterinnenstil, Gertenrockerin, Chaps-Diva. Es stimmt, ich beobachte sie ständig, auch ihre Schuhe, aber nicht, weil sie mir missfallen, sondern weil ich nach einem angemessen Ausdruck suche. Am ehesten sind es Freizeitschuhe für die urbane Reiterin.

»Nein, ich mag deine Schuhe und deine Kleidung«, beruhige ich sie, »ich schau dich einfach gerne an.«

Ulrike ist nicht überzeugt. »Du starrst mich an. Du beobachtest mich und durchdringst mich mit deinen Blicken.«

»Du bist so unglaublich schön«, wiederhole ich mich. Ich bin verlegen.

Ulrike ist nicht überzeugt. »Scheiß Montagmorgen, das wird schon wieder, ich freue mich schon auf den Abend.« Wir küssen einander zum Abschied und sie schenkt mir noch einen liebevollen Schmähspruch: »Ich kann verstehen, dass du diese Drecksparttei einmal gewählt hast, aber für sie als Berater zu arbeiten, sie immer zu wählen, sie mit deiner Expertise und deinem Wissen aktiv zu unterstützen und dann auch noch diesen verschissenen Politikberatungsjob zu machen, das geht einfach nicht.«

Ulrikes Ablehnung gegenüber meinem Job schmerzt mich, ich erzähle ihr kaum von meiner Arbeit. Nicht weil ich eine emotionale Verbindung zur Parteienlandschaft in Österreich oder zu meiner Arbeit verspüre. Im Gegenteil. Meine Arbeit ist anstrengend und nervenaufreibend, meine Vorgesetzten kennen strategisch ausgerichtetes Arbeiten nur als Fremdwort. Ich bin der festen Überzeugung, niemand will in Österreich Wahlen gewinnen, so viele Fehler wie alle Parteien in Wahlkämpfen begehen. Es gewinnt der, der am wenigsten Fehler macht. Nie der Kandidat, der überzeugend und konzentriert arbeitet. Denn das kann in Österreich keine Partei. In meiner Arbeit koordiniere ich die Aufgaben und Launen von zwei Präsidenten, einem Direktor, einem Vizedirektor und viel zu vielen Präsidiumsmitgliedern. In Spitzenzeiten muss ich parallel Fachdossiers zu politischen Themen erstellen, Veranstaltungen vorbereiten und redaktionell bearbeiten, Gäste briefen und einladen, PR-Agenden abwickeln und Vergesslichkeit und

Altersstarrsinn meiner Präsidenten ertragen. Im Prinzip bin ich halb Alleinunterhalter, halb Altenbetreuer von zwei Präsidenten, die sich nach Beendigung ihrer aktiven Laufbahn gerne noch in ihrem Ruhestand wichtigmachen. Diese Woche wird wieder ganz schlimm. Mein erster Präsident, der von der Politikstiftung, hat ein paar dubiose und halbseidene bulgarische Geschäftsleute aufgerissen, die einen Wohltätigkeitspreis ausloben und diesen am Wochenende verleihen. Sie haben mich auserkoren, die PR für diese Veranstaltung zu organisieren, und meine Herausforderung besteht darin, die drei größten Tageszeitungen des Landes sowie Rundfunk und Fernsehen zu überzeugen, dass dieser Preis, den völlig zu Recht kein Schwein kennt, der wichtigste Preis auf Erden ist.

Ich würde ihr gerne erzählen, dass ich weit davon entfernt bin, irgendeine Sinnebene außer dem Broterwerb zu erblicken. Ich arbeite, weil ich Arbeiterkind und kein Berufserbe bin und weil ich arbeiten muss, um Rechnungen zu zahlen. Ich arbeite nicht ungern, ich bin noch nicht in die innere Emigration abgeglitten wie viele meiner Kollegen. Ich versuche mich professionell durch das Erwerbsleben zu jonglieren.

Ich habe bei der Arbeit nur ein Problem. Wenn der Stress überhandnimmt, kann ich nicht schlafen. Ich leide an chronischen Schlafstörungen. Das mit den Schlafstörungen begann nach einem Eklat bei der letzten Präsidiumssitzung. Bei jeder Sitzung gibt es Streit. Das Präsidium beflegelt sich, als wären wir der Oberste Sowjet. Das zehnköpfige Präsidium, überproportional groß für ein winziges, unbedeutendes Institut wie das unsrige, vereinigt im Kleinen, was in Wien im Besonderen und in Österreich im Allgemeinen falsch läuft. Im Präsidium verweilen verdiente Persönlichkeiten des öffentlichen Lebens, die sich wichtigmachen und ihr Zuviel an Freizeit mit sinnlosen Ideen und verqueren Veranstaltungsformaten totschlagen. Innerhalb des zehnköpfigen Präsidiums gibt es zwei verfeindete Cliquen, die sich bis aufs Blut bekämpfen. Worum es bei diesen Kämpfen geht, entzieht sich meiner Kenntnis, da die Präsidiumsmitglieder alle ehrenamtlich arbeiten und bis auf das Einbringen halb ausgegorener Ideen nichts zum Gelingen des operativen Geschäfts beitragen. Das schnöde Tagesgeschäft, das Organisieren, Veranstalten und Geldauftreiben fällt in meinen Verantwortungsbereich. Während ich arbeite, ist es die Aufgabe des Präsidiums, Visionen zu entwerfen, die nie Wirklichkeit werden. Vier- bis sechsmal im Jahr tagt das Präsidium, und ich protokolliere dort geduldig diese Idiotien, die nicht nur nie Realität werden, sondern erschwerend auch noch den Nachteil aufweisen, von unserem Geldgeber, der öffentlichen Hand, nicht mit Geld rückvergütet zu werden. Sie sind reine Minusposten und dienen der Egobefriedigung der einzelnen Präsidiumsmitglieder. Diese betriebswirtschaftlich betrachtet vollkommen nutzlosen Sitzungen dienen der Selbstdarstellung der Präsidiumsmitglieder. Ein besonders verdientes Präsidiumsmitglied, eine frühere Pressesprecherin, ein mehr breiter als großer Schreihals, verwechselt unser Mini-Institut mit einem Dow-Jones-gelisteten-Unternehmen und dessen Etat. Im Kasernenton schnattert sie rum, kommandiert und befiehlt. Jemand muss ihr dringend mitteilen, dass die Funktion der Vizepräsidentin ein Amt ohne Handlungsvollmacht ist. Mein Präsident sagt, ich brauche die Mistratte nicht ernst nehmen, sie ist für ihre ruppige Art bekannt und als Profi muss man solche Eskapaden und charakterlichen Eigenheiten ignorieren. Ich schalte ab, wenn sie Sachen vergisst und Veranstaltungen doppelt vorschlägt. Sie hat einen aktiven Wortschatz von 700 Wörtern, davon sind 200 Verwünschungen und Flüche. Als Hip-Hopper müsste mir das gefallen. Aber es sind keine originellen Flüche wie bei Ulrike oder D double E, sie drückt damit nur ihre Unzufriedenheit aus. Sie besitzt keine Macht mehr und ist noch zu jung für die Pension. Wenn die ehemalige Pressesprecherin stänkert, macht sie das ohne Verve und Liebe. Sie will Menschen nur verletzen und demütigen. Ihr fehlen dabei Anmut und Sprachwitz. Ihre Sprache ist so begrenzt, dass sie unfähig ist, Andeutungen, Anspielungen oder doppelte Bedeutungen in ihre Schmähungen einzubauen. Ulrike ist da gänzlich anders. Wenn sie Leute anpöbelt, sind ihre Schimpfwörter voller Wendungen und Überraschungen. Für mich klingt das nach Liebkosungen. Das Schimpfen ist ihre spezifische Form der Ironie, es ist ihr Trademarksound, es gehört zu Ulrikes Wesen. Sie ist, obwohl sie Hip-Hop nicht kennt und hört, so schlagfertig und treffsicher wie die junge Roxanne Shante. Sie flechtet elegant Flüche in ihre Erzählungen ein, um ihre Mitmenschen zu erfreuen. Sanft wie ein Hanfband imitiert sie als kleingewachsene Frau in ihren Flüchen die Dummheit des männlichen Testosterons, sie ist sharp as a knife. Kurz und klein schlägt sie dich mit ihrem Stabreim. Mit ihrem Fuß, zack, tritt sie jedem in den Sack. Ich finde Fluchen bei Ulrike nicht unweiblich, sondern es macht mich scharf. Das kann die Pressesprecherin nicht, scharf machen sowieso nicht, ich meine gekonnt und treffsicher fluchen. Sie ist nicht der körperlich schwache, aber geistig wendige Affe, der den stärkeren Löwen durch die Kraft des Wortes bloßstellt. Sie ist der Elefant, der den Kolibri willentlich tötet. Sie schmäht und schimpft nicht aus einer Position der Schwäche, sondern aus einer Position der Stärke heraus. Nach unten wird getreten. Genau das ist aber kein uneigentliches Sprechen wie im Hip-Hop. Sie spricht den Jargon der Eigentlichkeit, ohne es zu wissen. Das ist bösartig und widerwärtig. Das ist moralisch abzulehnen. Wenn Ulrike flucht, klingt das wie eine Arie, wenn die Pressesprecherin Leute anschnauzt, bekomme ich Kopfschmerzen und schlaflose Nächte. Ihr Mangel an menschlichem Einfühlungsvermögen verstört mich.

Die grobschlächtige, ehemalige Pressesprecherin, deren mangelnde strategische Denkfähigkeit einige Firmenpleiten mitverursachte, löste meine akute Schlaflosigkeit aus. Sie bezeichnete das Institut als unfähig und die Vorbereitung auf die Präsidiumssitzung als mangelhaft. Ich ignoriere diese Kritik, weil die Dame nicht fähig ist, einen Einladungstext in fehlerfreiem Deutsch zu verfassen. Wenn sie mich beflegelt, berührt mich das nicht, aber sie avisierte meine Assistentin. Caro hatte vergessen, eine Unterlage zu kopieren. Es war so, ich rufe Caro an und bitte sie, die vergessenen Kopien nachzureichen. Caro, die 23-jährige Assistentin und hochschwanger, bringt die fehlenden Unterlagen zur Sitzung und wird mit Verwünschungen empfangen. Das Sekretariat sei total unfähig. Caro schaut verdutzt. Niemand unterstützt die Hochschwangere, auch ich nicht, weil ich ein feiger, gebrochener Untertan bin. Caro kommt sich selbst zu Hilfe und meint, die Unterlagen sind da, alle sollen sich beruhigen. Daraufhin fordert die ehemalige Pressesprecherin die Entlassung der Hochschwangeren. Niemand reagiert. Ich erkläre dem Präsidium, dass man Schwangere weder anschreien darf noch wegen einer Lappalie bedroht und entlässt. Die ehemalige Pressesprecherin erwidert, sie als Frau dürfe mit Schwangeren schreien. Das entspreche dem Gleichbehandlungsgesetz. Die Schnalle zieht die Geschlechterkarte, um sich hinter ihrem asozialen Verhalten zu verstecken. Noch vor einer Woche forderte sie in einem blödsinnigen Zeitungsinterview eine auf gegenseitigem Respekt basierende neue Unternehmensethik. Die gescheiterte Pressesprecherin schreit die schwangere Assistentin im Übrigen nicht wegen der mangelhaften Vorbereitung an, sondern weil sie als Kinderlose Mütter generell hasst, und Caro lieber für mich als für ihre Firma arbeitet. Sie wollte Caro einmal abwerben, und seit sie abgesagt hat und es gewagt hat, schwanger zu werden anstatt eine verbitterte, kinderlose Karrierewachtel, ist bei der ehemaligen Pressesprecherin der sprichwörtliche Ofen aus. Sie piesackt meine Assistentin, wo und wann sie kann.

Ich habe beim Präsidenten meinen Rücktritt eingereicht, vergebens. Das Präsidium weigert sich, meine Kündigung zu akzeptieren, schließlich bin ich der einzige, der arbeitet. Die ehemalige Pressesprecherin mit der Rechtschreibschwäche hat mir eine chronische Schlaflosigkeit eingebrockt. Warum war ich zu feig, ihr zu sagen, sie soll ihre blöde Fresse halten und sich bei Caro entschuldigen? Die merkt sicher nicht, wie brutal sie sein kann. Wenn sie Caro fertigmacht und ich ihr nicht helfe, kann ich nicht einschlafen, weil ich mich schäme. Das Schwangerenfertigmachen bescherte mir die erste schlaflose Nacht meines Lebens. Ich bin heimgekommen, hab mich niedergelegt und an die Erniedrigungen gedacht. Ich muss dem Präsidenten mitteilen, dass ich auf die Einhaltung zivilisatorischer Mindeststandards Wert lege. Weitere schlaflose Nächte folgen, als ich bemerke, dass mir das Präsidium ein bankrottes und grob fahrlässig kaputtgemachtes Institut übergeben hatte. Das ist die Wiener Schule. Durch die pathologische Streitsucht des Präsidiums, Klagen wegen sexueller Nötigung, der freiwilligen Preisgabe von Sponsorengeldern und der Aussetzung aller ehedem erfolgreichen und geldbringenden Veranstaltungsformate ist das Institut pleite und am Ende. Keiner hat mir vor Dienstantritt die wahren Zahlen genannt. Der Rechnungsprüfer vertschüsste sich auch.

Heute ist wieder eine Präsidiumssitzung und ich muss schon am Weg in die Arbeit an die Ausfälle der letzten Sitzung denken. Ulrike glaubt mir dieses unwürdige Kasperltheater niemals. Sie kennt die moderne Geschäftswelt nicht, sie ahnt nicht, wie bösartig es zugeht. Neben der überflüssigen Sitzungsvorbereitung muss ich für meinen zweiten Präsidenten noch ein PR-Konzept für seine windigen bulgarischen Präsidiumspartner ausarbeiten. Für den Direktor ist ein Aufsatz für eine Publikation fertigzustellen. Das Gute am Auftragsschreiben ist, dass bei dem sinnentleerten Geschwafel wenigstens nicht mein Name darunter steht. Zu allem Überfluss ist mein Assistent in eine andere Abteilung versetzt worden und ich muss erst einen passenden Ersatz finden. Ich arbeite zurzeit für zwei. Und weil der Wahnsinn kein Ende nimmt, muss ich diese Woche zwei Buchproduktionen organisieren und fertigstellen. Ein Herausgeber ist abgesprungen, und ich muss nun jemand anderen finden.

Das ist zu viel und Ulrike stichelt jetzt auch noch, wie amoralisch es ist, als Politikberater sein Geld zu verdienen. Wenn ich gestresst bin, schalte ich nicht mehr ab und schlafe nicht mehr ein. Ich betrüge mich dann selbst. Ich tippe schneller, denke schneller und glaube, dreimal schneller arbeiten zu können. Kann ich, nur entspannen, abschalten und schlafen spielt es dann nicht mehr. Ich vergesse zu atmen, trinke zu viel Kaffee und schlinge das Essen runter. Ich war wegen meines Schlafmangels schon öfters beim Arzt. Der beruhigt mich dann, empfiehlt mir, Baldriankapseln zu schlucken und mich auf die nächsten Ferien zu freuen. Das wird wieder, und an Schlafmangel ist noch keiner gestorben, meint er aufmunternd. Das stimmt, aber wenn ich chronisch wenig schlafe, reagiere ich gereizt und werde fehleranfällig.

Ich teile Ulrikes Kritik an meiner Erwerbstätigkeit, aber wie die meisten Männer verdränge ich Sinnfragen. Ich wüsste nicht, was ich sonst arbeiten sollte, und solange ich nicht parallel sieben Aufträge zu erfüllen habe, erledige ich meine Arbeit gerne. Das Erstellen von Fachdossiers für Minister und das Verfassen von Ghostwritings liebe ich, ich schlüpfe in multiple Identitäten. Einmal gebe ich den sozial engagierten Volksnahen, dann den harten Sanierer, dann den einfühlsamen Recht-und-Ordnung-Vertreter. Ich bin beim Verfassen dieser Texte definitiv ein anderer. Ich muss für die Bulgaren eine Strategie erarbeiten und werde den ganzen Tag in Besprechungen, mit dem Erarbeiten von Presseverteilern und dem Anrufen von Journalisten verbringen. Wenigstens ein paar Gäste auf dieser Tagung sind Selbstläufer. Österreichische Journalisten lieben Experten aus den USA. Selbst wenn diese nur belanglosen Stuss reden, die Chancen, dass man damit Berichterstattung bekommt, sind erstaunlich groß. Schließlich sind die USA Weltmacht, und es ist für Journalisten spannender, mit dem amerikanischen Experten von Angesicht zu Angesicht zu reden, als diesen nur per Telefoninterview zu kontaktieren. Wir liefern, sie berichten. Eine einfache Gleichung.

Ich vermute, Ulrike hat nichts gegen meine Arbeit an sich. Weil es in ihrer Verwandtschaft einen Starpolitiker gab, scheint sie Politik als abgrundtief böses und verachtenswertes Geschäft zu betrachten. Medien findet sie einfach generell scheiße. Wer kann ihr das verübeln? Wenn Ulrike über die österreichische Innenpolitik lästert, ignoriere ich das und tue so, als ob es mich nicht berührt. Im Einstecken von Kritik bin ich Großmeister. Ich beantworte im Betrieb Beschwerdebriefe und Hassmails, das nenne ich scherzhaft Schadensbegrenzung, die Jahre haben mich abgehärtet. Ich bringe den Beschwerdeführern professionelles Verständnis entgegen, gebe ihnen in ihrer Kritik und in ihrem Unbehagen vollkommen recht und würge ihnen zum Schluss unterschwellig unsere Verkaufsbotschaft rein.

Eigentlich liebe ich meinen Job, aber seit ich Ulrike kennengelernt habe, denke ich in ruhigen Stunden ernsthaft darüber nach zu kündigen. Hasenzüchter, Käser oder Bierbrauer sind ehrenwerte Berufe. Mit 38 kann man sich neu orientieren. Ich bin in der Blüte meines Lebens. Heute, während des dreistündigen Briefings mit den seltsamen Bulgaren, wollte ich aufstehen, gehen und sagen, danke, das war es für mich. Sucht euch einen anderen Depp. Der Präsident preist mich als externen Experten an, und wie ich schnell feststelle, haben die Bulgaren vier Tage vor der Veranstaltung weder Schaltplan noch Presseverteiler erstellt noch begonnen nachzudenken, was ihre Ziele sind. Pressematerialien zur Tagung, zu den Rednern und dem Preis fehlen ebenfalls. Sie wünschen sich nationale und internationale Medienberichterstattung, Print und Fernsehen gleichzeitig, es gibt nur einen kleinen Haken: der Stargast der Tagung, ein ehemaliger US-Präsident, steht nicht für Interviews zur Verfügung, weil die Bulgaren einen 360-Grad-Knebelungsvertrag mit einem berüchtigten amerikanischen Verlagshaus abgeschlossen haben. Jetzt strömen auch noch Sicherheitskräfte herein und machen einen auf Personenschutz und Sicherheitsvorkehrungen. Auch kein Problem, dafür verdiene ich in dieser Woche 10.000 Euro Taschengeld. Damit kann ich Ulrike locker drei Nusstische kaufen, und der Rest der Einrichtung lässt sich damit bar bezahlen. Wenn sie will, fliegen wir nach London und saufen eine Woche Champagner. Dieser Tagtraum rettet mich über die drei Stunden surrealer Besprechung. Ständig kommen neue Kasperln zur Tür herein. CIA,

Berater, Übersetzer, die Ex-Verlobte vom Ex-Finanzminister, ein Militärberater, ein Ölmagnat, ein Formel-1-Vermarkter. Bei der Finanzierung dieser Wohltätigkeitsveranstaltung kann nicht alles koscher sein. Ich erkundige mich nach den Geldgebern dieser Veranstaltung. Der freundliche Bulgare erklärt mir, ich bräuchte mir keine Sorgen zu machen. Alles werde von einem reichen Kraftwerksbesitzer finanziert, ein Philanthrop und Förderer der Menschheit. Der Unbekannte mit einem Jahresgewinn von 100 Millionen Euro will das Gute im Menschen fördern. Die Bulgaren zeigen mir den Award, ein hässliches Plastikding mit einem billigen Goldüberzug. Sogar weiße Handschuhe werden mitgeliefert. Ich bin beruhigt.

Um halb zehn am Nachhauseweg nehme ich bei der Apotheke noch schnell einen Schwangerschaftstest mit. Die Apothekerin ist freundlich und stellt mir mehrere Produkte vor. Sie fragt mich, ob ich und meine Partnerin auch die fruchtbaren Tage angezeigt haben möchten. Nein, wir möchten nur wissen, ob wir schwanger sind. Ulrike redet seit Kitzbühel dauernd von der ausgebliebenen Regel. Als ich die Türe öffne, lümmelt Ulrike gemütlich auf der Couch. Fernsehen liebt sie, ihr Vater, der autoritäre, wenngleich gesellige Hauptschuldirektor sperrte im Elternhaus den Fernseher immer mit einem Schloss ab. Die Kinder sollten nur pädagogisch anspruchsvolle Sendungen und nicht wertlosen Dreck anschauen. Diese erzieherische Maßnahme ging nach hinten los. Ulrike liebt Müllformate. Telenovelas, Reality Shows auf Privatsendern, das Leben im Gemeindebau. Jeder Einblick in Österreichs untere Zehntausend erfreut ihr Herz. Das ist der Stoff, mit dem sie erfolgreich ihren Schwangerschaftsängsten und beruflichen Zukunftssorgen entflieht.

Ulrike küsst mich zur Begrüßung mit der Zunge. Dieser

Kuss entschädigt mich für den sinnlosen Tag. Sie geht auf die Toilette, macht den Schwangerschaftstest und wir sind leider nicht schwanger. Wir machen es uns auf der Couch gemütlich. Es ist arg, haucht sie, dass du immer das machst, was ich denke und tust, was ich will. Sie starrt auf den Bildschirm und kichert, wenn eines der arbeitslosen Wiener Gemeindebaukids sein Tagwerk verrichtet. Eine kleine Schicht bei McFIT, ein Abstecher zum Wirten, ein kurzer Besuch bei seiner Freundin, der Teenager-Mutter, mit der er selbstverständlich nicht zusammen ist. Dennoch will er sie vögeln. Szenen aus dem Wohlfahrtsstaat, Szenen proletarischen Stolzes.

»Lang halte ich meinen Job nicht mehr aus. Ich komme um acht in der MA 9 an und schon um fünf nach acht ist nichts mehr zu tun. Wenn pro Tag zehn Leute etwas entlehnen kommen, bin ich froh. Ich quatsche mit jedem Kunden, damit die Zeit schneller vergeht. Heute habe ich mich freiwillig gemeldet, Kisten, die noch nicht archiviert wurden, zu katalogisieren. Da liegt der Mist von 30 Jahren in einem Raum rum, niemand hat sich je um diese Kisten gekümmert, die kugeln da einfach so herum. Also archiviere ich die einmal pro Woche. Aber etwas Cooles ist heute passiert.« Ulrikes Blick hellt sich auf. »Ein Fan von Freddy Quinn ist aufgetaucht. Er hat sämtliche Tonträger, Konzertkarten und sonstigen Nippes dieses Schlagerstars aufgehoben, er sagt, er besitzt die größte Sammlung der Welt. Und da er alleinstehend ist und keine Kinder hat, will er seinen Schatz der Stadt Wien vermachen.«

Das finde ich klass. Freddy, der alte Seemann. Ulrike zeigt auf den Herd.

»Hab keinen Bock mehr aufzustehen. Da ist ein Auflauf drinnen, Schatz. Wärm ihn dir doch auf.« Ich schalte das Backrohr ein, und Ulrike erzählt weiter: »Ich könnte den

181

Drecksjob ja verlängern. Leider wieder nur befristet für ein Jahr und für 20 Stunden. Mit manchen Kollegen von mir machen sie das seit fünf Jahren. Dann werden sie rausgekickt und stehen auf der Straße, nachdem sie fünf Jahre lang für den Bettel von 800 Euro rumgesessen sind. Das ist keine Perspektive für mich. Während die Älteren mit ihren fetten Ärschen auf ihren unkündbaren, gut dotierten Festanstellungen nach altem Dienstrecht sitzen, aber nur das gleiche wie wir, also nichts, arbeiten. Fest angestellt werden nur die Leute mit politischen Kontakten. Das nennen die Idioten Gender Mainstreaming. Bevor ich über ein politisches Ticket reinkomme, bringe ich mich um. Da arbeite ich lieber bei McDonald's oder wieder bei der Vermögensberatung, wo ich als Studentin Organisationsleitung gemacht habe. Hauptsache, ich arbeite. Die Zeit vergeht im scheiß Amt nie«, seufzt sie müde.

Ulrike hat Existenzängste, sie leidet sichtlich an geistiger Unterforderung. Sie hat ein Studium absolviert, um eine unterbezahlte Tätigkeit zu verrichten. Das Erwerbsleben als Magistra hat sie sich anders vorgestellt, das einzige, was ihr fehlt, sind die Gnade der frühen Geburt und die richtigen politischen Verbindungen. Ein Jahr nach Abschluss dämmert ihr langsam, dass die echte Arbeitswelt noch längere Zeit für sie verschlossen bleiben wird. Sie weigert sich, den Tatsachen ins Auge zu sehen. Sie schreibt keine Bewerbungen, um erniedrigenden Ritualen zu entgehen. Ihr Rückgrat ist noch nicht gebrochen wie meines. Sie ist noch nicht bereit, ihren Stolz aufzugeben. Sie ist eine der vielen Namenlosen, auf die keiner wartet. Sie verdrängt ihre Probleme und verlagert ihren Ehrgeiz. Sie büffelt für ihre Pferdenadel. Zweimal in der Woche pilgert sie zum räudigsten Reitclub Wiens, dem RC Donau. Erst wenn sie die Pferdenadel hat, erwirbt sie die Lizenz zum freien Ausreiten. Und nur dort, in der freien Wildbahn, kann sie der Begrenztheit des Wiener Rathauses entfliehen.

13

Fluchttiere wie wir

Pferde und ich haben eines gemeinsam: wir sind Fluchttiere. Wenn ich mit jemandem zusammenwohne, will ich sofort wegrennen. Ich wohne das erste Mal seit zehn Jahren mit einer Frau zusammen und alles klappt wunderbar. Jolanda und ich bestanden auf zwei getrennte Wohnungen. Sie war ein Ordnungsfreak mit Putzfimmel. Keine Expertin für Hauswirtschaftslehre wie Ulrike, die ein ganzheitliches Haushaltssystem entwickelt hat. Ich muss mit diesem System umgehen lernen. Als ich von der Arbeit nach Hause komme, ziehe ich mir die Schuhe aus und schlüpfe in die Hausschlapfen rein. Mit meinem Arbeitsrucksack bin ich bei einer Hauswand angestreift. Ich steuere zielgerichtet das Waschbecken an und säubere die Flecken mit einem Wettex, als mich Ulrike brüsk zurechtweist.

»Du weißt schon, dass dieses Wettex zum Kochen und Säubern der Lebensmittel ist. Unten in der Abwasch findest du ein zweites, welches zum Säubern von Straßenunreinheiten und gröberem Dreck ist. Ich will nicht nerven, aber ich denke, es ist wichtig, dir das zu sagen.«

Diese Zwei-Wettex-Technik ist mir neu, aber sie leuchtet mir ein. Ich säubere meine Tasche mit dem dafür vorgesehenen Straßen-Wettex und lege die Tasche in eine Ecke. Ich gehe zum Kühlschrank, öffne ihn und schaue, was ich an Trinkbarem finde. Ich habe einen Mordsdurst.

»Schatz, wie lange schaust du in den Kühlschrank? Es ist viel energieeffizenter, wenn du dir vorher überlegst, was du rausnehmen willst. Du entscheidest dich vor dem Öffnen, was du willst und öffnest erst dann den Kühlschrank.«

Das klingt gut, ich habe nur ein kleines Problem. Ich habe keinen Schimmer, welche Getränke im Kühlschrank gelagert sind. Mein Hirn ist vollgestopft mit unnützem Briefing-Wissen der halbseidenen Bulgaren.

Ulrike fährt mit ihrem Energieeffizienzvortrag fort: »Mir ist auch aufgefallen, dass du die Lebensmittel im Kühlschrank falsch einschlichtest. Weißt du denn nicht, dass ganz unten in der Lade das Gemüse reingehört, im untersten offenen Fach dann das Fleisch und die Wurstwaren, darüber dann Käse und in der dritten Lade Getränke? In die Seitenlade gehören Eier und ebenfalls Getränke. Denn unten ist der Kühlschrank am kältesten.«

Auch dieses Geheimwissen blieb mir bisher verborgen, und ich frage mich, woher Ulrike so etwas weiß. Ich hole mir eine Mineralwasserflasche, öffne sie und trinke zügig und beherzt aus der Flasche. Ich mag dieses prollige Schnelltrinken. Der nächste Fehler.

»Bitte trink nicht aus der Flasche, sondern verwende dafür Gläser. Und wenn wir gerade dabei sind. Beim Schmieren der Marmeladebrote nie den Löffel von der Marmelade auch für die Butter verwenden und umgekehrt, sondern zwei verschiedene Löffel, sonst verdirbt die Marmelade schneller.«

Der Haushalt ist ein Minenfeld, jeder Handgriff birgt die Gefahr einer potenziellen Fehlleistung meinerseits. Beim Mülltrennen, das Ulrike zu einer Kunstform adelt, gilt es nicht nur Altpapier zu sammeln. Auch Gläser werden gewaschen, anschließend in Weiß- und Buntglas getrennt und die dazugehörigen Deckel in ein extra bereitgestelltes Unterfach sortiert. Dazu gibt es noch Behälter für Restmüll, einen Sack für Biomüll, einen Sack für Aluminiumdosen und einen Sack für

Plastik, wobei allerdings wiederum Plastiktaschen nicht zu den Plastikflaschen zu geben sind. Mülltrennung ist eine ersatzreligiöse Handlung unserer säkularisierten Konsumgesellschaft, die Recycling-Tonne unser Opferaltar. Wenn es sie glücklich macht, werde ich ab sofort der Obermülltrenner sein.

Beim Einkaufen läuft unsere Arbeitsteilung einwandfrei. Ich trage die schweren Sachen und Ulrike überlegt sich, wie man mit naturbelassenen Lebensmitteln möglichst wohlschmeckende, gesunde und köstliche Speisen zubereitet. Früher habe ich Lebensmittel gehortet, um diese anschließend ungeöffnet nach Ablauf der Haltefrist achtlos wegzuwerfen. Ulrike geht effizienter mit Lebensmitteln um. Bei ihr verdirbt nichts. Jedes Lebensmittel ist Teil eines wohlfeilen Haushaltsplans. Mittlerweile hat mir Ulrike beigebracht, wie man richtig mit dem Kartoffelschäler umgeht.

Es betrübt mich, welch hohes Fehlerpotenzial bei der Erledigung der gemeinsamen Haushaltsarbeit anfällt. Ulrike hat einen Arbeitsplan mit Putz- und Einkaufstagen erstellt. Das Problem ist nur, dass ich in ihren Haushalt ziehe. Ich bin der Eindringling, der erste Freund, der sich an der vorgegebenen Hausordnung zu orientieren hat. Ich verkrampfe bei der Erledigung einfacher Hausarbeiten und Handgriffe, weil ich mich beobachtet fühle. Ich räume ein paar Teller in den Geschirrspüler, als ich im Rücken einen Blick spüre.

»Beobachtest du mich?«, frage ich.

»Ja sicher, du hast gestern wieder das große Messer in den Geschirrspüler gegeben. Dabei habe ich dir schon zweimal erklärt, die Fleischmesser nie in den Geschirrspüler zu geben, sondern nur mit der Hand, lauwarm und wenn möglich ohne Spülmittel zu säubern.«

Auch meine Stapeltechnik und mein Zuviel an Vorspülen

missfallen ihr. Ich gelobe Besserung, aber so ein Haushalt steckt voller Tücken.

Weil Ulrike ordentlich ist und ich ein Schussel bin, erfinde ich spontan meinen ersten Kosenamen für sie. Jawohl, mein General, sage ich, wenn sie mich bei einer Nachlässigkeit ertappt. Ich kann mit ihren Anweisungen gut umgehen. Potenzielle Gefahrenquellen gibt es unzählige. Ich lasse Wurstpackungen zu lange in der Sonne auf dem Balkon liegen, ich gieße Blumen zu wenig oder zu viel, zu kalt oder zu warm, ich verwende ein Bodenhandtuch als Gesichtshandtuch. Ich trockne mich mit ihrem Handtuch. Der Haushalt ist ein Schlachtfeld, sogar in den Schützengräben von Isonzo war die Gefahr, von einem Projektil erwischt zu werden, geringer als am Diepoldplatz eine Katastrophe verantworten zu müssen.

Was mir mehr Sorgen als die perfekte Erledigung der Hausarbeiten macht, ist mein fehlender Mut. Warum hab ich ihr nicht gesagt, dass ich sie liebe, als sie es hören wollte? Mein Lieblingsprofessor während des Studiums sprach lange über die Tatsache, dass man beim Ich-liebe-dich-Sagen nicht lügen kann. Dafür gebe es genügend Beweise. Ulrike hat mir gesagt, sie liebt mich. Ich muss ihr sagen, dass ich sie liebe. Statt ihr zu sagen, ich liebe dich, überrasche ich sie, indem ich meine Wohnung kündige. Bald werde ich ihr meinen ultimativen Liebesbeweis mitteilen. Romantischer geht es nicht.

Als ich meinen Entschluss Frank mitteile, fragt mich dieser, ob ich verrückt geworden bin. »Bist du hormonell total gestört? Du kannst doch keine unbefristete Mietwohnung um 370 Euro inklusive direkter U-Bahn-Anbindung für eine Frau aufgeben, die du seit sieben Wochen kennst. Du kannst dir doch locker beide Wohnungen leisten. Mach dich doch nicht von einer Frau abhängig.«

Ich brauche kein Sicherheitsnetz. Schließlich hat sie mir zärtlich ins Ohr geflüstert, dass ich ein Teil von ihr bin und dass ich gut rieche. So etwas sagt man nicht aus einer Laune heraus. Mit der Kündigung meiner Wohnung setze ich ein radikales Zeichen. Sie hat Angst, betrogen zu werden, damit zerstreue ich ihre Ängste. Frank sagt, ich sei total bescheuert. Nicht doch. Ulrike gibt mir zu verstehen, dass sie langfristig, dauerhaft mit mir plant. Sie lädt mich zu einer Familienhochzeit ein. Der nächste Schritt ist zusammenzuziehen. Richtig zusammenziehen und nicht nur zusammen wohnen mit dem Fluchtort Zweitwohnung. Ich informiere meine Vermieterin und sie ist überrascht.

»Sie warten schon so lange und geduldig auf den Umbau. Sie sind ein ruhiger, angenehmer Mieter. Sie können für immer bei uns bleiben. Aber wenn Sie meinen, ich finde mir schon wen anderen. Tut mir aber sehr leid.«

Es gibt kein Zurück mehr, ich kappe mein bisheriges Leben. Ich besorge mir Umzugskartons und bringe die erste Hälfte meiner Schätze gemeinsam mit Frank, der Auto fahren und schleppen kann, in Ulrikes Wohnung. Ich habe beschlossen, die lächerliche Pose des Alleinlebens endgültig hinter mir zu lassen.

»Du bist neun Jahre älter als ich. Hoffentlich stirbst du nicht früher. Frauen haben eine höhere Lebenserwartung als Männer«, erklärt mir Ulrike.

»Wir machen's wie meine Großeltern. Als die Oma gestorben ist, hatte er keinen Bock mehr aufs Leben und ist ihr mit gebrochenem Herzen nach vier Monaten gefolgt. Das machen wir auch so.«

Nach einem gemütlichen Essen schleppt Ulrike ein Pferdebuch an. Dieses Buch muss sie auswendig lernen, will sie den theoretischen Teil der Reiternadel erfolgreich absolvieren. Ulrike bereitet sich äußerst gewissenhaft auf diese mündliche Prüfung vor, und ich stelle ihr gerne die Prüfungsfragen: warum darf man nicht mit einer Gerte vor dem Gesicht eines Pferdes herumfuchteln? Was soll das Einfetten der Hufe bewirken? Wo fängt man nach dem Reiten mit dem Abspritzen des Pferdes an? Warum schwitzt ein Pferd? Wie kann man Losgelassenheit und Zufriedenheit am Schweif erkennen? Wozu dienen die Kötenbehänge? Was soll die verwahrende Zügelhilfe verhindern? Selbst das Aufsatteln ist schon eine kleine Wissenschaft.

Der richtige Umgang mit Pferden ist schwer zu erlernen, lehrt das Buch. Pferde sind Flucht- und Herdentiere, zu viel Lob ist genauso falsch wie zu viel Strafe. Erst die ausgewogene Mischung aus Erfahrung, Konsequenz, Zuneigung, Einfühlungsvermögen, Geduld und Vertrauen führt zu positiven Ergebnissen und entscheidet, ob die Zusammenarbeit mit dem Pferd auf Partnerschaft oder Unterwerfung aufbaut. Das ist fast wie in einer Partnerschaft zwischen Mann und Frau, stelle ich erstaunt fest. Ich bin überrascht, mit welcher Leidenschaft Ulrike sich auf ihre Reitstunden und auf ihre Prüfungen vorbereitet. Nachdem wir die Prüfungsfragen durchgegangen sind, erzählt sie mir kleine Heldinnengeschichten von ihren Reitstunden. Was bei der Dressur alles schiefging, welche Schwierigkeiten der Übergang von Trab zu Galopp beinhaltet und warum dieses und jenes Stallpferd wieder beim Springreiten verweigert hat. Wie schwierig es ist, im vollen Galopp zwei halbmeter hohe Hindernisse zu überspringen.

Mehrmals habe ich es versprochen und endlich ist es soweit, ich begleite Ulrike zu einer Reitstunde. Sie setzt sich ihren Reithelm auf, zwängt sich in ihre Reitstiefel und zieht ihre Reiterhosen an. Mit den Reithandschuhen und dem weißen

189

Reiterhemd ist sie eine tolle Generalin. Bei der Anfahrt treffen wir ihre zwei Reitfreundinnen. Eine ist ausgebildete Russischdolmetscherin, die ebenfalls keinen ausbildungsadäquaten Job hat und als Sekretärin arbeitet. Die zweite ist Saskia, die ehemalige Kellnerin aus dem Einhorn, die in Kürze Wien verlassen wird, um in Island auf einer Pferdefarm zu arbeiten. Wer Saskia aus dem Einhorn kennt und wer Saskia reiten sieht, wird nicht umhinkönnen, Pferden eine zivilisierende Wirkung auf Menschen zuzusprechen. Die drei Freundinnen tauschen mitgebrachte Leckerlis für ihre Pferde, zeigen mir ihre Karotten und tratschen darüber, welches der Stallpferde einen guten Charakter hat, welches sich besser zum Springen und welches sich besser zum Dressurreiten eignet. Und wieviel man noch an Technik verbessern muss, um die Prüfung zu bestehen.

Der Reitstall RC Donau ist der unprätentiöseste Reitstall Wiens. Die Mädels haben sich für diesen Club entschieden, weil er der mit Abstand billigste Wiens ist. Die Stunde kostet nur 12 Euro, in exklusiven Clubs beträgt das sicher die stündliche Leihgebühr für eine Gerte. Dafür geht es bodenständig zu. Sie grüßen artig ihre Reitlehrerin, Doris, die eine Dose Bier in der Hand hält, beginnen gewissenhaft mit dem Aufsatteln und Ulrike schimpft:

»Scheiße, sie hat mir schon wieder Sirius zugeteilt, der Mistgaul verweigert beim Springen und dreht dann komplett durch.«

Die drei striegeln die Pferde, setzen Sattel und Zaumzeug auf und gehen mit ihnen zur Pferdebahn. Die Anfängergruppe besteht aus sieben Frauen und Mädchen sowie einem Mann. Pferdereitsport ist ein Frauengeschäft, die haben da ähnliche Überzahl wie beim freien Tanztheater, beim Ballett oder bei einem Pilates-Kurs. Ein Paradies für Männer. Die Gruppe absolviert ein paar Aufwärmrunden und stellt sich dann im Spalier auf. Eine Reiterin nach der anderen wird einzeln unter forschen Anweisungen der Trainerin durch die Koppel gejagt. Die Trainerin bellt ihre Befehle im Kasernenton raus. Sie ist eine Erscheinung. Etwas übergewichtig, mit einem langen blonden Rossschwanz und mit ärmellosem Top steht sie breitbeinig da und brüllt die Mädchen an. Während der gesamten Reitstunde raucht sie Zigaretten und nuckelt an ihrem Dosenbier. Jede Reiterin muss zwischen Schritt, Trab und Galopp wechseln. Einmal gelingt Ulrike sogar eine Piaffe.

Die Gruppe muss in der Halle neben Tempowechsel auch verschiedenste Hindernisse umschiffen und überspringen und sogar ich als Pferdelaie bemerke, dass es sich um eine Anfängergruppe handelt. Bei fast allen verweigern die Pferde das eine oder andere Hindernis, buckeln und steigen oder treiben sonstigen Schabernack mit den Reiterinnen. Den Stallpferden geht es sichtlich auf die Nerven, jede Saison von neuen Anfängern zugeritten zu werden. Die Pferde bleiben einfach stehen, wenn sie keinen Bock haben. Das ist komisch, denn die Gruppe führt jeden Befehl mit heiligem Ernst aus. Während der Reitstunde absolviert jede der Reiterinnen dreimal den Parcours, dazwischen warten sie geduldig auf den Pferden. Zum Abschluss heben sie alle artig ihre Reitermützen und grüßen ins Publikum.

Ulrike ist unglücklich mit ihrer Leistung, das war die vorletzte Stunde vor der Prüfung, und wieder hat sie drei Fehler gemacht. Sie ist fest davon überzeugt, die Reitnadel beim ersten Antritt nicht zu schaffen.

»Ist doch egal, so eine Prüfung kann man ja wiederholen, wird nicht strenger sein als eine Führerscheinprüfung, und selbst bei der darf man öfters antreten«, versuche ich sie zu beruhigen.

»Das schon«, meint Ulrike nachdenklich, »aber das kann ich mir nicht leisten. Die Prüfung und die ganzen Gebühren sowie der restliche Teil der Ausrüstung kosten mich 700 Euro, eine Wiederholung ist mit meinem fuck Prekariatslohn nicht drin.«

»Mach dir keine Sorgen, du schaffst das schon.« Ich darf ihr ja kein Geld schenken.

Nach den Reitstunden riecht Ulrike streng nach Pferd. Trotz Dusche und intensivem Schrubben braucht es meist einen Tag, bis der Pferdegeruch verschwindet. Der Gestank der Pferde in der Koppel war das erste, was mir dort aufgefallen ist. Diese Viecher sind echte Stinker. Doch selbst dieser bestialische Gestank schreckt die Mädels nicht ab.

Zur vierstündigen Generalprobe begleite ich sie wieder. Es ist ein warmer Frühsommertag und die erste Stunde wird Dressur geprobt. Diesen Ablauf kenne ich schon. Wieder trinkt die Trainerin Bier und raucht Zigaretten. Da die Gruppe tierische Angst vor der Prüfung hat, mischt sie zwischen die Kasernentöne aufmunternde und lobende Worte. Sie ist doch eine erfahrene Pädagogin, mit Zuspruch erreicht man mehr als mit Tadel. Manche der erfahreneren Stallpferde kennen den Ablauf der Prüfung sowieso im Schlaf, sie folgen den Anweisungen der Trainerinnen ohne Zutun der Reiterinnen. Diese Tiere sind sehr eigensinnig, wie eigensinnig, hängt von Tagesverfassung, Charakter und Laune ab. Ulrike hat heute wieder Sirius zugewiesen bekommen, sie mag ihn nicht, die Dressur hat sie bis auf eine einzige Verweigerung trotzdem exzellent absolviert.

»Deine Trainerin ist eine gute Lehrerin«, versuche ich sie aufzumuntern, »betrachte es von der Seite. Wenn du es mit

192

einem eigensinnigen Pferd bei der Generalprobe schaffst, schaffst du es bei der Prüfung garantiert mit allen Pferden. Sie lässt dich mit dem am schwierigsten zu reitenden Pferd üben, damit du für alle Eventualitäten gerüstet bist.« Ich bin ein wenig stolz.

Die Dolmetscherin hingegen hat einen weniger guten Durchgang. Sie reitet das Hindernis an, aber anstatt es zu überspringen, stoppt das Pferd und schert nach rechts aus. Das schaut witzig aus, vor allem weil sie sich fürchterlich über ihr Missgeschick ärgert. Ich verkneife mir ein Lachen.

Ich mag die Tiere. Wenn sie bei mir vorbeirennen, strecken sie mir ihren Kopf entgegen, in der Hoffnung, dass ich ihnen ein Leckerli reinschiebe. In der zweiten Stunde gehen wir weiter zum Sprungparcours. Er ist mitten im Wald. Die Strecke ist ein schmaler, vielleicht ein Meter breiter Streifen, mit zwei Hindernissen und nicht mehr als 700 Meter lang. Ich positioniere mich am zweiten Hindernis, denn gleich nach dem Sprung müssen die Kandidatinnen innerhalb eines Meters wenden und wieder zurückreiten. Es scheint unmöglich, auf dieser kurzen Distanz zu wenden, die Viecher brauchen doch sicher einen Bremsweg. Die erste Reiterin galoppiert an, sie hat ein Mordstempo drauf, das Pferd rauscht an mir vorbei. Ich gehe sicherheitshalber ein paar Schritte zurück, ich möchte nicht niedergetrampelt werden. Das erste Hindernis nimmt sie locker, beim zweiten verweigert das Pferd. Also zurück an den Start. Als nächste Reiterin kommt Ulrike. Auch sie rast im Mordskaracho auf mich zu. Sie blickt hochkonzentriert und nicht verängstigt. Ihre Wangen sind errötet und ihr Blick ist starr nach vorne gerichtet. Diese kleine Frau zwingt dem Pferd ihren Willen auf, sie überspringt beide Hindernisse, ohne sie umzuwerfen, auch die Wende gelingt ohne Hilfe der Stallburschen. Das Pferd war nicht ungehorsam, Ulrike blieb die Siegerin. Ich habe genug gesehen.

Die Arbeitswochen im Mai ziehen sich und Ulrike und ich tauschen Durchhalteparolen aus. Ulrike ist unterfordert und gelangweilt, seit sie die Reiternadelprüfung mit Auszeichnung geschafft hat, gleichzeitig aber gestresst, weil sie Ende Juni ohne Job dasteht und bis dahin einen neuen braucht. Zur Ablenkung beschließen wir auf einen Drink zu gehen, seit unserem ersten und einzigen Streit sind wir nicht mehr ausgegangen. Ulrike hat HBLA-Stammtisch, wo sie einige ihrer ehemaligen Schulkolleginnen trifft, ich bin mit Frank unterwegs, um einen Fragebogen zu entwerfen. Wir wollen uns nach unseren Terminen treffen. Ulrike schlägt vor, ins Einhorn zu gehen.

»Schon wieder das depperte Einhorn?«, frage ich. »Du weißt doch, wie peinlich ich mich aufgeführt habe bei Saskias Abschlussfeier, du hast selbst angeregt, diese Drecksbude nicht mehr aufzusuchen.«

»Eh, aber wenn du sagst, du willst dort nicht hin, dann gehe ich erst recht dort hin, ich lasse mir nichts vorschreiben. Da bin ich stur, außerdem ist es nur auf ein Getränk.«

Da hat sie Recht, aber diesmal werde ich nichts trinken. Dennoch habe ich ein komisches Gefühl. Warum macht sie das, wenn sie weiß, dass ich damit nicht gut umgehe? Will sie testen, ob das ein einmaliger, vom Alkohol ausgelöster Ausrutscher war?

Wir betreten also das Einhorn und niemand außer Nicole ist da. Seit unserem Kitzbühel-Besuch haben wir sie nicht mehr gesehen. Wir trinken friedlich ein Bier, und Ulrike liegt etwas am Herzen:

»Tito, du hast bald Geburtstag. Weißt was, ich hasse es, Überraschungen für Freunde auszusuchen. Kannst du mir nicht einfach mitteilen, was du willst?«

Ich grinse. »Und weißt du, dass ich es hasse, überrascht zu werden? Ich interessiere mich nur für Bücher und Musik, aber Musik kostet nichts mehr, bleiben nur mehr Bücher, ich schick dir eine Liste von Titeln.«

Ulrike lächelt. »Du bist mein perfekter Freund.«

Im Einhorn ist es langweilig, ich schlage einen Ortswechsel vor: »Ein Freund von mir, der produziert so Kundenzeitschriften, unter anderem das Nachhaltigkeitsmagazin ‚Biorama‘. Der hat mir geschrieben, weil er Gratiskarten für die Premiere des Ökofilms ‚Home‘ verlost. Magst du da spontan hingehen? Hier ist es langweilig«.

»Klar, aber nur, wenn das nicht wieder so ein peinlicher Film wie ‚Abendland‘ ist.«

»Das war jetzt aufgelegt«, lache ich sie an. »Deswegen schlage ich es dir vor. Ich will die Scharte von unserer zweiten Verabredung auswetzen.«

Die Premiere des Ökofilms läuft standesgemäß im Votivkino, Wiens alternative Ökologieszene hat sich zu einem ihrer Hochämter versammelt. Ich habe mit dem Rummel gerechnet, deshalb holen wir schon 30 Minuten vor Veranstaltungsbeginn die Karten ab. Eine kluge Entscheidung, denn zehn Minuten später staut sich die Warteschlange vor der Kasse bis hinter die Eingangstür. Wir gehen nach draußen Luft schnappen, und sie raucht eine Zigarette. Draußen treffen wir Holger, er ist der Organisator des Events und gleichzeitig Verleger. Wir machen ein bisschen Szenetratsch, ich stelle die beiden einander vor, und auch heute ist Ulrike distanziert. Medien und Kunstleute mag sie definitiv nicht, oder sie hat keinen blassen Schimmer, wovon wir sprechen. Warum ist sie so einsilbig? Holger ist kein typischer Bobo-Arsch. Wir haben nur ein bisschen über die hohen Steuern auf Tanzveranstaltungen geklagt, mit ein Grund, warum es in Wien keine funktionierende Clubkultur gibt. Oder findet sie es seltsam, dass ich überall wen kenne, egal wo wir hingehen. Im Möbelhaus, im Museum, in der Kneipe, vor der Kinokasse, immer begegneten wir bisher Menschen, die ich vom Sehen kenne und mit denen ich quatsche. Ulrike raucht fertig und wir betreten den Kinosaal. Die gesammelten Stereotypen und Abscheulichkeiten der Umweltbewegung haben sich eingefunden: Dreadlocks, Fusselbärte, sogar ein paar Barfußfetischisten entdecke ich. Ansonsten Jutetaschen, viele bunte Ohrringe und ein paar Botschaften-T-Shirts. Die älteren Frauen sind alle naturgrau, sie trotzen dem Jugendwahn. Auch viele Fettleibigkeitsaktivistinnen sind hier. Der Film wird sicher krass, denn der ganze ökologisch-sozialindustrielle Komplex der Wiener Betroffenheitsindustrie hat sich ja hier versammelt. »Home« reiht sich nahtlos in das Genre der Wunsch- und Warnfilme ein. Ökokatastrophenfilme sind ein echter Dividendenbringer. Der Film selbst bietet einige schöne Landschaftsmotive, hebt aber nicht unbedingt meine Laune. Wir westlichen Konsummenschen zerstören nachhaltig und unwiederbringlich unsere eigene Existenzgrundlage. Auch keine neue Botschaft seit dem Club of Rome, aber leider wahr. Ulrike gefällt der Film, dann gefällt er auch mir. Wir beschließen der anschließenden Fragerunde mit dem Regisseur Yann Arthus-Bertrand nicht mehr beizuwohnen, nachdem sein Appell schon zu Beginn unglaublich öde ist. Diesen paranoiden Ökowachteln bei ihrem Selbsthass zuzuhören, halten wir nicht aus. Mein ökologischer Fußabdruck ist nicht größer als der eines Kolibris. Ich mag mich nicht selbst hassen, ich bin gerade glücklich.

14

Fünf Tage Wahnsinn

Für die meisten Menschen ist der Alltag stumpf, stupide, öde und in seiner unerbittlichen Vorhersehbarkeit eine Qual. Alltag, ein Tag wie der andere. Ich mag den Alltag, ich mag es, wenn Dinge nach einem gewissen vorhersagbaren Schema passieren. Ich hasse Unvorhergesehenes, das Neue wird überbewertet und ist eine Erfindung der Moderne. Und die Moderne ist gescheitert, wie Atzgo von Fatigue immer singt. Der Alltag mit Ulrike ist klasse. Untertags schreiben wir uns kleine Liebesbotschaften und reißen Witze über das Wiener Rathaus. Leider ist bei mir gerade schmerzhaft wenig Alltag, schließlich muss ich eine Menge für den Umzug planen, koordinieren und erledigen. Bankkonten, Aktiendepots und diverse Ausweise müssen auf die neue Adresse umgeschrieben, ein Nachsendeauftrag für die Post eingerichtet werden. Ich packe meine Bücher und Kleidung in Kartons und überlege mir ernsthaft, künftig nicht doch ein elektronisches Buchlesegerät zu kaufen. Bücher sind schwer, über die Jahre haben sich hunderte angesammelt. Mehr als 15 Kartons brauche ich alleine für die Bücher. Komisch, denke ich mir, durch die Digitalisierung bekommen Bibliotheken einen musealen Mehrwert. Sie werden zunehmend von der zeitgenössischen Kunst als Sujet entdeckt. 90 Prozent aller Bücher werden nicht gelesen, für mich stimmt das nicht. Die meisten habe ich gelesen, und die anderen warten geduldig auf ihre Lektüre. Meine Bücher sind nicht Ausdruck meiner Persönlichkeit, aber die Buchseiten stemmen sich effizient gegen das Vergessen. Festplatten stürzen dauernd ab,

MP3-Sammlungen sind ein fragiles Gut. Da ist es doch besser, die Bücher von A nach B zu schleppen, dieser Umzug wird schließlich mein letzter sein.

Ich zerlege Regale in ihre Einzelteile, um sie fachgerecht zu entsorgen. Ich verabscheue handwerkliche Tätigkeiten. Die Ikea-Regale werfe ich weg. Die sind nur für das Leben als ständige Improvisation und permanente Umzüge entworfen worden. Ich bin kein heimatloser Nomade mehr, ich schlage Wurzeln. Kochtöpfe, Geschirr, Handtücher, Gläser und einen Großteil der Einrichtung werfe ich auch weg. Da Ulrike einen perfekt eingerichteten Haushalt hat, habe ich keine Verwendung mehr dafür. Ulrike empfiehlt mir weiters, meinen funktionstüchtigen Kühlschrank und meine Waschmaschine auf der Verkaufsplattform Willhaben zu verkaufen. Von der Existenz dieser Plattform erfahre ich erstmalig von ihr.

»Besser, deine Geräte dort um einen Bettel zu verkaufen, als die Dinger selber zu entsorgen. Du hast keinen Lift und drei Stockwerke ohne Aufzug zu schleppen nervt.«

Der Verkauf der elektronischen Geräte erledigt sich innerhalb weniger Stunden. Mehr als 50 Kaufinteressenten melden sich auf meine Anzeige. Diese Plattform ist genial. Vielleicht war ich beim Verkaufen zu nachgiebig, ich habe kein großes Händlertalent. Sind 80 Euro für einen Kühlschrank und eine Waschmaschine wenig oder viel? Die Dinger haben bestimmt sieben Jahre auf dem Buckel. Keine Ahnung wie lange die Lebensdauer moderner Haushaltsgeräte ist. Mein Käufer erkundigt sich nach den Örtlichkeiten bei mir, und nachdem er dritter Stock ohne Lift erfährt, druckt er den Verkaufspreis um weitere 30 Euro. 50 Euro für Kühlschrank und Waschmaschine finde ich in Ordnung, wenigstens muss ich nicht selbst schleppen. Verwunderlich finde ich allerdings seine Nachfrage, ob die Waschmaschine noch funktioniert. Warum sollte ich eine Kaputte verkaufen? Ich lasse nur meinen Haushalt auf und habe keine Verwendung mehr für die Geräte. Er ist beruhigt, merkt aber an, dass auf Verkaufsplattformen oft kaputte Waren verkauft werden.

Durch diesen ersten Verkaufserfolg erwacht mein Geschäftssinn. Ich besitze noch einen erst drei Jahre alten Außenwandofen den ich um 1.200 Euro erworben habe. Um 400 Euro sollte ich das gute Stück loswerden können. Meine Vermieterin bekundet Interesse. Sie schlägt mir vor, die restlichen Möbel sowie die Küche meiner alten Bude von einer Gruppe Polen entsorgen zu lassen, die sie von der Pfarrgemeinde kennt und dafür im Austausch den Ofen ihrem Sohn zu überlassen. Das klingt gut. So brauche ich die Einbaumöbel, den Schrank, den Esstisch sowie Dusche und Einbauküche nicht selbst zu entsorgen und das im Austausch für den Außenwandofen, den ich sowieso nie mehr brauche. Drei Tage später ruft die Vermieterin an. Das mit dem Ofenaustauch kann sie leider doch nicht machen, da in sanierten Wohnhäusern aus bestimmten gesetzlichen Vorschriften dieser Gerätetypus nicht mehr zugelassen ist. Sie ist traurig, da ihr Sohn ein neues, teureres Heizsystem einbauen muss, aber gegen diese Gesetzesänderung ist nichts zu machen. Bedauerlich, aber für solche Fälle gibt es die Verkaufsplattform Willhaben.

Ich schalte eine neue Anzeige, und wieder meldet sich innerhalb von 48 Stunden ein Interessent. Diese Plattform bringt Menschen zusammen. Ein Engländer, der mit alten Außenöfen handelt, kauft mir das Gerät um 380 Euro ab und wird es von einem Transporteur direkt beim Sohn der Vermieterin, bei dem das Gerät zwischengelagert ist, abholen lassen. Wenn ich ihm den Ofen reserviere, zahlt er mir zusätzlich 50

Euro Bonus. Ich schicke dem Engländer BIC und IBAN zur Überweisung, aber er will mit einem Scheck bezahlen. Soll mir Recht sein. Diese Engländer sind eben ein seltsames Völkchen, jeder kultiviert seinen eigenen Spleen. Dieser sammelt Außenöfen und zahlt im 21. Jahrhundert mit einem antiquierten Zahlungsmittel wie Schecks. Ich schicke ihm meine Wohnanschrift. Der erste Scheck kommt nicht an, weil die Post beim Nachsendeauftrag schlampt. Ich schreibe dem Engländer, er soll den Scheck noch einmal senden. Diesmal funktioniert alles. Der Scheck kommt per Post, ich gehe zur Bank, und vier Tage später ist das Geld auf meinem Konto.

Wenn nur der Rest des Umzuges so stressfrei verliefe... Frank hat mir die Bücherkisten verpackt und sie zu Ulrike gefahren. Er hat mir angeboten, bei ihm zu wohnen, falls mich das Zusammenwohnen mit Ulrike emotional überfordern sollte. Schon der erste Teil des Umzugs war ganz schön anstrengend. Geschirr und Hausrat entsorgen Frank und ich gewissenhaft auf der Problemstoffsammelstelle. Allmählich werde ich der ökologisch korrekte Bürger, auf den Ulrike stolz sein kann. Nach dem Schleppen lade ich Frank auf das obligatorische Dankesbierchen ein. Körperliche Arbeit bringt mir gesunden Schlaf.

In wenigen Tagen werde ich offizieller Mieter bei Ulrike sein. Als Einstandsgeschenk und weil Ulrike meine Ikea-Bücherregale als nicht angemessen für ihr Königreich empfindet, werden wir am Donnerstag unsere ersten drei gemeinsamen Möbelstücke kaufen, stilgerecht bei Interio. Neben der Regalserie Angolo und einem formschönen 2,50 Meter langen Kleiderschrank aus der Serie Milo, der ausreichend Platz für zwei Kleidersammlungen bietet, werden wir Ulrikes Glanzstück, den Echtholztisch Ikarus erwerben. Dieser Tisch misst zwei Meter und wird nach Ulrikes Plan der Lebensmittelpunkt unserer Wohnung werden. Ich bin froh, dass ich ihr die Kaufentscheidung überantwortet habe. Nicht umsonst sind Inneneinrichtung und generell Architektur Domänen der modernen Frau. Ein Echtholztisch ist für Ulrike das Um und Auf einer gemütlichen Wohnung. Ein solcher Tisch muss atmen und sich entwickeln, mit dem Raum und den Menschen altern. Ein Spanplattentisch kommt für sie nicht in Frage.

An den Abenden liest und blättert sie trotz des Verkaufsentschlusses weiterhin in den Möbelhauskatalogen, ob sie nicht doch noch bessere und formschönere Alternativen erspäht. Ich ernenne sie zu unserer Chefeinkäuferin. Sie hat ein gutes Auge und ein Händchen für den besten Preis. Ulrike plant schon weitere Ankäufe für die restlichen Räume unserer Wohnung. Sie steht öfters auf, nimmt eine Wasserwaage und einen Meterstab in die Hand und vermisst Flächen und Winkel in der Wohnung. Ihr Vater hätte sie mehr unterstützen müssen, sie ist handwerklich unglaublich geschickt. Überhaupt zeigt Ulrike oft männliche Verhaltensweisen, während ich wie eine Frau denke und fühle. Ich verachte handwerkliche Arbeiten und attestiere mir selbst null technische Intelligenz. Zumindest vermute ich das, bisher habe ich nie an Heimwerkerkursen teilgenommen. Für die Zukunft kann ich mir selbst das vorstellen. Macht sicherlich Freude, mit meiner handwerklich begabten Freundin unsere Wohnung ständig zu verschönern. Dann brauchen wir das Haus nie mehr zu verlassen. Morgen werden wir uns die ausgesuchten Möbel endlich in echt anschauen. Und ausnahmsweise werde ich mal wieder in meiner alten Bude schlafen.

Der Arbeitstag in der Firma zieht sich extrem, es ist ein Tollhaus. Eigentlich beliefere ich die zwei Präsidenten nicht mit Inhalten, sondern bin mehr ihr persönlicher Unterhalter, Pausenclown und Choreograph ihrer Launen. Oder ihr Altenbetreuer, je nach Betrachtungsweise. Die beiden sind Angehörige der goldenen Generation und sind gewohnt, nicht nach System, Jahresetats oder Regeln des Projektmanagements zu arbeiten. Sie entscheiden nach Gutdünken oder der Inspiration durch das vortägliche Fernsehprogramm. Unlängst musste ich dem Präsidenten Intelligenztests ausheben, weil er auf irgendeinem Privatsender die wahnwitzige These gehört hatte, wonach Menschen der nördlichen Hemisphäre intelligenter als Bewohner der südlichen Länder seien. Auch die Lektüre von Zeitungen oder lange Wochenenden sind brandgefährlich. Wenn sich der Präsident mit seiner Frau zofft, sucht er öffentliche Anerkennung und flüchtet sich in seine ehrenamtliche Präsidententätigkeit. Bei dieser findet er Wertschätzung und Bestätigung. Gestern sah der Präsident einen 3sat-Themenabend. Dadurch reift in ihm die Idee, dass ich ihm ein Briefing-Papier zu den sozialen Sicherungssystemen in Europa erstellen soll. Außerdem drängt er an das Licht der Öffentlichkeit. Ich soll für ihn einen Artikel zum Thema Sicherheit verfassen. Zeitungen verkaufen gerne Textstrecken für Gratisinhalte. Sie bekommen Inhalte, und die Schreiber sehen ihr Foto in der Zeitung. Leute wie ich haben die zweifelhafte Ehre, Inhalte für diese Seiten zu erstellen. Für den Vizedirektor muss ich überdies eine neue Veranstaltungsreihe konzipieren.

Mein zweiter Präsident beklagt unsere mangelnde Bekanntheit und will einen Journalistenpreis ausloben. Eine glänzende Idee, schließlich gibt es am winzig kleinen österreichischen Markt erst sechs solcher Preise, wie ich bei einer kurzen Recherche feststelle. Auf einen siebenten wartet die Öffentlichkeit sicherlich gebannt. Auch die laufende Buchproduktion zieht sich, die Herausgeberschaft ändert sich zum dritten Mal und die Buchpräsentation muss verschoben werden. Grafiker, Lektor und Druckerei werden mit besonnenen Worten beruhigt, und zwischendurch ist der wöchentliche Newsletter fertigzustellen. Außerdem läutet dauernd das Telefon und ich muss Beschwerdemails beantworten, da die letztwöchige Abendveranstaltung zum Thema Vorteile der EU nicht angemessen die aktuelle Stimmung des Publikums wiedergab.

Zudem habe ich seit längerem keinen Assistenten mehr und meine neue Kollegin Sabrina ist alleinerziehende Mutter und nach sieben Jahren Babypause extrem unsicher. Sabrina absolviert ihre Probezeit und muss eingelernt werden. Mindestens 20-mal pro Tag ruft sie mich an und erkundigt sich nach Arbeitsabläufen. Mein Tageshöhepunkt besteht in der Vorbereitung einer Präsidiumssitzung. Wie schafft es der durchschnittliche Angestellte, 45 Jahre durchzuhalten, ohne durchzudrehen? Meine älteren Kollegen sind entweder depressiv, auf Tabletten, haben resigniert oder saufen sich am Abend ihre Existenz schön. Durch meine Beziehung habe ich die Sinnlosigkeit meines Broterwerbs verdrängt. Heute bricht die Sinnfrage mit aller Gewalt wieder durch. Diese beiden Deppen, die sich Präsidenten schimpfen, aber unfähig sind, eine E-Mail zu schreiben und einen deutschen Satz zu formulieren, haben die österreichische Politik- und Medienbranche aktiv mitverdorben. Sie haben enorme Budgets verbraten und sinnlose Dinge verbrochen, ohne je dafür zur Rechenschaft gezogen worden zu sein. Weil wir die Zeche für die Versäumnisse der Vergangenheit zahlen, komme ich zum Handkuss. Mit der Hälfte des Budgets und der Hälfte der Belegschaft muss ich 20 Prozent mehr Auslastung erzielen als meine Vorgänger. Die Vorgaben sind unerbittlich und nicht verhandelbar. Die goldene Nachkriegszeit ist nicht mal mehr ein entferntes Echo. Leider sind die beiden damals sozialisiert worden und arbeiten nach dieser Logik. Für Umlernen sind sie zu alt. Dieser Druck, gepaart mit dem Wissen, wieviel Geld für sinnlose Projekte versemmelt wird, nagt an meinem Selbstwertgefühl.

Ich muss Ulrike reinen Wein einschenken. Ich könnte wieder als freier Texter wie früher arbeiten. Mehr als 1.000 Euro brauche ich nicht zum Leben. Wie konnte ich nur so tief sinken? Privat bin ich vielleicht ein netter Kerl, aber was für ein erbärmlicher Charakter muss ich sein, freiwillig in diesem Irrenhaus zu arbeiten? Wie gerne erzählte ich ihr meinen Hass und meinen Ekel. Aus Rücksicht auf ihre prekäre Situation muss ich das verschieben. Ich muss stark sein. Schließlich arbeitet sie nur Teilzeit und sucht verzweifelt einen Job, meine Wehwehchen wie der pflegliche Umgang mit weißen Elefanten und deren Vergesslichkeit kommen ihr sicher wie degenerierte Luxusprobleme vor. Im Prinzip sind die Alten in Ordnung. Sie wehren sich gegen ihre Bedeutungslosigkeit und spielen noch die unersetzlichen Wutsenioren, bevor sie abtreten. Sie hatten Macht, und spielen in ihrer Pension nun Frühstücksdirektoren. Ich mag sie sogar. Heute spielen aber alle verrückt, heute muss Vollmond sein, oder gibt es wieder Neuwahlalarm? Ich muss schon wieder zum Präsidenten runter. Er will, dass ich einen Text, den ich gestern nach seinen Vorgaben redigiert habe, erneut überarbeite. Er hat vergessen, was er gestern korrigiert hat. Das passiert ihm häufig. Manchmal schreibe ich Veranstaltungstexte bis zu siebenmal um, weil er von einem Tag auf den anderen vergisst, was er gestern entschieden hat.

Ich übe mich in Gleichmut und Bescheidenheit, aber das Verdrängte lässt sich nicht länger unterdrücken. Es kommt hoch, nicht in Form von Aggression, sondern subtiler und grausamer in Selbstzerstörung durch Schlaflosigkeit. Seit ich mit Ulrike zusammen bin, hat sich mein Schlafrhythmus halbwegs normalisiert, kein Wunder, zärtliche Umarmungen und ihr unersättlicher, gleichwohl unschuldiger Sextrieb lassen mich allabendlich erschöpft und zufrieden ins Bett fallen. Ich erzähle Ulrike öfters von meinen chronischen Schlafstörungen. Sie nimmt das nicht sonderlich ernst, sie verfügt über einen tiefen, gesunden Schlaf.

Gegen sieben krieche ich nach Hause, ich freue mich auf mein Bett. Bis auf die restlichen Umzugskisten steht in der Wohnung nur noch das Hochbett. Ich ertrage dieses Drecksloch, diese Baustelle, die auf den Abriss wartet, nicht mehr und gehe auf eine Entspannungsrunde in den Augarten. Dann lege ich mich schlafen. Fernsehen und Lesen sind mir zu anstrengend, mein Kopf ist voll mit nichtigen Informationen. Ich brauche Ruhe, ich will nicht denken. Es wird zehn, es wird elf, es wird zwölf. Ich schaue auf den Wecker und spüre, wie ich munterer werde. Ich denke an die Arbeiten, die ich morgen zu erledigen habe. Ich schiebe mir zwei Calmaben ein. Ich renne runter zu meinem Schreibtisch und gehe Termine durch. Ich schreibe in meinen Notizblock, wen ich unbedingt anrufen muss und welche Telefonate ich verschieben kann. Ich schlucke vier Baldriankapseln. Ein Placebo, schließlich habe ich seit langem eine extrem hohe Baldrianresistenz entwickelt. Ich esse den Baldrian und spüre, wie ich wacher werde. Ich schlurfe runter zum Wasserkocher und trinke einen Wellnessentspannungstee. Ich bin endgültig putzmunter. Das einzige, was mich einschlafen ließe, wäre eine Nummer mit Ulrike. Ich denke an Sex mit Ulrike, das erregt mich, und an den morgigen Möbelkauf. Ich stelle mir ihre Freude vor, wenn sie den Echtholznusstisch sieht und zärtlich über seine Oberfläche wischt. Ich starre an die Decke. Drei Offerte sind nachzuverhandeln, und der Abgabetermin für zwei weitere Dossiers lässt sich nicht weiter verschieben. Wenn ich nicht sofort einschlafe, bin ich nicht fit genug, um diese Aufgaben zu meistern. Ich kann dann morgen nicht aufstehen. Mit Zwang geht nichts, erst recht nicht einschlafen. Loslassen ist das Motto. Der Schlaf kommt, wenn der Geist ruhig wird. Mein Geist ist nicht ruhig, er schlägt Purzelbäume. Vielleicht werde ich müde, wenn ich onaniere. Ach ja, ich wichse nicht, wenn ich eine Freundin habe. Wäre die reinste Samenverschwendung. Wieder schaue ich auf die Uhr. Fuck, es ist Viertel nach drei, das sind nur noch kümmerliche viereinhalb Stunden, bis ich wieder raus muss. Vier Stunden sind das absolute Minimum. Früher hatte ich nie Probleme mit dem Einschlafen, da habe ich acht bis neun Stunden durchgepennt, an Samstagen und Sonntagen sogar problemlos bis elf. Das funktioniert seit Jahren nicht mehr. Ich wache exakt jeden Tag um acht auf, tagsüber schlafen geht sowieso nicht. Ich könnte ein bisschen Schattenboxen oder vielleicht doch onanieren, um zu entspannen. Ich habe kein Bock auf Wichsen. Meine Gedanken sind wirr, mein Gehirn dumpf.

Was ruiniert mich bloß so? Warum lasse ich mir ständig die Idiotien der Präsidenten gefallen? Ich bin ein Opfer. Warum teile ich den Herren Präsidenten nicht entschieden mit, dass meine Belastungsgrenze längst überschritten ist? Ich hatte Ideale und wollte die politische Landschaft Österreichs verändern. Aktuell besteht mein einziger Ehrgeiz darin, den nächsten Gehaltssprung zu erleben. Noch 30 Jahre halte ich das nicht durch, ich lasse mich zum Installateur umschulen. Installateure werden immer gebraucht, und im Unterschied zu meinen Tätigkeiten müssen die nicht schleimen. Angeblich sind das die Handwerker mit dem höchsten Stundensatz. Sie verrechnen 120 Euro pro Stunde, diese Götter. Das bekomme ich für eine Buchrezension. Das Schreiben ist den Leuten nichts mehr wert. Wenn das Abflussrohr verstopft ist, sind alle Menschen aufrichtig froh und erleichtert, wenn man zu ihnen fährt und ihnen hilft. Niemand erstickt gerne in seiner eigenen Scheiße. Wie ich dieses Antichambrieren verachte.

Wenn ich mich weiter in diese Selbstgeißelungen reinsteigere, schlafe ich nie ein. Ich muss positiv denken. Ich verdiene 2.000 Euro mehr als der durchschnittliche österreichische Lohnarbeiter, ich stehe nicht an einem Fließband oder als Kassiererin in einem Supermarkt. Ich bin nicht drogenabhängig, und meine Eltern haben mich nie missbraucht. Es gibt also eine ganze Menge, auf dem ich aufbauen kann. Vielleicht bin ich einfach ein weinerlicher, mittelalter Sack. Warum schlafe ich nicht ein? Meine Schlaflosigkeit hat doch nichts mit meinem Beruf zu tun und hat organische Ursachen. Ich werde krank, oder bin ich schon krank? Ich sollte zum Arzt gehen. Doch bei dem war ich schon, bei der Vorsorgeuntersuchung war ich kerngesund. Ich konnte es nicht glauben, nach dem jahrelangen Kantinenfraß und den ungeheuren Mengen an billigen gesättigten Fettsäuren, die sie uns dort verabreichen, um Kosten zu minimieren. Dieser billige Metro-Mist verstopft mir die Arterien. Der Arzt ist davon überzeugt, dass von Schlafmangel niemand stirbt. Sterben nicht, aber langsam irre werden. Dieser Arzt ist ein Kurpfuscher und Bader, ich sollte mir einen anderen suchen. Mit Schlafen wird es nichts mehr, es ist schon Viertel nach fünf. Ich stehe auf und lege mich auf den Boden der leeren Wohnung, ich nehme ein Buch zur Hand und simuliere Lesetätigkeit. Die Buchstaben verschwimmen, ich habe keine Kraft zu lesen. Bücher enthalten noch mehr Informationen, noch mehr Aufgaben, noch mehr Fremdgedachtes. Also starre ich in die Luft. In die Luft starren ist das Angenehmste in meiner Situation. Es wird langsam hell, draußen zwitschert ein Vogel. Der Arsch hat es gut, der trällert fröhlich herum, weil er die ganze Nacht friedlich in seinem Nest geschlafen hat. Er befindet sich im Einklang mit der Natur und seiner Umwelt.

Ich kann sicher nicht mehr schlafen, ich fahre einfach sofort ins Büro. Beginne ich also um halb sieben mit meinem Tagwerk, ich habe Gleitzeit. So wirke ich wie ein ausgelasteter PR-Profi, der in Stoßzeiten als verantwortungsbewusster Arbeitnehmer Überstunden schiebt, um seinem Arbeitgeber bestmöglich zu dienen. Ein Held der Arbeit, ein Kollege, auf den man sich in guten wie in schlechten Zeiten verlassen kann. Ein Arbeitnehmer mit protestantischem und japanischem Arbeitsethos. Wenn ich mir zwei Espresso reinkippe und zur Belohnung ein feines Nussbeugerl gönne, überlebe ich den Tag. Garantiert. Solche Nächte hatte ich im letzten halben Jahr sicher 20-mal, die Erfahrung der vergangenen Scheißnacht ist für mich nichts Neues. Ich kann mich damit arrangieren. Leben im Büro, schlafen kann ich, wenn ich tot bin. Ich gehe ins Bad und schaue in den Spiegel. Dieses Gesicht kann unmöglich meines sein. Die Poren sind riesig und meine Augen blutunterlaufen, über sie breitet sich ein Schleimschleier aus. Ich schaue kranker aus, als wenn ich drei Nacht lang gesoffen hätte. Ich könnte mich krankschreiben lassen, ich gehe nie in Krankenstand. Das geht aber leider nicht, ich muss die beiden Papiere abgeben.

Abgabetermine sind nicht der wahre Grund. Ulrike geht heute mit mir Möbel kaufen. Wenn ich gestern nicht gepennt habe, werde ich bald in den Armen meiner Liebsten garantiert gut einschlafen. Das ist ein Hoffnungsschimmer. Ich darf sie bloß nicht volljammern, und ihr nicht sagen, dass ich schon wieder nicht geschlafen habe. Schließlich freut sie sich auf ihren Vollholznusstisch, das Modell Ikarus wird ihr Flügel verleihen, und wenn ich bei ihr bin, denke ich normalerweise nicht mehr an meine Arbeit. Sie übt eben einen guten Einfluss auf mich aus. Ich lese nicht mal mehr Zeitungen. Macht sie auch nicht, und geht es ihr ab? Wie überlebe ich nur den Tag?

In der Straßenbahn und in der U-Bahn sehe ich meine Leidensgenossen, aber die sind alle noch schläfrig und hängen ihren Träumen nach. Ich beneide sie um ihre langsame Aufwachphase, die haben alle zweifellos tief und fest geschlafen. Ich bin hellwach. Ich muss mir Südstaaten-Rap anhören, sonst halte ich das nicht durch. Quit acting hoe and walking like that chick Naomi. Chevy ridin' high. Ich cruise mit der U-Bahn ins Büro im 14. Bezirk, gemeinsam mit meinen Ghetto-Brüdern. Wir sind Kämpfer, ihr im Block, ich im System. Ich bin der Pimp-Legionär und reite zur Arbeit. Als ich bei der Stechuhr einchecke ist es 6.45 Uhr, mein neuer, persönlicher Rekord. Stolz bin ich nicht.

Ein Hausarbeiter begrüßt mich erstaunt: »Bei dir wird es auch immer früher.«

»Weißt eh, die verdammte altersbedingte Bettflucht.« Besonders lustig bin ich auch nicht, wenn ich müde bin.

Ich stecke die Kaffeemaschine an und lasse mir einen Espresso ein. Seit der verfickten George-Clooney-Werbung hat der weibliche Betriebsrat auf einer Nespresso-Maschine bestanden. Diese Plörre ist nicht zum Saufen. Ich brauche Koffein, selbst wenn der Kaffee ungenießbar ist. Erst mal die E-Mails checken und die Ablage abarbeiten, hoffentlich ruft mich kein Gestörter an, der am politischen System Österreichs verzweifelt. Wenn ich wieder Hassmails bekomme, werde ich dem Absender antworten, er soll seine Fresse halten. Hoffentlich hatte der Präsident keinen Stress mit seiner Frau, dann lässt er mich in Ruhe. Heute bleibt sicher alles ruhig, so irre wie gestern kann es nicht werden. Es gibt schließlich das Gesetz der Serie. Hoffentlich bekomme ich alle Angebote. Ich muss nur noch ein paar Stunden Arbeit simulieren und durchhalten. Diesen Tagdienst biege ich noch locker herum. Alles bleibt ruhig. Ich surfe planlos im Netz, Eurokrise, Flüchtlingskrise, Rettungsschirme und Kredite für Griechenland begleiten mich auch schon ewig.

Um Viertel nach drei checke ich aus und fahre zum Karlsplatz. Wir haben uns vor der Oper verabredet. Ulrike ruft mich an, sie fragt, wo ich bin. Ich erwidere, wo wir ausgemacht haben. Sie ist da, ich bin da, aber wir sehen einander nicht. Ich rufe sie nochmal an, ich hasse Handys. Wir telefonieren wieder, ich lege auf, noch immer sehe ich sie nicht. Ich rufe sie nochmal an. Endlich sehe ich sie, das ist nicht dort, wo wir ausgemacht haben. Vor und nicht gegenüber der Oper. Egal, ich gehe ihr entgegen und küsse sie.

Ich bin gereizt. Ich bin gehetzt, ich eile über den Ring, ich habe keine Nerven zum Einkaufen. Wir erreichen die Ringstraßengalerien und betreten den Interio. Wir schauen uns eine Weile um und suchen einen Fachverkäufer. Keiner ist da. Die verstecken sich geradezu vor uns.

»Warte mal, ich gehe zur Kassa jemanden holen.«

Dort erklärt man mir, die Fachverkäuferin mache gerade Pause. Es ist halb fünf, da können doch nicht alle rasten. Wir sollen warten, in einer Viertelstunde wird jemand kommen. Also warten wir und schauen die Kästen noch länger an. Endlich schleppt sich eine Verkäuferin heran. Eine unmotivierte Person. Ulrike hat den Katalog sorgfältig studiert und stellt ausgewählte, wohlüberlegte Fragen. Die Fachverkäuferin kennt ihre eigenen Produkte nicht, sie gibt entweder ausweichende oder keine Antworten. Wir sind hier in der Innenstadt und nicht in der Lugner-City. Warum kennt diese Dame ihre eigenen Waren nicht? Wir stellen uns zuerst ein Regalsystem zusammen, dann einen Kleiderschrank. Ulrike bestimmt Wandfarben und Einlegeelemente. Das dauert alles ewig, diese Modulsysteme sind total umständlich. Immer wieder schaut die Verkäuferin nach, ob Teile lagernd sind. Sie baut das System blöde zusammen, Ulrike korrigiert sie ständig. Jetzt kommen wir zur Krönung. Zum Echtholztisch Ikarus. Wenig überraschend befindet sich der Tisch nicht unter den Ausstellungsexponaten, wir müssen uns mit der Ansicht eines ähnlichen Modells begnügen. Ich bin unausgeschlafen, wir sind seit einer Stunde im blöden Interio, wir haben Sachen vermessen, und ich bin unvorsichtig.

»Danke, wir haben uns das alles angesehen. Wir kommen dann am Montag wieder und kaufen alles.«

»Ich dachte mir, wir haben das schon gemeinsam entschieden.«

»Eh, aber nach dem Anschauen will ich drüber schlafen. Bei einem so teuren Tisch will ich sicher sein, dass er dir auch noch in zwei Monaten gefällt.«

Die Verkäuferin grinst, Ulrike grinst nicht und verstummt. Ulrike geht zum Ausgang.

Ich verabschiede mich von der Verkäuferin: »Wir überlegen uns das in Ruhe und kommen am Montag wieder.«

Wir gehen wortlos zur Straßenbahn. Wir fahren den Ring entlang und wechseln die Straßenbahnlinie. Wir steigen in den 43er ein, und Ulrike spricht noch immer nichts. Wir steigen aus und gehen zum Billa. Ulrike kauft wortlos Sachen ein, ich nehme auch ein paar Sachen mit. Wir zahlen getrennt. Das haben wir noch nie gemacht. Wir gehen nach Hause.

Ulrike sperrt die Türe auf und schimpft los: »Das geht mir extrem auf den Sack. Was soll der Scheiß? ‚Überleg dir bitte, ob dir der Tisch auch noch in zwei Monaten gefällt.‘ Ich bin doch kein kleines Kind. Das ist so bescheuert von dir. Hier der potente Mann mit Geld, hier die dankbare, unterwürfige Frau. Das ist mir sowas von zuwider.«

Damit hab ich nicht gerechnet, ich schau mir Dinge immer einmal an, schlafe darüber und kaufe sie erst dann. Das ist mein normales Kaufverhalten. So versuche ich Fehlkäufe durch meinen Sofortkaufimpuls zu vermeiden. An Ulrike hatte ich bei der Aussage nicht gedacht. Ist doch keine große Sache. Ich habe mindestens 34 Stunden nicht geschlafen. Sie ist sauer. Ich versuche zu erklären, dass ich es nicht böse gemeint habe und einfach müde bin, weil ich nicht geschlafen habe. Ich bin zu müde zum Diskutieren und da ich nichts getrunken habe, bin ich nicht streitlustig. Ich will nur fernsehschlafen. Das wird wohl nichts.

»Es ist besser, wenn du morgen zu Hause bei dir schläfst. Mir wird das alles zu viel. Ich geh morgen mit meiner Freundin Schlagzeug spielen und mit ihr in den Proberaum ein paar Dosenbiere trinken.«

Okay, wenn sie meint. Mir ist alles recht. Wenn ich neben ihr einschlafen darf, ist meine Schlaflosigkeit vorbei. Morgen ist ein neuer Tag und ich ein ausgeruhter Mensch. Und am Montag gehe ich zum Interio und kaufe die Möbel. Plötzlich will Ulrike den Nusstisch nicht mehr. Ich will den Nusstisch kaufen, sie nicht. Ich vertrete ihre Position, aber die vertritt sie jetzt nicht mehr. Das führt zu nichts. Lieber schauen wir ein bisschen Fernsehen, das bringt uns auf andere Gedanken.

»Freitag ist, endlich Wochenende«, schleudere ich im Büro unserer Reinigungsfachkraft Marina entgegen. Sie ist ebenfalls bester Laune.

»Gott sei Dank, um spätestens drei bin ich aus dieser Drecksbude weg.«

Das ist unser Running Gag jeden Freitag. Marina ist der Trumpf des Hauses, sie entlockt mir immer ein Grinsen. Ich bin beunruhigt. Was hat Ulrike gestern beim Einkaufen so auf die Palme gebracht? Sie hatte einen verächtlichen Blick, fast wie Salome. Hoffentlich fordert sie nicht meinen Kopf. Ich wusste bislang nicht, dass sie so böse schauen kann. Dann schlafe ich heute in meiner leergeräumten Bude, kein Problem, und bis morgen renkt sich das wieder ein. Ich arbeite ruhig vor mich hin und beschließe, um 16.00 Uhr die Arbeitswoche zu beenden. Ich mache mich auf den Heimweg und gehe noch etwas spazieren. Um acht lege ich mich ins Bett, ich bin hundemüde, als Ulrike plötzlich anruft. Komisch, sie wollte doch mit ihrer Freundin trommeln und Biere trinken und sich erst morgen melden. Ich hebe ab.

»Du, ich habe keinen Bock auf Trommeln. Wie läuft es denn bei dir so?«, fragt sie.

»Ganz in Ordnung, die Wohnung ist leer und ich freue mich aufs Bett.«

»Ich hätte gerne, dass du zu mir kommst.«

»Wann soll ich kommen?«

»Wann kannst du denn kommen?«

»Ich bin in einer halben Stunde bei dir.«

Ich schnappe ein paar Sachen und überlege mir, ob ich nicht ein Taxi nehme, drei Öffi-Fahrten pro Tag zehren an der Substanz. Aber dann hüpfe ich aber doch noch in die nächste U-Bahn. Sonst brauche ich womöglich mehr als 800 Euro in diesem Monat. Nach der zweiten Station ruft Ulrike erneut an, ich soll ihr eine Packung Zigaretten mitnehmen.

Ulrike ist müde und will nur auf der Couch rumkugeln. Sie ist noch immer nicht gut drauf. Um halb elf fallen ihr die Augen zu.

»Du siehst so süß aus, wenn du einschläfst. Du bist zu müde, um noch zu gehen. Ich trage dich ins Bett.«

Sie streckt mir ihre Arme entgegen und ich hebe sie auf. Ich könnte locker zwei Ulrikes tragen. Ich gehe mit ihr im Arm durch die Tür, als sie aufschreit:

»Scheiße, verdammt, auaaaaaaaaaaaaa!«

Ich war übereifrig. Statt durch die Tür zu gehen, bin ich gegen die Türkante gedonnert. Ich habe ihren Ellenbogen, besser gesagt, ihr narrisches Bein, mit vollem Tempo dagegen gewuchtet. Wie einen Rammbock. Sie reißt sich von mir los und steht auf den eigenen Beinen.

Sie schleppt sich ins Bett und wimmert: »Verdammt, das tut brutal weh. Ich halt's nicht aus. Ich halt's nicht aus.«

Sie krümmt sich vor Schmerzen und deckt sich zu. So patschert kann nur ich sein. Ich will meine Freundin ins Bett tragen, weil sie müde ist, und ramme sie gegen den Türpfosten. Sie wird sich nie mehr von mir tragen lassen.

Auch nach dem kleinen Unfall verweigert Ulrike den Nusstisch Ikarus noch immer und will den Vormittag nutzen, um nach einer preiswerteren Alternative zu suchen.

»Bei mir in der Nähe ist gleich ein Mömax, lass uns dort mal hinschauen, vielleicht finden wir dort ein Schnäppchen.«

Wir beschließen, gleich shoppen zu gehen und nachher für das ganze Wochenende einzukaufen. So ersparen wir uns eine Wegstrecke. In Einrichtungshäusern hat Ulrike ein anderes Zeitgefühl als ich. Nach zwei Stunden Mömax bekomme ich Hunger und dränge zum Aufbruch. Ich bin einsilbig und begeistere mich nicht mehr für die unterschiedlichen Farben von Eierbechern. Wir haben auf nüchternen Magen Tische, Decken, Teller, Becher und Sideboards angesehen. Ulrike ist überzeugt, dass ihr der namenlose Mömax-Vollholztisch für 499 Euro die gleichen treuen Dienste erweisen wird wie das Interio-Modell um 1.400 Euro. Ich bin mittlerweile zum glühenden Fürsprecher des Modells Ikarus geworden. Ich zähle Vorteile des teureren Tisches und Nachteile des billigeren auf. Design, Holzqualität, Faserung, Verarbeitung, Farbe, alles spricht für den Nusstisch. Ulrike selbst hat mehrmals bei der Besichtigung auf kleine Sprünge an der Oberfläche des Mömax-Vollholztisches hingewiesen. An Ulrike prallen meine Argumente ab. Sie will gleich den Tisch kaufen und holt sich einen Verkäufer. Mit größter Mühe kann ich sie überzeugen, sich das doch noch einmal zu überlegen. Sie ist wohl doch eine Impulskäuferin. Ulrike ist unruhig und will irgendetwas kaufen. Wir schauen Sideboards an, weil ihre Küche für alle unsere gemeinsamen Küchengeräte, Woks, Bratpfannen und Mixgeräte zu klein ist. Die Suche nach einem geeigneten Sideboard gestaltet sich überraschenderweise als die schwierigste. Wir begutachten 15 Sideboards, alle sind grottenhässlich. Einige Töpfe müssen folglich noch eine Weile am Boden zwischengelagert bleiben. Ihr Jagdinstinkt ist noch lange nicht gestillt, sie will wenigstens ein paar Gläser und kleine Tischdecken kaufen. Mein Gang verlangsamt sich, sie geht vor und zurück, ich bleibe stehen.

»Auf nüchternen Magen in ein Einrichtungshaus zu gehen, packe ich nicht, ich bin unterzuckert. Es war ein Fehler, nicht zuerst zu frühstücken. Wenn ich einen vollen Magen habe, geht das sicherlich, aber ich bin noch immer ein blutiger Anfänger. Bis vor vier Wochen war ich noch nie in einem Möbelhaus, mittlerweile kann ich sogar schon die Markennamen der einzelnen Anbieter voneinander unterscheiden. Kein schlechter Fortschritt, oder?«

Ich besitze nicht ihre Aufmerksamkeitsspanne, die verschiedenen Waren verschmelzen zu einer formlosen Masse, im Prinzip ist das alles hässlicher Tand. Die Namen der Produktkategorien haben sich hirntote Texter einfallen lassen. Ich schweige und schaue gleichmütig. Mit dieser Taktik vermeide ich einen durch Zuckersturz herbeigeführten Streit im Möbelhaus.

Beim Heimgehen kaufe ich mir am Würstelstand zwei Leberkäsesemmeln und schlinge sie runter. Das Fett beruhigt mich. Die neuerlich gescheiterte Einkaufstour verärgert Ulrike. Sie stänkert, weil ich meine Straßenschuhe nicht im Vorraum ausziehe und das Leitungswasser zu lange laufen lasse. Sie führt einen Stellvertreterkrieg. Wir beide wissen, es ist die nicht gelöste Tischdiskussion.

Ulrike fängt an wegen Nicole zu lästern: »Ich hab eine eiserne Regel. Verabrede dich nie mit Männern, die Nicole gut finden. Und du warst mal mit ihr weg, also findest du sie gut.«

Mir reicht es langsam. »Na, aber dann hast du deine eigene Regel selber zweimal gebrochen. Du warst mit Atzgo zusammen und hast mit OJ rumgemacht.« Ein perfekter Konter.

Ulrike schäumt, sie springt auf. »Du bist so ein Schwein!«

Sie geht ins Schlafzimmer und schmollt. Ich hole Ulrike aus ihrem Zimmer zurück.

»Das geht seit Donnerstag so. Etwas stört dich. Wir schieben beide Panik, ab jetzt alternativlos zusammenzuleben. Täglich ziehen tausende Paare zusammen, das ist keine Großtat. Deine Schwester ist zu ihrem Freund gezogen. Ständig ziehen

Leute zusammen. Und es klappt. Und wenn es nicht klappt, ziehen wir wieder auseinander. Das ist nicht für die Ewigkeit. Wir tun beide so, als wäre der 1. Juni der Auftakt zum Dreißigjährigen Krieg.«

»Nein, das ist es nicht, wir sind einfach zu viel zusammen. Wir vernachlässigen total unsere Bekannten und Freunde. Wir gehen zusammen aus, du begleitest mich zur Arbeit, du schleppst für mich Koffer. Das finde ich zwar schön, aber ich war eine total unabhängige Person, seit ich denken kann. Ich kann alleine für mich sorgen.«

»Das weiß ich ja«, sage ich, »ich will nur nett zu dir sein.«

»Dann stänkere nicht herum wegen meiner vergangenen Männergeschichten. Das tue ich doch auch nicht bei dir. Mir ist vollkommen egal, mit welchen Tussis du herumgevögelt hast. Du schweigst in diesem Punkt immer. Du hast sicher mehr rumgemacht als ich.«

Wenn sie will, erzähle ich ihr eben von meinen Beziehungen. Dann herrscht Waffengleichheit.

»Ich habe mit 25 oder 30 Frauen geschlafen. So genau weiß ich das nicht, ich führe keine Liste.«

»Das sind viel mehr als bei mir und du regst dich dauernd bei mir auf«, meint sie.

»Das ist was Anderes. Ich will, dass du nur mit zwei Männern Sex hattest, 25 bei mir sind kein Problem. Mir wäre es lieber gewesen, ich hätte nur mit Esther und dir Sex gehabt. Auf den Rest kann ich getrost verzichten.« Dieses Argument überzeugt sie nicht.

»Du spinnst. Warum ist es okay, wenn du mit vielen Frauen rummachst und ich soll wie Mutter Theresa leben? Außerdem, ich betrüge dich nicht, während wir zusammen sind. Bis vor drei Monaten kannte ich dich nicht mal.«

217

»Meine bisherigen Freundinnen hatten mit viel weniger Männern Sex als du, Esther mit sieben, Jolanda nur mit vier. So sollte es sein«, stelle ich klar.

»Du bist verrückt. Du hast keine Ahnung, mit wie vielen Männern meine Freundinnen geschlafen haben. Wir leben nicht mehr in der Generation unserer Eltern, da war das vielleicht noch anders. Das kannst du dir abschminken.«

Ich bin nicht nur eifersüchtig, ich will sie ganz für mich besitzen. Was für eine erbärmliche Allmachtsphantasie.

Ich muss die Kurve kratzen: »Du hast schon recht Ulrike, ich spinne, wenn ich sage, du darfst nicht mit diesem oder jenem Menschen reden, und es ist okay, wenn ich mit 25 vögle und du nur mit zwei. Das ist mir klar, dass das total daneben ist. Ich meine es nicht ernst, keine Ahnung, warum ich so einen Blödsinn sage. Ich leide selbst darunter. Ich hab kein Problem mit irgendeinem Aspekt deines Lebens. Ich werde einfach eifersüchtig, wenn du mir erzählst, wie viele Leute auf dich abfahren. Professoren, Barflys, Leute aus dem Jugendchor, Studierende, sogar Frauen, alle stehen auf dich.«

Ulrike schaut gnädig und leicht versöhnt. Das viele Reden macht mürbe.

Eine Freundin von Ulrike ruft an, sie will weggehen, natürlich ins Einhorn. Sie will einen Mädelsabend machen. Eine gute Idee, wir kleben die ganze Zeit aneinander, sie sollte auch wieder alleine ihre Freundinnen treffen. Ulrike fragt mich, ob ich mitgehen will. Ich bin müde und erschöpft, außerdem habe ich weder Bock aufs Einhorn noch auf ihre Freundinnen. Ich will nicht mitgehen, aber ich bin entscheidungsschwach. Also frage ich einfach, ob sie will, dass ich mitgehe. Entscheidung delegiert. Ich soll mitkommen, und ich mache das, was sie will.

Mit Jolanda gab es nie Streit. Sie war wie ich. Sie war Streitvermeidungsexpertin. Sie hat einfach gelogen, wenn sie wusste, das könnte mich stören. Ich weiß, warum ich mich deplatziert und asozial aufführe. Ich kann mir nicht vorstellen, dass sie mich vorbehaltlos und ernsthaft liebt. Sie sagt es nur, meint es aber unmöglich ernst. Erst wenn ich sie verletze und ihr unfreundliche Dinge an den Kopf werfe und damit durchkomme, weiß ich, dass sie mich bedingungslos liebt. Ich habe keinen Bock, wieder nach zwei Jahren gegen einen reichen Mann ausgetauscht zu werden. Ich habe keine Angst, ihr meine Gefühlsnacktheit zu offenbaren. Benimm dich daneben, und wenn sie das schluckt, wird sie dich nie verlassen. Auf diese Art Liebesbeweis vertraue ich. Dass sie mich mag, weil ich nett und freundlich bin, auf diese verwegene Idee käme ich nie. Das muss sich ändern, sie hat so ein Beziehungsmuster sicher noch nie miterlebt und sie ist kleinstadtsozialisiert, voller Zukunftsangst. Da braucht sie nicht auch noch ein Wrack mit einem Liebesbeweis-durch-Verletzungen-Tick.

Im Einhorn ist nur noch ein Barhocker frei und ich frage, ob sich Ulrike setzen will. Sie verneint, also setzte ich mich. Ulrike erzählt den Mädels von unserem Streit. Ihre Freundin schnauzt mich an, ich soll meine Freundin fragen, ob sie nicht sitzen will. Ob ich denn keine Manieren habe? Der Abend fängt gut an. Es ist ein Frauenabend. Ich bin deplatziert, und die Mädelsrunde ignoriert mich. Also widme ich mich meinem Bier. Sonst ist niemand an der Bar, mit dem ich reden könnte. Außer der übliche Verdächtige Demmer. Er sitzt alleine da und wartet weiter auf seine Traumfrau. Sie wird auch heute nicht kommen. Über Formel 1 oder neue Werbestrategien mag ich mit Demmer nicht reden. Über Ulrike und unseren Streit auch nicht. Also trinke ich und höre den Mädels zu. Da taucht die kleine pummelige Kunststudentin Helga auf und stellt sich zu mir.

»Darf ich mit dir reden, ich kenn sonst niemanden.«

»Ja klar.«

Helga ist eine Comic-Zeichnerin und macht allerhand Kunstperformances. Ich mag sie, weil sie lustige Fanzines gestaltet, eine YouTube-Serie von sich als Missbrauchsopfer gedreht hat und auch sonst keinen Tabubruch scheut. Sie setzt sich immer eine kackbraune Baskenmütze auf, das ist ihr Markenzeichen. Heute erzählt sie mir, dass sie Alkoholikerin ist, unlängst in Marokko vergewaltigt wurde und ihr Vater ein Naziproll sei, der die Existenz von Gaskammern leugnet. Ich weiß bei ihr nie, ob diese Geschichten wahr sind oder erfunden. Sie erzählt wirre Geschichten. Stolz zeigt sie mir eine Narbe auf ihrer Hand.

»Die stammt von der Vergewaltigung, als ich mich gewehrt habe.«

Ich bin mir noch immer nicht sicher, ob sie scherzt. Dann wechselt sie das Thema. Sie betrügt ihren Freund in letzter Zeit öfters mit Atzgo.

»Atzgo steht nicht auf mich, sondern verschwindet immer sofort nach dem Sex. Aber er geht originell mit Sprache um und ich bin drauf und dran, mich in ihn zu verlieben.

»Du bist viel zu labil für Atzgo und viel zu jung. Du bist 25, und er ist nicht der Richtige für dich.«

»Bist du eifersüchtig auf ihn, weil er mit Ulrike zusammen war?«

»Ich bin auf vieles eifersüchtig, aber nicht auf Atzgo. Reden wir lieber von dir. Er wird dir das Herz brechen, er ist ein alter Zyniker, und du bist eine labile Kunststudentin. Er ist zwölf Jahre älter als du. Bleib lieber bei deinem Freund. Der ist sicher nett.«

Aber es ist hoffnungslos, sie hat sich bereits in ihn verliebt. Sie schnorrt Ulrike um eine Zigarette an, Ulrike gibt ihr eine und ich merke an der Art, wie sie ihr die Zigarette gibt, dass sie unser Gespräch belauscht. Ich drehe mich von Helga weg und Ulrike giftet mich an:

»Meine Freundinnen finden es asozial, dass du mit der Neuen vom Atzgo redest. Willst du mich eifersüchtig machen?«

»Mit der depressiven Wachtel? Niemals, ich finde die lustig, aber schau dich und dann Helga an. Ich rede doch nur mit ihr, weil ihr mich schon den ganzen Abend ignoriert.«

Dieses Argument leuchtet Ulrike ein und wir fahren nach Hause. Ich wünsche mir, dass diese schlechten Schwingungen verschwinden, denn ich weiß nicht, woher sie kommen. Ich streite doch nicht gern. Mich belastet das. Mit Ulrike zu streiten ist unmöglich.

Gleich beim Aufwachen stänkert Ulrike schon wieder: »Meine Freundinnen sind überzeugt, dass du mich mit Helga eifersüchtig machen willst.«

Ich lache los. Das ist verrückt. Ich habe keine Sekunde, seit ich mit ihr zusammen bin, an andere Frauen gedacht. Warum sollte ich mit dieser deprimierten Kunststudentin rummachen? Das kann sie nicht ernst meinen.

»Atzgo ist ein Wichser. Ich muss dir was beichten, ich habe im letzten Jahr doch ein paar Mal mit ihm geschlafen. Das im Einhorn habe ich nur gesagt, weil du dabei warst. Ich kannte dich damals noch nicht. Ich war total verliebt in ihn. Wir haben ständig miteinander gestritten, dann war wieder ein halbes Jahr Sendepause.«

»Ist nicht schlimm. Sex mit dem Ex. Kenn ich auch.«

»Ich werde dir zeigen, wie sehr dieser Pisser auf mich gestanden ist. Ich zeige dir seine Liebesbriefe.«

Jetzt wird es bizarr. Liebesbriefe sind doch etwas sehr Persönliches. Warum will mir Ulrike Liebesbriefe vom Ex zeigen? Sie geht zu ihrem Schreibtisch und kramt in einer Schublade. Sie legt sich wieder ins Bett und drückt mir einen Brief in der Hand. Diese Frau besitzt ein hohes Abhängigkeitspotenzial. Neugierig beginne ich zu lesen:

»Liebe Ulrike,
das ist der siebte oder achte Brief, den ich dir schreibe. Die anderen Versionen habe ich weggeworfen. Ich hatte Angst, dass du sie wegschmeißt, ohne sie zu lesen. Aber das ist mir jetzt egal. Ich muss dir schreiben. Wenn ich dich anrufe, hebst du nie ab. Dann spreche ich dir zehnmal auf die Mobilbox, aber du rufst mich nicht zurück. Also schreibe ich dir. Denn ich muss an dich denken, ich muss immer an dich denken, ich habe nie aufgehört, an dich zu denken, seit es mit uns aus ist. Ich bin eifersüchtig auf dich. Gestern habe ich Formel 1 gesehen, und dann war ich plötzlich eifersüchtig auf Sebastian Vettel. Mir ist eingefallen, dass du ihn gut fandest. Ich hasse Sebastian Vettel so sehr. Ich will dir sagen, dass ich immer an dich denke. Und ich will dir sagen, dass du aufpassen musst. Du hast mir gesagt, dass deine Mutter ein kalter, herzloser Mensch ist. Und jetzt musst du aufpassen, dass du nicht so kalt wie deine Mutter wirst. Denk daran, es ist nicht gut, kalt zu sein. Ich weiß, dass ich dich verletzt habe, als ich dir gesagt habe, ich habe mit meiner Ex-Freundin geschlafen, während wir zusammen waren. Aber wir waren sieben Jahre zusammen, und während dieser Zeit hat sie mir die Miete gezahlt. Man könnte also fast sagen, dass ich es ihr schuldig war, mit ihr zu schlafen. Ich hätte es dir niemals sagen dürfen, das ist mir klar. Aber das war doch besser als dich zu belügen. Ich hatte die beste Zeit meines Lebens mit dir.

Ich kann nicht aufhören, an dich zu denken. Es ist jetzt sieben
Uhr morgens, und ich bin natürlich vollkommen betrunken und
daneben, aber ich weiß eines bestimmt, dass ich dich liebe.«

Nur nicht blöd über Atzgo reden. Was in diesem Brief steht,
könnte ich locker auch alles über Ulrike sagen.

»Ulrike, ich kann nichts Gemeines sagen. Der Atzgo mag
dich wahrscheinlich noch.«

Ulrike grinst verächtlich. »Der Depp kann nicht mal schreiben, so eine Kindersprache. Der große Herr Fatigue-Texter.
Dieser Witzbub. Und dann schreibt er noch seine Adresse
dazu, weil er glaubt, ich antworte ihm dann. Aber dieser Pisser kann mich. Bei mir bekommt man keine zweite Chance,
wenn man mich beschissen hat. Einmal sind wir im Taxi zu
mir gefahren, weil er glaubte, er kann mit mir ficken, dann
ging er mir auf den Wecker und ich habe dem Taxifahrer gesagt, fahren sie links ran. Dann habe ich den Atzgo aussteigen
lassen. Er war so perplex, dass er nichts gesagt hat. Als ich
heimkam, waren schon zehn Anrufe auf der Sprachbox. Er
hat sich aufgeregt, ich könne mich bei ihm nicht so aufführen.
Dieser Penner, natürlich kann ich das.«

So ausgleichend, vernünftig und streitvermeidend wie sie
sich selbst beschreibt, ist sie nicht. Sie ist richtig streitlustig.
Ihre Augen funkeln, wieder hat sie dieses verächtliche Salome-
Grinsen, sie weiß, dass Atzgo mehr leidet als sie. Sie liegt im
Bett mit ihrem neuen Freund, und Atzgo hat nur eine lustige
Kunststudentin, die er nicht mag. Die er verachtet. Dieser Brief
ist ihr Triumph, ihre Trophäe, sie hat Atzgo in der Hand. Ihre
Beziehung ist fast drei Jahre zu Ende und er schreibt ihr solche
Briefe. Atzgo zuckt neben mir im Einhorn vollkommen aus,
weil sie mich anlacht und zur Begrüßung küsst. Diese Frau

treibt Männer in eine tiefe Abhängigkeit. Warum nur zeigt sie mir diesen Brief?

»Als du mich um ein Date gefragt hast, hatte ich gerade was mit zwei Typen laufen. Also sollten wir als unseren Beziehungsstarttag definitiv nicht den 25. Februar nehmen, sondern erst den März, obwohl die 25 meine Glückszahl ist. Du hast dir einfach eingebildet, ich hatte nie was mit wem anderen gehabt, weil ich dir nur von meinen drei Beziehungen erzählt habe. Das waren die für mich wichtigen Beziehungen. Der Rest war Zeitvertreib, für mein Ego, aus welchen Gründen auch immer. Ich erzähl dir doch nicht alles in den ersten drei Wochen. Was glaubst du denn?«

Das ist ein Argument, aber es war die Art, und in welchem Zusammenhang sie Dinge erwähnt hat, dass ich vollkommen davon überzeugt war, sie hatte nur drei Beziehungen in ihrem Leben. Warum mache ich mir überhaupt so viele Gedanken über Ulrikes Leben vor mir? 15 Liebhaber sind nicht viel. Moritz war ihr erster Freund, und nach der Trennung ist es nur logisch, dass sie einen Bohèmebuben ausprobiert, weil das Kleinstadtmädchen verrucht sein und Poposex probieren will. Nur eines ist seltsam, warum erzählt sie nie was von ihrer Beziehung mit dem anderen Kitzbüheler? Über den redet sie nie, außer dass es eine Beziehung war. Der Typ ist die volle Flasche, aber halt auch ihr Trommellehrer. Und Drummer haben immer die schönsten Frauen. Ulrike hat bei ihren gemeinsamen Übungsstunden im Proberaum sicher nicht ausschließlich mit seinen Drumsticks gespielt. Wie schaffe ich es doch noch, dass wir beide aus diesem Bullshit-Wochenende heil rauskommen?

»Wir gehen jetzt fein kochen, Ulrike. Das Wochenende war echt mäßig, machen wir das Beste aus dem Rest.«

Wir wollen Wiener Schnitzel mit Mayonnaise-Kartoffelsalat und Altwiener Gurkensalat essen. Gurken haben wir beim letzten Einkauf vergessen.

»Ulrike, du bist mein General. Ist in der Nähe ein Geschäft offen? Ich hol dir Gurken.«

»Das musst du nun wirklich nicht. Aber ja, der Spar im Allgemeinen Krankenhaus hat immer offen.«

»Ich will, dass du glücklich bist.« Dieses Friedenszeichen wird sie verstehen.

Ulrike hat eine Panierphobie. Ich liebe Panieren, also haben wir eine perfekte Arbeitsteilung. Ich wasche, schneide und klopfe das Fleisch und paniere es anschließend, sie bereitet den Gurken- und Kartoffelsalat zu. Gurkensalat nach Altwienerart mit süßem Paprika. Wir braten die Schnitzel in der Butterpfanne heraus und genießen die Wienerischste aller Mahlzeiten. Satt und erschöpft liegen wir am Sofa. Ulrike reibt mit ihrem Fuß an meinem kleinen Mike Tyson. Ihre sexuellen Avancen sind schön direkt. Ich ziehe ihren Pullover aus und küsse ihre Brüste. Ich küsse ihren Bauchnabel, ich lecke ihre Achselhöhlen. Ich küsse jeden Zentimeter ihres Oberkörpers. Ulrike haucht, ich soll ein Kondom aus dem Schlafzimmer holen. In der Zwischenzeit hat sie bereits ihre Hose ausgezogen und liegt nackt vor mir. Ich stecke meinen Schwanz sofort in sie rein. Alles andere wäre reine Zeitverschwendung. Es tut gut, wieder in ihr zu sein. Ich schaue sie an, ihre Augen sind geschlossen, ihre Gesichtszüge entspannt. Ich werde mit ihr auch zusammenbleiben, wenn sie mich schlecht behandelt. Ich bin erregt, ich muss abspritzen. Ich will nicht kommen, das darf nicht so schnell zu Ende sein. Sie ist schön wie eine griechische Marmorstatue, und schon ist es passiert. Unsere Körper sind heiß, und sie streichelt mir meinen Hinterkopf. Warum haben wir drei Tage lang über sinnloses, belangloses Zeug gestritten?

»Alles ist so leicht mit dir und unbeschwert.« Auf diese Formel bricht Ulrike unsere Beziehung herunter. Wie recht sie hat. Die Schwerkraft wird uns nicht besiegen.

Nach dem Sex bin ich gut gelaunt, Ulrike ist wieder die Alte. Ich will ein nützlicher Freund sein. Wir gehen den Putzplan für die kommende Woche durch. Ich sauge die Wohnung und staple Geschirr in die Spülmaschine. Ich schlichte die Dinge in der optimierten, platzsparenden Ulrike-Weise ein. Wir schauen noch ein wenig fern. Ich massiere Ulrikes Füße und füttere sie mit Schokolade. Und morgen fahre ich zum Interio und kaufe endgültig diesen dämlichen Echtholztisch Ikarus für unsere Wohnung.

15

Bastard im Winkel

Teil meines Berufs ist der strategische Umgang mit schwierigen Zielgruppen. Linke Katholiken, rechte Katholiken, Ökofundamentalisten, ultralibertäre Staatshasser, geistig unterforderte Beamte mit dem Drang zu Höherem, mich schicken die Bosse zu allen politisch pikanten Gruppierungen. Nach dem Möbelkauf treffe ich Christian Peitz, den Vorsitzenden eines Vereins, der fest davon überzeugt ist, dass Wien bereits islamisiert ist. Er und seine verwirrten Mitstreiter haben die Organisation Counter-Jihad gegründet, und in ihrem jüngsten Manifest forderten sie die Streichung des Wiederbetätigungsparagraphen. Peitz organisiert Tagungen mit verfolgten Kopten. Er polemisiert gegen die Türkei und Ägypten, wo Christenverfolgung und Kirchenanzünden Volkssport sei und attackiert österreichische Politiker wegen ihrer angeblichen Hofierung des Islam in Österreich. Einwände, wonach der Islam seit 1912 staatlich anerkannte Religion ist, lässt er nicht gelten. Er hat sich unlängst in einer absurden Querfrontstrategie mit liberalen Muslimen verbrüdert, um gemeinsam gegen die Islamisierung Wiens zu protestieren und die Inkompatibilität von Demokratie und Islam nachzuweisen. Peitz hat das Talent, es sich mit jedem und allem zu verscherzen. Er ist klug, aber durch seine Wahnvorstellungen hat er sich ins gesellschaftliche Abseits gestellt. Ich versuche ihn davon zu überzeugen, dass die Forderung nach einer Abschaffung des Verbotsgesetzes kontraproduktiv ist. Sein Verein wurde von der Dachorganisation ausgeschlossen, weil er die Wiener Organisation zu radikal führte. Ich treffe ihn, um besänftigend auf ihn einzuwirken. Seine Islamophobie wird mit den Jahren stärker. Heute ist er blendender Laune und nicht gewillt, über den Untergang des Abendlandes und andere Bedrohungen zu sprechen. Peitz will nur zwei schnelle Bierchen trinken, und dann nach Hause fahren. Er hat sich nach langem Junggesellendasein verliebt und plant mit seiner neuen Freundin zusammenzuziehen. Wie zivilisierend Frauen selbst auf Peitz wirken, nur einmal sprach er heute von Windelschädeln, die gerne auf Teppichen rumkriechen und sich dabei freiwillig die Birne anhauen. Ansonsten wirkt er wie ausgewechselt und zeigt sich erfreut, dass auch ich mich wieder in einer festen, stabilen Beziehung finde.

»Leute wie du müssen Kinder bekommen. Du musst mindestens vier Kinder zeugen. Wir brauchen Abwehrkämpfer gegen den Islam. Mohammed ist der Antichrist.«

Ich kann seinen religiösen Eifer nicht nachvollziehen, aber er ist ein netter Kerl. Es ist wichtig, dass er nicht immer nur mit seinen Fundamentalisten abhängt. Das trübt seinen Blick.

Eine Ulrike-SMS holt mich zurück in die Wirklichkeit: »Hallo Schatz, sitze mit Nicole in Einhorn. Magst kommen oder treffen wir uns zu Hause?« Immer dieses verdammte Einhorn.

Es ist eine romantische Geste, seine Freundin abzuholen, schnell ein paar Worte mit den Gästen dort zu wechseln und dann gemeinsam zum Abendbrot nach Hause zu fahren. Außerdem ist es nur ein kleiner Umweg. Ich verabschiede mich von Peitz und mache mich auf den Weg. Ulrike sitzt mit ihrer Freundin im Gastgarten einsilbig herum. Das Verhältnis zwischen Ulrike und Nicole werde ich nie verstehen. Sind sie Freundinnen, Konkurrentinnen, oder nun doch Feindinnen?

Ich bestelle mir ein Bier und frage Ulrike, wie es ihr bei ihrem Vorstellungsgespräch gegangen ist. Sie hat sich endlich doch noch bei der Social-Media-Agentur von Karin für ein Praktikum beworben.

»Eh ganz gut, aber dieser Deutsche, den du ihnen auch vermittelt hast, ist viel eloquenter und besser als ich. Außerdem spricht er so schön deutsch, und das wirkt weltmännisch.«

Ich lache: »Torsten, der Schwabe, der hat noch nichts auf die Reihe bekommen. In Berlin wurde er bislang immer abgelehnt, eben weil er Schwabe ist. Und die drei Jobs, die er bislang machte, habe ich ihm alle über das Medieninstitut organisiert. Ich habe den quasi alphabetisiert. Den schaffst du doch mit links, du bist viel besser als er.«

»Das ist mal wieder typisch für dich. Du brüstest dich damit, dass du ihm Arbeitsplätze vermittelt und gerierst dich wie ein Puppenspieler, der die Fäden zieht.«

»So ein Blödsinn. Ich will dich nur aufbauen, weil ich weiß, du bist viel besser als er.«

Es ist ein Jammer, über die Vermittlung von Praktikumsplätzen finanziere ich unser Institut und Ulrike hält mir vor, ich verteile Jobs, um persönliche Machtphantasien zu befriedigen. Was ist daran so schlimm, wenn ein Freund seine Freundin bei der Jobsuche unterstützt? Sie tut so, als ob ich sie schlagen würde. Ein ziemlich dämlicher Typ mit einer Wachtel im Schlepptau kommt auf Ulrike zu und küsst sie. Der Typ ist eine Karikatur. Er trägt einen Kinnbart, wie er seit 1994 verboten ist, eine No-go-Baseballkappe und dazu auch noch absolut unpassende Turnschuhe, Dreiviertelhosen und ein seltsames T-Shirt. Er ist eine Flasche. Ich mag ihn nicht. Nach dem Kuss beginnen die beiden eine Unterhaltung. Die Witzfigur hat eine hohe Fistelstimme und ist unfähig, einen zusammenhängenden Satz zu formulieren:

»Hallo Ulrike, gut dich zu sehen. Hast den Moritz gesehen? Gehen wir wieder mal gemeinsam Drums spielen?«

Mir schießt das Blut ins Gesicht und ich beginne mich zu verkrampfen. Sie stellt mir den Clown nicht vor, aber ich weiß plötzlich, wer der Typ ist. Dieser Halbalphabetisierte ist mein Vorgänger und leider auch ihr Trommellehrer. Eine beängstigende Vorstellung. Bislang hatte ich nie über ihn nachgedacht. Sie hat nur wenig, und wenn abwertend über diesen Fehlgriff gesprochen. Er sei geizig gewesen und habe mit ihrem Vater gemeinsam frauenfeindliche Sprüche geklopft. Warum hat sie nie davon gesprochen, dass er ihr Trommellehrer war? All die kleinen Sessions im Proberaum.

Der Kerl macht mich nervös. Er ist linkisch und ohne Manieren, aber er ist Musiker und kein verklemmter und rhythmisch unbegabter Angestellter. Ich höre den beiden mit größer werdendem Unverständnis zu. Wahrscheinlich war ich mit Ulrike zu wenig unter Menschen. Das ist keineswegs die schlagfertige, selbstreflexive und freche Frau, die ich kenne. Sie verkümmert in Echtzeit, wenn sie mit diesem Vollpfosten redet. Ich versuche mir vorzustellen, wie ihre Beziehung war. Welche Themen haben sie diskutiert? Welche Vorlieben haben sie geteilt? Dieser Heini setzt nicht mal seine Baseballkappe richtig auf. Keine Frau kann so verzweifelt sein, dass sie sich diesen Typen freiwillig antut.

Warum redet sie mit ihm? Männer haben entweder Stil, Aussehen, Witz, Macht oder Charme, aber der hat nichts. Eine Fehlleistung der Natur. Ulrike war mit diesem Depp zusammen. Ich höre mir dieses geistfreie Geschwätz nicht länger an. Er erzählt von seiner neuen Arbeit in einem Radgeschäft und wie gerne er in Wien Rad fährt. Bin ich eifersüchtig? Auf jeden Fall! Ulrike redet nur nicht von ihm, weil sie fantastischen Sex hatten oder weil er ein netter Kerl ist oder warum auch immer. Ich kenne ihn nicht, Ulrike hat nie viel von ihm gesprochen. Das ist reine Spekulation. Ich höre mir diese Fistelstimme nicht länger an, sonst trete ich ihm ins Gesicht. Ich muss den Mund halten und nicht stänkern. Ich trinke noch ein Bier und vergesse die Sache.

Ich will heim. Ulrike will bleiben und weiter trinken. Der Trommler sucht sich einen anderen Tisch und Ulrike küsst mich mit ihrer Zunge. Lange, heftig und härter als sonst. Sie will dem Deppen zeigen, dass sie einen coolen Freund hat. Das ehrt mich nicht wirklich. Sie braucht mich nicht zu instrumentalisieren, sie braucht nur auf ihre eigenen Stärken vertrauen. Und sie soll diesen Deppen ignorieren, anstatt mit ihm zu flirten. Das ist alles verwirrend. Erst schreibt sie, ich soll sie nur abholen, jetzt will sie bleiben und mit weiteren Leuten tratschen. Demmer setzt sich zu uns. Ich begrüße ihn und rede gleich mit ihm über »Ghost Dog«, einen unserer Referenzstreifen. Der Weg des Samurai ist ein typischer Männerfilm, den Ulrike nicht kennt. Sie findet neben Bollywood-Filmen und Märchen eben »Dirty Dancing« gut. Ein gefundenes Fressen für Demmer. Er streitet mit Ulrike, ob »Ghost Dog« oder »Dirty Dancing« der künstlerisch wertvollere Film ist. Ich wäre gerne zu Hause, wir wollten kochen. Der Trommellehrer tanzt auch wieder an und will sich verabschieden. Mit Kuss. Das muss nicht sein. Was muss der neben mir meine Freundin abknutschen? Warum ist Ulrike so betont freundlich zu ihm? Das ist extrem gekünstelt und ärgert mich. Der seelenlose, aber rhythmisch begabte Bergsteiger und Trommler legt seine Hand auf ihre Schulter und zieht ihren Hinterkopf bestimmt zu sich her. Ich bin auf Hansel Trotter eifersüchtig. Nur mit Mühe kann

231

ich mich am Sessel halten. Wenn der Depp will, kann er gerne was auf die Schnauze kriegen. Endlich verpisst er sich.

Es gibt eben Tage, an denen man versumpert. Ich werde wortkarg wie mein Vater. Ich mag mit Demmer und Ulrike nicht über Tanzfilme reden. Das ist Zeitverschwendung, wir könnten schon lange daheim sein, motze ich herum. Endlich erhebt sich mein Fräuleinwunder. Wir zahlen und gehen Richtung U-Bahn-Station Kettenbrückengasse.

Ulrike schaut mich provozierend an. »Das ist dir aber auf den Wecker gegangen, das Gespräch mit meinem Ex und dass wir dann noch so lange mit den anderen zusammengesessen sind.«

»Ex-Freund sollte man deinen Trommellehrer nun wirklich nicht nennen. Der Typ ist eine Vollkatastrophe. Mit seiner Fistelstimme, diesem lächerlichen Bart, hat der außer Haare sonst was in seiner unförmigen Birne, die Kopf zu nennen das völlig falsche Wort wäre?« Das Stänkern erleichtert mich.

Wir steigen in die U4 und fahren Richtung Längenfeldgasse, dann weiter mit der U6 zur Alser Straße. Ich werde gemeiner und direkter. Meine verbalen Kinnhaken prasseln auf sie ein.

»Redest du mit allen Asozialen dieser Welt? Vorgestellt hast du mir den Trottel auch nicht, Gott sei Dank, wahrscheinlich hätte ich ihn nicht verstanden. Spricht der Deutsch? Das war schwer zu verstehen, was der gebrabbelt hat. Ist der kastriert oder warum redet der so hoch? Was für ein Untermensch. Eine echte Minusseele. Der hat bestimmt ernsthafte Probleme, sich die Schuhbänder zuzuschnüren. Wie steht es eigentlich mit seinem Rhythmusgefühl? Hat er Flow? Für den Depp stellt es doch das achte Weltwunder dar, wenn er ein Kebab isst und es nicht auseinanderfällt. Seine Freundin passt zu ihm. Die ist

232

gleich beschränkt wie er. Was für ein Horrorpaar. Ich habe selten einen solchen Minderleister gesehen. Wie kann man nur freiwillig mit so etwas reden? Graust dir vor gar nichts? Besitzt du keine natürliche Schamgrenze? Hast du dich mit dieser Sau echt geküsst? Mich kotzt das extrem an, dass du zu mir sagst, ich mach nur das, was ich will, und ich soll das akzeptieren oder nicht. Du sagst mir, ich muss aufpassen, weil du extrem nachtragend bist, und das setzt mich unter Druck. Dein Auftritt vorher war eine absichtliche Provokation. Gib es zu: du merkst nicht, wie lächerlich du dich machst, wenn du dich mit solchen Deppen auf eine Stufe stellst. Indem du mit ihm redest, entwertest du dich selbst. Kein Wunder, dass du dir keine Jobs zutraust. Dir hat das richtig Freude bereitet, mit ihm zu reden, weil du wusstest, das ärgert mich.«

Ulrike schweigt. Sie verhält sich in Gesellschaft anders, als wenn wir zu zweit sind. Sie flirtet gerne mit fremden Männern und lässt sich umgarnen. Warum macht mich das wahnsinnig, wenn sie andere Männer auf den Mund küsst? Warum macht es mich irre, weil er ein cooler Funky-Drummer-Boy ist? Das ist mir doch sonst vollkommen egal. Ich habe ein schlechtes Selbstbewusstsein. Ich beschimpfe sie, obwohl ich ihr nur sagen will, dass sie mich festhalten soll. Ich sage nichts Beruhigendes, ich will sie verletzen. Ich wiederhole meine Schimpfsalven und steigere mich in absurde Diss-Arien hinein. Bitch you pay, that's all I got to say. Es ist letztklassig, was ich von mir gebe.

»Vor mir hast du nur mit Dreck gepoppt. Du hast zwei Monate Zeit gehabt, Stil und Soul in Echtzeit mitzuerleben. Du hast dich mit Küchenschaben gepaart, um dich besser zu fühlen. Ich habe dir verboten, mit Leuten neben mir zu reden, mit denen du was hattest. Ich muss dich vor dir selbst schützen.

Hast du gar kein Schamgefühl?«

Ich sage ihr seit 15 Minuten, dass ihr ganzes Leben vor mir sinnlos war. Dass ihre Bekannten und Freunde eine Ansammlung geistfreier Vollidioten sind, dass sie sich mit wertlosem Müll paart, um sich überlegen zu fühlen, und dass sie ein unheimliches Glück hat, mich zu haben. Was für ein selbstverliebter Scheißdreck. Wenn sie auf mich steht, und das nicht nur daherredet, schluckt sie das.

»Bitte gib mir den Wohnungsschlüssel«, seufzt sie.

Mehr sagt sie nicht. Sie schaut traurig, müde, ein wenig verletzt. Ich starre sie an und habe keine Ahnung mehr, was ich sagen soll. Ich verstumme. Meine Wut weicht einer Ratlosigkeit. Wortlos gebe ich ihr den Schlüssel und bleibe neben ihr stehen. Meine Gedanken springen wie kleine Breakbeats. Ich blicke hasserfüllt in ihre Augen. Warum sage ich nichts? Ich bin doch sonst immer so vorlaut. Ich stehe neben meiner Freundin, beschimpfe sie wie ein Vorstadt-Gangster und bin dann stumm wie ein Fladenbrot. Wir warten schweigend auf die Linie 43. Es gibt nichts mehr zu besprechen.

Die Waggontür geht auf und Ulrike setzt sich nieder. Ich möchte ihr nachgehen und mich zu ihr setzen. Ich kann mich nicht bewegen, ich schaue nur blöd, sie schaut mich traurig an. Wortlos fährt sie in die Nacht. Ich beginne zu laufen, ich renne besinnungslos in die andere Richtung, ich muss hier weg, ich renne und renne schneller. Als ich nicht mehr rennen kann, winke ich ein Taxi heran. Ich fahre in meine alte Wohnung und trinke ein Bier. Ich tue mir selber leid. Ich liege im Bett und fühle mich ungerecht behandelt. Schon wieder habe ich sie fertiggemacht. Weil sie es gewagt hat, mit ihrem Ex-Freund neben mir zu reden. Weil ich mich provoziert fühlte. Warum hat sie mich nicht beruhigt? Warum hat sie mir nicht die Hand gegeben und mich umarmt?

An Schlaf ist nicht zu denken. Ich bekomme ein furchtbar schlechtes Gewissen. Die Freude des Weglaufens währte nur kurz. Ich dachte für einen Moment, alleine bin ich frei. Ich rufe sie an, ihr Telefon ist abgedreht. Ich habe noch nie eine Frau mitten in der Nacht angerufen. Ich schreibe ihr eine SMS, ich schreibe ihr eine zweite SMS, ich schreib ihr alle zehn Minuten eine SMS. Ich mache ihr abwechselnd Vorwürfe, beflegle sie, winsle um Verzeihung und schicke ihr Liebesschwüre. Listen up, dog, I got an idea! Ich fahre zu ihr und werde mich entschuldigen. Es ist vier, und wenn ich bei ihr besoffen auftauche, ist das romantisch. Ich hatte dutzende Streits im Suff, alle meiner Freundinnen haben mir das verziehen. Ich starre an die Wand und überlege, was ich tun kann außer warten. Nichts, also warte ich und fahre mit der ersten Straßenbahn zu ihr. Um sechs stehe ich vor ihrer Wohnung. Hoffentlich lässt sie mich rein und ist nicht sauer. Ich läute nicht, setze mich stattdessen auf eine Parkbank am Diepoldplatz und schaue den Müllarbeitern zu, wie sie ihre Schicht beginnen.

Ich blicke aufs Handy, sie hat mir noch nicht geantwortet. Ich muss sie sehen. Ich muss mich entschuldigen. Ich habe überreagiert, keine Ahnung wieso, und will ihr sagen, dass alles nicht ernst gemeint war. Ich läute und warte. Sie öffnet die Tür, damit habe ich nicht gerechnet. Ich springe rauf in ihre Wohnung, als sie mich schlaftrunken empfängt.

»Leg dich nieder, nimm dir morgen frei.«

Sie lässt die Türe zu ihrem Schlafzimmer offen und legt sich nieder. Ich kann nichts sagen. Ich schäme mich. Ich traue mich nicht, mich zu ihr ins Bett zu legen. Ich gehe in die Küche und kauere mich aufs Sofa. Ich warte. Ich bin wieder zu Hause. Ulrike kommt zu mir und setzt sich neben mich. Es wäre an der Zeit, besonnene Worte zu finden. Ich kann nichts sagen, ich habe keine Ahnung, was ich hier tue. Ich fange an zu weinen, ich bekomme einen richtigen Heulkrampf. Ich schlage mit den Füßen um mich und winsle, dass ich alles nicht mehr aushalte, dass ich ein Idiot bin, ich mich hasse und nicht mehr weiter weiß. Ulrike legt ihre Hand auf meinen Bauch und will mich beruhigen. Wie ich diese Wärme suche und will, wie ich mir wünsche, von ihr festgehalten zu werden. Ich greife jedoch nicht nach ihrer Hand, sondern schlage sie weg. Ulrike geht wieder in ihr Schlafzimmer, und ich bleibe wimmernd zurück.

Ich fasse einen Plan, ich bin in der Wohnung, bleibe wach und werde ihr morgen, wenn sie ausgeschlafen ist, alles erklären. Dass ich besoffen war, nichts geschlafen habe und überarbeitet bin. Dass ich eine Diva bin und ich mir durch dieses seltsame Verhalten mehr Beachtung erhoffe. Dass ich Musiker bewundere, weil ich kein Taktgefühl habe und Musiker immer vor mir meine Freundinnen abstauben. Dieser Auftritt war eine lächerliche Land-Performance. Ich beschimpfe meine Freundin und will dafür auch noch von ihr getröstet werden. Ich rufe bei meiner Firma an und melde mich krank. Ulrike soll sich auch krank melden, dann können wir den ganzen Tag reden. Ulrike öffnet die Tür vorsichtig einen Spalt. Ihre Mimik ist versteinert.

Sie schweigt eine Weile und sagt dann ganz bestimmt: »Wenn ich von der Arbeit heimkomme, möchte ich dich nicht mehr sehen. Ich fürchte mich vor dir. Geh zu einem Arzt.«

Wieder bin ich unfähig, etwas zu antworten. Hab ich mich in der Nacht nicht nur selbst geschlagen? Habe ich ihr wehgetan? Mein Erinnerungsvermögen streikt. Ich habe nicht die geringste Ahnung, was ich alles getan habe. Ich belausche Ulrike beim Duschen und will zu ihr gehen. Ich trau mich nicht aufzustehen. Ich hoffe, dass sie sich verabschieden kommt, höre aber nur mehr, wie sie die Tür schließt. Ich rufe sie an und will mit ihr reden. Sie legt auf. Ich rufe sie erneut an.

Sie beschimpft mich: »Ich bin am Weg in die Arbeit. Wie krank bist du? Das ist der volle Psychoterror, den du abziehst. Bitte führ dich nicht so arg auf, dass ich mir Hilfe suchen muss.«

Hab ich mich so daneben benommen? Sie fürchtet sich vor mir. Ohne Schlaf kann ich nicht klar denken. Ich suche meinen Wohnungsschlüssel in ihrer Wohnung in allen Kommoden. Sie ist klug. Sie hat ihn gut versteckt. Ich finde ihn nicht. Ein Wohnungsschlüssel ist ein Symbol. Sie hat ihn mir freudestrahlend ausgehändigt, sie hat mir vertraut, und ich habe alles mutwillig und vorsätzlich zerstört. Sie wird doch nicht wirklich Angst vor mir haben? Hat sie mich rausgeworfen? Heute ist der offizielle Tag meines Einzugs. Ich muss klar im Kopf werden. Ich lege mich in die Badewanne. Soll ich warten, bis Ulrike kommt? Ich bin zu aufgewühlt, um normal mit ihr zu reden. Vielleicht hat sie recht und ich sollte zum Arzt gehen.

Ulrike schreibt mir eine SMS: »Ich will nicht mit dir zusammenziehen.« Bisher wollte sie das unbedingt. »Stornier die Möbel, wenn das rechtlich noch möglich ist.«

Was ist das mit dem Zusammenziehen für eine komplizierte Sache zwischen uns! Denkt sie nach meinem Auftritt, ich bin ein Psychopath? War das außerhalb des normalen Beziehungsstreitrahmens? Ich rufe bei Interio an und will die Möbel stornieren. Die übellaunige Verkäuferin ist am Apparat und akzeptiert mein Storno nicht. Ich rede auf sie ein, bis sie widerwillig akzeptiert und grußlos auflegt. Ich kann doch noch erfolgreich verhandeln. Ich habe keine Wohnung mehr, so wie es aussieht. Ich rufe meine alte Vermieterin an und erkundige mich, ob ich die Wohnung, die ich vor einem Monat gekündigt habe, wieder mieten kann. Kann ich nicht, ich habe die Wohnung gekündigt. Ob ich denn nicht eine andere Wohnung im Haus mieten kann. Die Vermieterin ist erstaunt, willigt aber ein. Ich soll gleich zu ihr fahren. Verknittert und mit dumpfem Kopf fahre ich zu meiner Vermieterin. Sie schaut mich besorgt an.

»Sie arbeiten zu viel. Sie schauen erschöpft und müde aus.«

Ich spreche wirres Zeug: »Es ist eine komische Zeit für mich. Mein Kopf tut mir ständig weh. Ich weiß nur, ich möchte weiterhin bei ihnen wohnen. Ich vermisse die Urbanität des zweiten Bezirks und meine Nachbarn.«

Die Ersatzwohnung, die sie mir zur Verfügung stellt, wird erst im Dezember fertig sein. Außerdem ist sie kleiner als meine alte Wohnung. Mir ist das egal. Ob ich in der Zwischenzeit bei der Freundin wohnen kann, fragt die Vermieterin. Kein Problem, lüge ich. Wenn mich Ulrike nicht pardoniert, lebe ich bald auf der Straße. Als Nächstes gehe ich zum Hausarzt. Ich sage ihm, dass ich nicht schlafen kann und dass mir alles zu viel wird. Dass ich nie schlafe und verrückt werde. Er hört sich mein Gejammer geduldig an und verschreibt mir ein Antidepressivum. Ich habe keine Depression, doch die Schnellschussdiagnose gefällt mir.

Wenn ich ein Antidepressivum verschrieben bekomme, wird mir Ulrike meinen Nervenzusammenbruch verzeihen. Ich habe noch ein weiteres Problem. Ich muss morgen für vier Tage mit Arbeitskollegen nach Russland fahren. Die Reise ist seit einem Jahr geplant, aber ich habe keinen Nerv für Russland. Was soll ich in diesem Land, wenn ich in Wien gerade aktiv dabei bin, meine Beziehung aufs Spiel zu setzen. So wie mich Ulrike angesehen hat, ist sie ernsthaft angefressen. Ihre

Mundwinkel zuckten verächtlich, sie hat den Respekt vor mir verloren. Ich schreibe ihr ein Mail, und teile ihr mit, dass ich wie von ihr gewünscht einen Arzt aufgesucht habe und der mir ein Antidepressivum verschrieben hat. Dadurch fühle ich mich freier. Ich bin krank, mein Auszucker hatte nichts mit Eifersucht zu tun, er ist Teil eines beruflich bedingten Schwächeanfalles oder einer Depression, das steht noch nicht genau fest. Zur Sicherheit hat mir der Arzt noch die Nummer eines Psychotherapeuten mitgegeben. Ich könnte auch noch mit einer Therapie beginnen. Medikation und Gesprächstherapie, diese Kombination wird mir helfen. Ulrikes Antwort ermutigt mich. Sie schreibt, dass sie offene, ehrliche und gute Gefühle für mich hegt und dass ich mich nicht verrückt machen lassen soll. Sie plädiert dafür, dass ich nach Russland fahre, weil eine Reise einem immer einen neuen Blickwinkel eröffnet und ich mich erholen kann. Das überzeugt mich wenig. Was soll ich mir den depperten Kreml, das Lenin-Mausoleum und Sommerresidenzen von Zaren anschauen, wenn ich Beziehungsprobleme habe? Mein Timing ist ungünstig. Am Tag meines offiziellen Einzugs, am Tag unseres Möbelkaufs und am Vortag meiner Russland-Reise drehe ich durch, weil es meine Freundin wagt, neben mir mit einem Ex-Freund zu sprechen.

Ulrike schreibt, sie brauche Abstand, und ich solle mich nach Russland bei ihr melden. Ich würde lieber zu ihr fahren. Alleine sein kann ich nicht und an Schlaf ist nicht zu denken. Ich rufe meine Schwester an, mit der ich noch nie über Beziehungen gesprochen habe, und überrede sie, mit Ulrike, die sie noch nie gesehen hat, zu telefonieren und ihr mitzuteilen, dass mein gestriger Auszucker nicht bestimmend für mein Wesen sei und es mir leid tut. Als Nächstes rufe ich meine Cousine, Irene, an und frage sie, ob ich bei ihr übernachten kann, weil ich nicht alleine sein kann. Auch bei Irene habe ich noch nie übernachtet, aber ich brauche Zuspruch. Irene soll mir noch eine zweite Telefonnummer von einem Psychotherapeuten geben. Diese Anti-Eifersuchts-Therapie hätte ich vor einem Monat beginnen sollen, dann wäre mir dieser Rückfall nicht passiert. Es ist unmöglich, schnell einen guten Therapeuten zu bekommen. Bislang habe ich nicht einmal einen Namen. Wenn Ulrike will, beginne ich eine Therapie. Ich übernehme die Konsequenzen für meine Handlungen. Ich weiß nicht, warum ich mich so blöd anstelle.

Im Vergleich zu den wöchentlichen Beziehungsdramen der ATV-Serie im Gemeindebau ist mein Verhalten entschuldbar, aber mit Jolanda habe ich nie gestritten und mit Ulrike hat es schon zweimal gekracht. Ich muss herausfinden, warum sie mich ohne Anlass und spielerisch leicht reizt. Ich schreibe eine weitere Mail an Ulrike, in der ich mich beklage und ihr vorhalte, dass sie mich ständig provoziert und mit welchen Minderleistern sie sich paart. Dass es außerdem überhaupt nicht korrekt sei, mich aus unserer Wohnung rauszuwerfen, wenn ich offizieller Mieter bin. Um halb zehn darf ich zu Irene fahren. Irene hat Brustkrebs überlebt und blickt seitdem entspannter auf das menschliche Leben. Außerdem ist sie praktizierende Buddhistin. Sie wird mir weiterhelfen. Ich erzähle ihr von meinem Fehlverhalten und sie beginnt zu lachen.

»Du bist eifersüchtig, das gehört zu jeder Beziehung. Ein normaler Revierkampf steht am Beginn jeder großen Liebe. Sie wird dir verzeihen, wenn sie dich mag. Meine Männer waren nie eifersüchtig. Ich hätte mir manchmal ein bisschen Eifersucht gewünscht.« Irenes Worte beruhigen mich.

Sie überzieht mir ein Gästebett, und es gelingt mir, ein paar Stunden zu schlafen. Kaum wach, schreibe ich Ulrike eine neue Mail, in der ich ihr mitteile, dass meine Cousine Eifersucht für normal hält und sie meine kleinen Ausraster bitte nicht ernst nehmen soll. Vernachlässigbare, arbeitsbedingte Schwächeanfälle. Es ist doch normal, dass ich erzürne, wenn ich mitansehen muss, wie eine Halbgöttin mit Halbaffen spricht. Da ist er schon wieder, der nächste Angriff, der nächste jämmerliche Vorwurf. Ich werfe ihr ständig Sachen vor. Diese neuen Medien bringen mir kein Glück. Ich schreib dauernd Affekt-SMS und -Mails, recherchiere Bilder von Ex-Freunden auf Facebook und belästige Ulrike mit Wortmüll.

Woher kommt mein Drang, Kurzbotschaften voller Flegeleien zu verfassen, wenn ich nur sagen will, Entschuldigung, ich bin ein Idiot? Ich stehe einfach total auf dich und weiß nicht, warum ich dich beschimpfe, anstatt dir nette Sachen zu sagen. Betrachte es bitte als umgekehrten Liebesbeweis. Ich bin selber überrascht, welchen Blödsinn ich wegen dir mache. Missy ist verärgert und schreibt von Trennung. Ich bekomme Atemnot. Sie kann nicht per Mail mit mir Schluss machen. Noch drei Stunden bis zum Abflug, und ich habe keine Lust, wegzufliegen. Sie will mich nicht sehen, also vereinbaren wir, dass ich mich am Sonntag bei ihr melden soll. Das klingt tröstlich, der Abstand wird mir gut tun und sie versöhnlich stimmen. Mir tut das Alleinsein aber nicht gut. Und jetzt soll ich vier Tage mit meinen Arbeitskollegen Sehenswürdigkeiten in Moskau besichtigen? Arzt und Freundin empfehlen mir das.

96 Stunden später erinnere ich mich nur mehr an eine rosarote Kirche in Moskau. Gleich bei der Ankunft in Wien will ich eine SMS schreiben. Ich traue mich nicht, es ist erst fünf Uhr und noch zu früh. Ich fahre nach Hause und versuche zu schlafen. Funktioniert nicht. Um neun halte ich es nicht mehr aus. Ulrike hat mir ein Telefonverbot erteilt, also schreibe ich

ihr eine SMS. Ich habe alles falsch gemacht und möchte dir viel erklären. Hast du für mich Zeit, ich würde gerne zu dir kommen.

Die Antwort kommt postwendend: »Nein, ich habe keine Zeit für dich. Es ist sicher aus mit uns. Vielleicht rufe ich dich am Abend an. Lass mich in Ruhe!«

Die vier Tage haben sie eher noch mehr in Rage versetzt als beruhigt. Ich schalte den Rechner ein und google ihren Namen. Sie hat keine Zeit verstreichen lassen und schon mein Zimmer in ihrer Wohnung inseriert. Auf der ÖH-Wohnbörse. Obwohl ich offiziell Mieter bei ihr bin. Weiteres Weinen, Nichtreden und divaeskes Auftreten kann ich mir nicht leisten. Ich liege im Bett und suche nach einem Plan. Wie kann ich ihr beibringen, dass ich nicht verrückt bin? Wie kann ich ihr vermitteln, dass ich schon länger überarbeitet bin und mich nie getraut habe, ihr das zu sagen, weil ich sie beschützen wollte?

Mein Timing für Katastrophen ist beeindruckend. In drei Tagen habe ich Geburtstag, ich habe Ulrike am Dienstag zum Essen eingeladen und am Freitag meine Freunde erstmals seit 14 Jahren zu einer Geburtstagsparty. Ich feiere nie Geburtstag, aber ich war so glücklich mit Ulrike, dass ich mir dachte, warum nicht eine kleine Feier organisieren und mein schönstes Geschenk gleich allen mir wichtigen Menschen vorstellen. Nächsten Sonntag ist die Wagner-Oper, der Ulrike seit zwei Monaten entgegenfiebert. Wir hatten bereits den gesamten kommenden Sommer verplant. Im Juli ist die Hochzeit ihrer Cousine, zu der sie mich eingeladen hat. Und zwei Wochen später ist die Firmung meines Lieblingsneffen.

Ulrike strahlte: »Welch Ehre, dass du mich zu einem Familienfest mitnimmst. Welch Vertrauensbeweis.«

Inzwischen ist mein Aktienwert rapide gesunken. Es sieht

im Moment nicht danach aus, dass wir diese ganzen Festivitäten gemeinsam feiern. Das ist doch kindisch, mir per SMS mitzuteilen, dass es mit uns aus ist. Wir sind beide erwachsen. Ich hatte einen kleinen Nervenzusammenbruch. Ich hätte mir gewünscht, dass sie Stärke zeigt, zu mir steht und ruhig, aber bestimmt sagt:

»Gehen wir runter vom Gas, du wirkst überarbeitet und fertig. Du hast dich wie ein Arsch aufgeführt, aber ich hab dir gesagt, du bist ein Teil von mir. Das war ernst gemeint. Da muss ich dich auch mit deinen Schwächen akzeptieren. Aber das, was wir haben, ist einzigartig.«

Diese Tagträume müssen aufhören. Das ist reines Wunschdenken. Wenn Ulrike eine böse SMS schreibt, dann brennt die Hütte. Sie ist Löwin, sie ist nachtragend, sie verzeiht nicht. Das hat sie mir alles mehrmals gesagt. Sie liebt ihre Unabhängigkeit, und sie trieb bereits Atzgo in den Wahnsinn. Sie hat mir deutlich zu verstehen gegeben, sie sei schon lange dem Stadium des Verliebtseins entwachsen und sie möchte, dass ich für immer bei ihr bin. Nichts Anderes will ich.

Hoffentlich ruft sie an. Sie meinte, sie wird am Abend anrufen. Optimistisch betrachtet, beginnt der Abend gegen 17.00 Uhr. Das Telefon bleibt still. Es wird 18.00 Uhr, es wird 19.00 Uhr, es ist schon dreiviertel Acht. Endlich klingelt das Telefon.

»Hallo.« Dann folgt eine Pause.

Ihre Stimme klingt eine Oktave tiefer als sonst. Richtig ungewohnt. Das ist ein anderer Mensch. Sie muss die letzten vier Tag viel mit Freundinnen gesprochen haben, die ihr alle einhellig erklärten, ich bin ein Psycho, und sie soll mich sofort in die Wüste schicken. Sie will mich nicht sehen, sie will mich nicht treffen, sie will nicht mehr mit mir zusammen sein. Sie hat die Schnauze gestrichen voll. Ich tische mein ganzes rhetorisches Repertoire auf. Als wir begonnen haben, uns zu treffen, war Ulrike davon überzeugt, ich manipuliere sie, weil ich ständig das Richtige sage. Nun sage ich ständig das Falsche. Alles, was ich sage, blockt sie ab. Jede Erklärung, jedes Argument prallt an ihr ab und ärgert sie. Wir haben bislang nie telefoniert. Ich mag nicht telefonieren und Ulrike ist eine geübte Telefoniererin. Wenn ich keinen Blickkontakt mit ihr habe, habe ich keine Chance gegen sie. Die Pausen im Gespräch werden länger, sie klingt gelangweilt.

Ich suche nach einem Strohhalm, ich finde ihn: »Kann ich wenigstens vorbeischauen, mir ein paar Sachen holen? Ich hab schließlich alles bei dir und bin offizieller Mieter, dann könnten auch gleich wir reden. Ich würde am Montag oder Mittwoch vorbeikommen.«

Sie weiß, dass ich Dienstag Geburtstag habe, sie sagt, ich soll Montag vorbeikommen. Wenn sie mir verzeiht, ist der Geburtstag gerettet. Ulrike liebt Blumen, mag aber keine roten Rosen. Sie liebt lila, ich habe ihr bereits Vergissmeinnicht geschenkt, das werde ich diesmal toppen. Ich komponiere für sie den schönsten Strauß, Blumen sprechen für sich selbst. Aufgeregt fahre ich zu ihr. In der Straßenbahn treffe ich Musti. Er sieht den Strauß.

»Cool, du kommst aus Russland und bringst Ulrike einen Strauß mit zum Wiedersehen. Wie romantisch.«

»Wir haben gestritten, sie will mich nicht sehen, das ist der Versuch einer Versöhnung.«

»Ach so, na wenn es nichts wird, komm halt bei mir vorbei.«
Eine nette Geste, aber bei Musti abhängen will ich nicht.

Ich bin eine Viertelstunde zu früh. Ich bin aufgeregt wie bei der ersten Verabredung. Ich darf diese Begegnung nicht absolut setzen. Große Dinge muss man stets gelassen angehen.

Warum fällt mir dieser Hagakure-Quatsch ein? Ich werde nie mehr vorlaut sein. Ich läute und mein Herz klopft, Ulrike macht auf.

»Ich bin nicht allein. Eine Freundin ist da.«

Dieser Satz bringt mich komplett aus dem Konzept. Was soll das? Damit habe ich nun nicht gerechnet. Ich habe 15 verschiedene Entschuldigungsvarianten einstudiert.

»Warum ist denn jemand bei dir?«, frage ich verdutzt.

»Du wolltest nur schnell Sachen holen.«

»Und reden.«

»Es gibt nichts zu bereden.«

Ich gehe raus auf den Balkon und begrüße ihre Freundin.

»Hallo, ich bin nicht immer so meschugge.«

»Ich habe keinen Augenblick darüber nachgedacht.«

Auch gut, sie muss solidarisch sein, das ist ihr Job als Freundin. Ich lächle gequält und verkrümle mich ins Zimmer, wo meine Sachen zwischengelagert sind. Was nehme ich mit? Bankpapiere und die Dokumentenmappe. Ich zittere. Wieso ist ihre Freundin da? Warum trinken sie gutgelaunt Eistee am Balkon? Hat sie kein Bedürfnis, mit mir zu sprechen, oder glaubt sie, ich bin aggressiv? Ist das ihre Art mir zu zeigen, dass sie auf mich scheißt? Das kann es nicht sein, ich gehe raus.

»Gib mir fünf Minuten.«

Sie kommt mit, sie schaut mich an. Ich entschuldige mich, sie sagt, das macht keinen Unterschied mehr. Sie will nicht reden. Ich stehe auf und gehe zur ihr. Ich will sie in den Arm nehmen, sie weicht zurück. Ich berühre sie kurz. Diese Berührung verunsichert sie. Ihr Blick senkt sich. Ein paar Einflüsterer haben gute Überzeugungsarbeit geleistet. Sie wankt, aber ihre Freundinnen haben sie vorgewarnt. Sie will hart bleiben. Schließlich besteht die Wahrscheinlichkeit, dass ich öfters solche Eifersuchtsanfälle habe. In der ersten Verliebtheitsphase Eifersuchtsattacken zu haben, ist asozial. Während des Kennenlernens streiten normale Paare nicht.

»Du kannst doch nicht so bescheuert sein, dass du glaubst, nach deiner Vorstellung könnten wir ein Liebespaar werden?«

»Klar bin ich bescheuert. Was ist bei uns schon normal? Du stichelst seit Jahren über mich, dein Ex dreht wegen mir durch und erst dann bemerke ich, dass du ein bellender Hund bist, der mich nicht beißen will, sondern zuschnappen. Es ist passiert. Streite das nicht ab. Wir haben uns verliebt. Streiten ist nicht schlimm, wenn mal die Fetzen fliegen, du bist ein Tiroler Sturschädel, die streiten nun mal gerne. Aber wenn du nicht alleine bist, ist es echt besser, ich gehe. Ich will mit dir reden. Du kannst nicht einfach nicht mit mir reden.«

Sie will nicht reden und begleitet mich zur Tür. Ich treibe umher und bin unsicher. Ulrike riecht das.

16

King Night

Leicht benebelt wanke ich die Lacknergasse entlang, essen kann ich nichts, trinken kann ich nichts, heimgehen mag ich nicht. Musti erwähnte vorher in der Straßenbahn, wenn es kürzer bei Ulrike dauert, soll ich bei ihm vorbeischauen. Ich brauche jemanden zum Quatschen. Musti bietet mir Wein und Bier an. Mir ist eher nach Kamillentee oder Wasser. Meine Glückssträhne ist vorbei. Ich lasse mich in sein Sofa fallen und hantiere an seinem Laptop herum, ich brauche dringend Hip-Hop-Beats. I'm an uptown soldier, known high roller.

Ich jammere ihn an: »Das geht doch nicht, ich will mit ihr reden, und sie hängt mit einer Freundin ab. Die hat mich in fünf Minuten abgewimmelt, als wäre ich ein Staubsaugerverkäufer.«

»Iss was, eine Speckjause und eine schöne Salami mit Paprikastücken aus Ungarn.«

Ich klage weiter, ich bin ein Waschweib, kein Wunder, dass Ulrike auf weinerliches Selbstmitleid keinen Bock hat.

»Ich fühle mich für sie verantwortlich. Ich fühle mich für alle verantwortlich. Im Job, privat, allen muss ich helfen. Ich packe das nicht mehr.«

Musti faselt was von einem Dramadreieck. Das passt zu mir, ich bin eine drittklassige Drama Queen. Musti meint, mein Fehler besteht darin, mich als Opfer, Täter und Retter zu sehen. Das setzt mich unter Versagensdruck. Ich soll die Dinge positiv betrachten. Es sei schwer daneben, mich für Ulrike verantwortlich zu fühlen. Dieses Dramadreieck hat er von Paul

Watzlawick geklaut. Der ist ein alter Hippie, der mit Reden die Leute therapieren wollte, und das ist garantiert falsch. Denn mein loses Mundwerk hat mich in den Abgrund getrieben und nicht therapiert. Hätte ich meine vorlaute Schnauze gehalten, wäre das nicht passiert. Dieses Dramadreieck klingt überzeugend, ich habe mir tatsächlich eingebildet, Ulrike retten zu müssen. Dabei hat sie 30 Jahre glücklich ohne mich gelebt. Sie braucht mich nicht zum Leben. Sie war glücklich, weil ich nett war. Selbst wenn die Binsenweisheit, die mir Musti erzählt, aus einem Lebensratgeber seiner gestörten Ex-Freundin ist und nicht von Watzlawick, selbst dann ist dieses Dreieck in Ordnung.

Musti hat einen wahren Punkt angesprochen. Ich bin nicht für meine Freundin verantwortlich. Ich muss mich nicht ständig unter Druck setzen. Das ist neurotisch. Ich beginne zu weinen. Das zweite Mal in zwei Monaten. Ich verliere meine Selbstachtung, es ist mir völlig egal, was die Leute von mir denken. Musti stellt fest, dass ich an Luxusproblemen laboriere. Er ist Vater geworden und arbeitslos, von einer Schicht im Einhorn kann er nicht leben. Sein zweiter wichtiger Hinweis, die Welt dreht sich nicht um mich, ich muss mir ein neues Ziel setzen. Ulrike will mich nicht sehen und ich habe morgen Geburtstag. Ich werde ihn im Bett verbringen und muss mir eine Wohnung organisieren. Ich werde mir schleunigst einen Therapeuten suchen. Ich hab keine Ahnung, ob ich eine Depression habe oder liebeskrank bin. Musti bietet mir an, bei ihm zu übernachten. Seine Gästematratze ist ungemütlich, darauf kann ich nicht schlafen. Ich muss der Wahrheit ins Auge sehen. Ich bin wieder solo. Ulrike werde ich nicht mehr anrufen. Ich werde meinen Ehrentag mit Arbeiten verbringen, ich muss schließlich meine Bankkonten, meine Aktiendepots, meine Bibliothekskarte und sämtliche anderen Adressänderungen wieder rückgängig machen. Der Diepoldplatz ist nicht mehr mein aktueller Wohnort. Ich habe einen Dauerauftrag bei Ulrike eingerichtet, der ist rückgängig zu machen. Das ist alles ein irrsinniger Aufwand.

Es war kein romantischer Liebesbeweis, sich ohne Rückversicherung von einer Frau abhängig zu machen, nur fortgeschrittene Blödheit. Der Gang zur Bank ermüdet mich. Auch der englische Käufer meines Außenwandofens hat mich wieder kontaktiert. Er hat mir statt 400 Euro 2.500 Euro überwiesen. Den Differenzbetrag soll ich für seinen Transporteur via Western Union überweisen. Ich frage ihn, ob er spinnt und warum ich für seinen Transporteur Geld überweisen soll. Das ist notwendig, weil der Transporteur von Österreich nach England gefahren ist und das Geld in England braucht. Ich maule noch ein bisschen herum, überweise dann aber 1.800 Euro via Western Union. Das ist relativ aufwändig. Ich muss erst mal eine Filiale in Wien finden. Doch nach einigem Suchen werde ich fündig. Nach der Erledigung der Bankgeschäfte ruft mein Vater an. Er gratuliert mir und fragt mich, wo ich mit meiner Freundin feiern werde. Ich muss ihm erklären, dass ich es vergeigt habe und wieder solo bin. Der Mann ist aus einer anderen Epoche. Er kommt aus einer Generation, wo Frauen noch Fehler verziehen haben und hält mir meine Weichheit vor.

»Du bist zu nett zu den Frauen, deswegen bleibt dir keine. Die tanzen dir auf dem Kopf herum, und du verteidigst sie dann auch noch.« Genau das wollte ich hören.

Den Rest des Tages verbringe ich damit, den Umzug zu organisieren. Ich rufe Frank an und frage ihn, ob ich während der Sanierung nicht doch Möbel bei ihm zwischenlagern kann. Kein Problem, da er einen großen, unbenutzten Vorraum hat. Das ging ja mal einfach. Ich organisiere mir eine professionelle Umzugsfirma, nochmal schleppe ich keine Kisten. Die Möbelpacker werden zuerst meine Sachen, die ich vor drei Wochen zu Ulrike gebracht habe, abholen, dann den Rest von meiner alten Bude, und anschließend alles zu Frank bringen. Ich schreibe Ulrike eine SMS und frage sie, ob Mittwoch, der 23. Juni, als Umzugstermin für sie in Ordnung geht. Sie hat Zeit und gratuliert mir zum Geburtstag. Ich schreib ihr zurück, dass ich auf ihre Glückwünsche verzichte, sie ein drittes Kind ist und wir nach ihrem Auftritt gestern quitt sind. Zwei Minuten fühle ich mich wohler, dann vermisse ich sie wieder. Ich schreibe ihr, ich vermisse sie. Sie hat mir verboten, das zu schreiben. Wie kann man mir verbieten, ihr zu sagen, dass ich sie vermisse?

Ulrike hat mich gekickt, deshalb fresse ich keine Antidepressiva mehr. Das war nur eine Ersatzhandlung für meinen Nervenzusammenbruch. Eine Botschaft an sie, dass sie mich unterstützen hätte sollen. Ich gehe zum Arzt und teile ihm mit, dass ich von den Tabletten Magenschmerzen bekomme und keine Lust habe, weiterhin Tabletten zu essen. Er reagiert ungehalten. Seine Diagnose zu hinterfragen scheint er nicht gewohnt zu sein. Er brabbelt etwas von mündigen Patienten und dass ich mir der Tragweite meiner Entscheidung bewusst sein müsse. Ich will reden, ich brauche keine Tabletten. Dazu ist der Krankenkassenarzt nicht bereit. Zeit ist Geld, und er hat keine Lust zu reden, schließlich warten draußen andere Patienten. Ich weiß, dass du als Kassenarzt pro Patient nur für 15 Minuten abgerechnet bekommst, dennoch besitzt du nicht das Recht, mir ohne fundierte Diagnose Antidepressiva zu verschreiben. Antidepressiva sind keine Schande, stellt er lakonisch fest, zehn Prozent seiner Patienten sind drauf. Er zeigt doch noch eine menschliche Regung. Er weiß, dass ich in einer harten Branche arbeite. Die Anforderungen im Berufsleben werden für uns alle immer größer und viele Leute klinken sich aus. Ob man das modisch Burn-Out oder Depression nennt, ist zweitrangig. Er will und kann mir nicht helfen, also werde ich einen Psychotherapeuten suchen. Nicht alle Bekannten und Freunde, die je eine Psychotherapie absolviert haben, sind während und nach ihrer Therapie nur noch ichbezogenere und verstrahltere Personen geworden. Manchen geht es seitdem richtig gut. Meine Ex-Freundin hat sich vor mir gefürchtet, und das ist beschämend. Ich werde Ursachenforschung betreiben.

Es ist nicht einfach, einen Psychotherapeuten zu finden, der sein Handwerk beherrscht. Das ist wie bei Installateuren oder Bierbrauern. Die meisten sind Nieten. Der erste, den mir mein Hausarzt empfiehlt, redet gleich über sein Honorar. Das finde ich deplatziert. Wir wollen die Verwirrungen meiner Seele erkunden, nicht über Geld sprechen. Bei der nächsten Dame habe ich mehr Glück. Wir vereinbaren telefonisch einen Termin, und eine Woche später betrete ich ihre Praxis. Sie redet nicht von Geld, sondern möchte wissen, warum ich zu ihr kommen will. Ich habe Beziehungsstress, und dieses Beziehungsverhalten hatte ich vermutlich schon einmal. Deshalb will ich die Therapie bei einer Frau machen. Meine Freunde und Bekannten sind anderer Meinung. Sie sagen, als Mann soll ich zu einem Mann gehen, weil ich mit dem leichter reden kann. Ich hab keine Hemmungen, mit einer Frau über mein Sexleben zu sprechen. Dieses Geschlechterdenken ist total veraltet. Neben meinem Beziehungsstress leide ich an pathologischer Schlaflosigkeit. Die nächsten vier Monate muss ich als Nomade wohnen, weil mich meine Freundin aus unserer Wohnung geschmissen hat. Ich habe zwar einen gültigen, mündlichen Mietvertrag, aber es geht um eine Herzensangelegenheit. Deshalb wohne ich bei Freunden, bis sich die Sache wieder einrenkt. Sie sieht ein, dass das drängende Probleme sind. Wir vereinbaren schließlich ein Erstgespräch.

Ich denke schon wieder an Ulrike. So abfertigen lasse ich mich nicht, wir sind nicht im Kindergarten. Ich schreibe ihr eine SMS, weil sie mir dieses seltsame Telefonverbot erteilt hat, sie schreibt mir unfreundlich zurück:

»achso: du willst eine aussprache. na das hör ich jetzt zum ersten mal. hör mir mal zu. ich habe schon mehrmals gesagt, was ich will. nämlich meine ruhe vor dir. was denkst du denn was du mir noch in einer persönlichen aussprache sagen kannst, was du mir nicht eh schon 100-mal geschrieben und gesagt hast? meine latte für durchgedrehte typen liegt mit atzgo bekanntlich sehr hoch. du überspringst sie aus dem stand.«

Was sollen diese blöden Kleinbuchstaben? Ansonsten schreibt sie orthographisch korrekt. Zusätzlich unterschreibt sie seit unserem Streit ihre Mails nicht mehr und verzichtet auch auf eine Anrede. Diese Nachricht werde ich nicht akzeptieren. Einen Gesprächsabbruch hatte ich noch nie. Was soll das? Ich habe sie nicht beschissen, ich habe sie nicht geschlagen, ich hatte einen alkoholbedingten Eifersuchtsanfall, der nachher in selbstzerstörerisches Verhalten überging und in einen Schwächeanfall wegen Überarbeitung mündete. Oder ich laboriere schon seit längerem an einem Burn-Out, das durch Alkoholkonsum auf nüchternen Magen zu einem Eifersuchtsanfall führte. Zumindest sind das zwei Erklärungsversuche, wenngleich eher schwache. Was ist das für ein blödes Verhalten, nicht mit mir zu reden? Wir haben miteinander gelebt und intime Geheimnisse geteilt. Ich bin ein Teil von ihr und ich darf nicht mit ihr reden? Hat sie den Teilchenzerteiler angeworfen? Ich rufe Irene an und frage, was dieses Frauenverhalten soll. Sie rät mir, ich soll sie zwei, drei Wochen in Ruhe lassen. Wenn sie auf mich steht, wovon auszugehen ist, weil sie mit uns gemeinsam weg war und zweifellos sehen konnte, dass Ulrike sehr in mich verliebt ist, vermisst sie mich sicher auch. Frauen brauchen bei Beziehungssachen Zeit, sagt Irene. Das ist genau das Gegenteil von dem, was ich glaube, aber Irene und auch meine Social-Media-Freundin Karin, bei der Ulrike im Juli arbeiten wird, raten mir ab, ihr hinterherzurennen. Das turnt Frauen ab. Ich rede nie mit Frauen über Beziehungsstress, aber diesmal können mir nur Frauen weiterhelfen. Karin ist überrascht, mich fertig zu sehen. Sie absolvierte mit Ulrike bereits ein Jobinterview und beschreibt Ulrike als schüchterne, unsichere Person.

»Du bildest dir was ein. Was hast denn du für einen komischen Film laufen? Ich kenne dich als zynisches, selbstverliebtes PR-Großmaul, du vögelst sonst auch rum. Ist irgendwie süß, deine Gefühlsduselei, geht sicher um große Gefühle, aber warum eierst du bei der so herum? Das ist nicht deine Art. Du bist ein Frauenheld und hattest immer geile Weiber, wenn ich den Erzählungen von meinem Ex Dickie Rettauer glauben darf. Den Dickie kennst du doch schon seit 30 Jahren. Er meinte immer, du hattest ständig hübsche Frauen, und er wüsste nicht so genau, wie du das schaffst, aber du leidest nie an Frauenmangel. Hab dich nicht so. Die Ulrike schaut doch nicht gut aus. Fährst du jetzt auf Mauerblümchen und unschuldige Bitches vom Land ab? Werde nicht sentimental. Wenn sie auf dich steht, kommt sie wieder. So vernünftig, wie sie tut, sind Frauen auch nicht.«

»Stimmt nicht, sie ist ein Orkan, vielleicht hast du sie eingeschüchtert, du machst einen auf toughe Social-Media-Tante. Deine Art kennt sie einfach nicht. Aber wenn du meinst, ich soll sie in Ruhe lassen, mache ich das eine Weile.« Ich verstehe nicht, warum die Dinge sich entwickeln, wie sie sich entwickeln. Ich brauche Antworten.

Ich werde meine Geburtstagsparty nicht absagen. Mein Freundeskreis ist unterschiedlich, deswegen veranstalte ich nie Partys. Da treffen Politikberater, Medienleute, Feierbirnen, Kellner, Arbeitslose und Arbeitsscheue, Schulkollegen, Studienkommilitonen und Bezirksräte unvorbereitet aufeinander, die sich nichts zu sagen haben. Die Feier abzusagen, nur weil mich Ulrike verlassen hat, wäre eine Überreaktion. Spiel nicht den leidenden Jesus, mach keinen auf Selbstkasteiung. Ich lade meine Freunde ein und vergesse nicht, Ulrike in cc einzuladen. Wenn sie ein Herz hat, wird sie kommen. Ich schlafe seit Wochen kaum, schön langsam gewöhnt sich mein Körper daran. Wenn ich einschlafe, versinke ich in eine tiefe, traumlose Ohnmacht. Wenn ich aufwache, bin ich hellwach. Einschlaf- und Aufwachphasen sind was für Weicheier. Ich schrecke auf und greife neben mich. Da ist niemand. Ich warte auf ihre Anrufe und dass sie sagt, sie hat genug geschmollt und dass alles wieder gut ist. Macht ihr dieser kalte Entzug gar nichts aus? Ich alte Klatschtante erzähle jedem meine Geschichte. Ich treffe Bekannte, ich rufe Leute an, die ich seit Ewigkeiten nicht mehr getroffen habe, ich brauche dringend Gesellschaft. Alle beruhigen mich, prophezeien eine baldige Versöhnung. Es wäre eine große Geste, wenn sie zu meiner Geburtstagsparty käme.

Ich lade in die Nähe des Karmelitermarktes in den Weißen Tiger ein. Meine Freunde sind verschieden wie Berggipfel, ich bin das alleinige Bindeglied. Mein Gesicht ist aufgequollen, durch den Schlafmangel bin ich paranoid und hellwach.

Ich dusche und wasche mich nur mehr selten. Ich möchte leidend und verwahrlost aussehen, dieser Gossen-Look steht mir gut. Wozu soll ich mich waschen, ich hab keine Freundin und sonst will ich mit niemandem vögeln. Dafür sind Kopfweh und Schlaflosigkeit meine ständigen und treuen Begleiter. Als ich etwas zu spät zu meiner eigenen Party komme, sind die Gäste schon da. Die Leute haben sich ohne sich zu kennen am gleichen Tisch versammelt, und schweigen sich wie erwartet an. Sie kennen sich alle nicht. Ich gebe den eleganten Gastgeber. Meine Freunde sind die besten. Frank ist da, Demmer ist da, sogar Bezirksrat Toni ist gekommen. Sie stellen keine Fragen, wo meine Freundin ist. Sie schenken mir Bücher, ich will sonst nichts geschenkt bekommen. Ich werde aufgefordert, die Runde vorzustellen, und mache das. Ich wähle nicht die klassische Vorstellungsvariante mit Namen und Beruf, sondern erzähle von jedem, wann und wo ich ihn kennengelernt habe und warum jeder dieser völlig unterschiedlichen Menschen und Charaktere für mich einzigartig, wunderbar und wichtig ist. Der Abend ist super, dennoch denke ich jede Sekunde an Ulrike, ich vermisse sie wie ein frisch gezapftes Pale Ale im 1516 nach 100 Tagen Bierpause.

Ich kann diese Frau nicht vergessen, egal, wie viel ich saufe und mit wie vielen Leuten ich unterwegs bin. Das ist krank. Ich versuche schneller und mehr zu trinken. Das nützt nichts. Ich werde nicht richtig betrunken. Auch der Rest der Gäste betrinkt sich möglichst effizient. Eine schöne Geburtstagsfeier, doch die Hauptattraktion meiner Feier fehlt.

Da fragt mich Demmer: »Wo ist eigentlich die Ulrike?«

Er hat das Talent, die falschen Fragen zur falschen Zeit zu stellen.

Ich presse heraus: »Wir sind nicht mehr zusammen. Nächstes Thema.« Kurz dreht sich mir alles, dann ordne ich meine Gedanken.

Ich feiere seit 14 Jahren erstmals Geburtstag, weil ich jedem, den ich mag, Ulrike vorstellen wollte, und wegen meines kleinen Nervenzusammenbruchs oder Eifersuchtsanfalls sitze ich nun alleine da. Demmer zeigt Gnade, er fragt nicht weiter. Um zu vergessen, gönne ich mir ein paar Schnäpse. Die Schwänke werden deftiger, meine Freunde redseliger. Manche von ihnen kenne ich seit 25 Jahren, ich mag sie wie am ersten Tag. Einige haben Entzüge hinter sich, einige sind erfolgreich, einige klug, einige gemein, ich finde jeden gut, so wie er ist. Wieder andere sind Familienväter und Mütter, und die verabschieden sich jetzt. Bezirksrat Toni geht als erster, er freut sich auf sein Kind. Ich finde es schön, wenn Familienväter bei Geburtstagsfeiern dabei sind. Um ein Haar wären Ulrike und ich schwanger, und das wäre wunderbar. Wir sind leider nicht schwanger, und ich sitze hier allein.

Wir wechseln die Lokalität und besuchen den Urban-Heurigen. Wir sind nur mehr zu dritt, und ich bin zu besoffen, um noch sinnvoll zu reden. Also höre ich zu. Frank redet mit Demmer über die Erbärmlichkeit der Wiener Meinungsforschung. Bei allem wird gestümpert und getürkt, die Validität der Samples wird kaum geprüft, er kennt Institute, die gefakte Interviews machen. Die Männer debattieren darüber, welche Institute am unwissenschaftlichsten arbeiten und die Zahlen am effizientesten manipulieren. Solche Branchen-Bashings liebe ich, wenigstens ist nicht nur meine am Sand. Ich mische mich doch noch ins Gespräch ein. Am Nebentisch sitzen zwei Heteromädels, die miteinander knutschen, weil ihre männliche Begleitung zu doof ist, sie anzubaggern. Ich stelle fest, dass das Konzept der »Neohomophobie« bei den jungen Rappern angesagt ist. Meine Gäste winken gelangweilt ab. Sie sind Kommunikationsprofis.

»Netter Versuch, aber ein zu gestelztes Wort. Auf solche schlappen Provokationsversuche fallen nur Menschen mit einem reinen Herzen wie Ulrike rein. ‚Neohomophobie' klingt total bescheuert. Fast so wie ‚Post-Dupstep' und da weiß auch niemand nur annähernd, was dieser Begriff bezeichnet,« meint Demmer.

Am nächsten Abend lädt mich Demmer zum Abendessen ein, weil er mir nichts geschenkt hat. Feine Idee, und er gibt ein chinesisches Fusion-Essen im On aus. Das Bier rinnt gut, und Demmer ist neugierig wie immer. Seit er von unserer Trennung erfahren hat, will er mir keine Werbeweisheiten mehr erzählen. Er will alles genau wissen über den Grund unserer Trennung. Ich kann ihm keine Details nennen, denn er ist die größte lebende Tratsche Wiens, und wenn ich ihm Hintergründe erzähle, weiß morgen das ganze Einhorn und übermorgen die ganze Stadt von meinen peinlichen Auftritten. Er ist das perfekte Megafon, und ich könnte ihn auch instrumentalisieren, aber für Taktikspielchen bin ich zu dumm. Daher flüchte ich mich ins Ungefähre und in Gemeinplätze und verteidige sie. Ich war ein Arsch, hatte einen Auszucker, sie kann nichts dafür. Nein, ich habe sie nicht beschissen, nein, ich habe sie nicht geschlagen, nein, ich bin kein Gewalttäter, aber ich habe mich daneben benommen. Genau kann ich mich selbst nicht mehr erinnern, schließlich schlafe ich seit einer Woche nicht mehr und seit der Trennung saufe ich jeden Tag und esse Tabletten, um meinen Schmerz zu betäuben. Demmer ist mit meinen Ausflüchten nicht zufrieden.

»Hab dich nicht so. Ulrike ist keine Heilige. Ich hab die Homepage von Fatigue gemacht. Der Atzgo hat rumgejammert. Deinen Grafiker Rene hat sie auch fertiggemacht. Weißt du überhaupt, dass ich mit ihrer Ex-Wohnungskollegin zusammen war? Um ehrlich zu sein, ich habe Angst vor der Ulrike. Die beiden Mädels sind immer zusammengesessen, und haben über alle abgelästert, richtig hässliche Dinge gesagt.«

Ich verteidige Ulrike, die Trennung war meine Schuld, ich hab mich wie ein Arsch aufgeführt, nicht sie. Demmer schüttelt den Kopf.

»Ach lass mal, dass sie dich aus der Wohnung trotz eures gültigen Mietvertrags rausgeschmissen hat, war schon mies.«

»Woher weißt du das denn?«

»Frank hat es mir bei der Geburtstagsparty erzählt. Übrigens, ich hab ihr nach der Party noch eine SMS geschrieben, es ist erbärmlich, dass sie dich rausschmeißt und schon wieder einen Mann fertig macht.«

Demmer grinst unverschämt. Er mischt sich in meinen Beziehungskram ein. Ich verteidige Ulrike erneut und fauche ihn an, er soll sie in Ruhe lassen und sich bei ihr entschuldigen. Er bleibt hart.

»Ihr seid nicht mehr zusammen. Jetzt kann ich ihr wieder sagen, was ich mir denke. Glaubst du, ich merke nicht, dass du mich aushorchen willst? Im Einhorn spielst du gerne den gönnerhaften, abgeklärten Intellektuellen. Dabei bekommst du nicht mit, was um dich herum so abläuft. Ulrike hat doch mit dem halben Einhorn rumgemacht. Ich hab auch öfter mit ihr rumgeknutscht. Hältst du dich für was Besseres? An der Bar im Einhorn lachen die Leute über dich. Weil du gerne altklug daherredest, aber nie merkst, wenn dich jemand verarscht. Wie eben die Ulrike. Wir Barsitzer mögen dich ja, aber du bist auch nur der gleiche Versager wie wir alle anderen auch. Tut mir leid, aber irgendjemand muss dir das sagen. Du bist echt unglaublich naiv.«

Wahrscheinlich habe ich Demmer bislang unterschätzt.

Ich gehe nach Hause und lege mich schlafen. Ich kann nicht schlafen, doch irgendwann döse ich weg. Plötzlich läutet das Telefon. Es leuchtet kein Name auf, aber ich kenne die Nummer. Es ist die Nummer von Ulrike. Ich hab ihre Nummer aus Sicherheitsgründen gelöscht, um sie nicht mitten in der Nacht im Suff anzurufen und zu stören.

Ihre Stimme klingt wieder vertrauter und sanftmütig: »Hallo, wie geht es dir? Du kannst es dir zwar nicht vorstellen, aber ich fühl mich mies. Richtig mies. Mir geht es nicht gut.«

»Das kann ich ändern. Lass mich doch zu dir kommen.«

»Nein. Jetzt hat mich auch noch Demmer angesmst. Warum erzählst du ihm von uns? Das geht nur uns beide was an.«

»Ich habe ihm nichts gesagt, du warst halt Gesprächsthema bei meiner Geburtstagsparty. Schade, dass du nicht gekommen bist. Ich hätte mich sehr gefreut. Magst mit mir heute in die Oper gehen?«

»Nein, hast du mich beschissen?«

»Scheiße, was soll die Frage, warum sollte ich dich bescheißen?« Schweigen.

Ich wiederhole meine Frage: »Ulrike, ich bin extrem in dich verliebt, warum sollte ich dich betrügen?« Schweigen. »Darf ich dich ab jetzt wieder anrufen?«

»Nein auf keinen Fall. Wenn, dann ruf ich dich an.«

»Ulrike, das Leben ist erbärmlich ohne dich. Du hast mir gezeigt, dass es besser ist, zu zweit zu sein. Ich möchte dich gerne treffen. Dieses Reden am Telefon ist nicht gut.«

»Ich kann dich nicht sehen.« Sie legt auf.

Sie klang wenigstens versöhnlich und liebevoll. Ich schöpfe Hoffnung. Ich habe null Lust, mir alleine Wagner in der

Staatsoper anzuschauen. Ich bleibe im Bett.

Montagmorgen schleppe ich mich in die Arbeit. Schon wieder ein Mail vom kauzigen Engländer. Er ist untröstlich, aber sein Transporteur ist erkrankt und er möchte unseren Verkauf rückgängig machen. Er bittet mich, ihm die restlichen 400 Euro per Western Union zurück zu überweisen. Den Ofen hatte ich mittlerweile abgehakt. Aber ich willige ein und gehe nach der Arbeit wieder zu Western Union und überweise ihm das restliche Geld. Diese Korrespondenz war zwar ermüdend und zeitaufwendig, aber ich werde schon noch einen Käufer für meinen Ofen finden. Jetzt im Sommer denkt eben noch keiner an den Winter. Mich plagen andere Sorgen, ich muss spätestens in 14 Tagen endgültig aus meiner Baustelle, und es schaut nicht so aus, als ob mir meine Freundin verzeihen wird. Ich hab zwar einen gültigen mündlichen Mietvertrag bei meiner Ex-Freundin, aber für dieses Argument ist sie nicht empfänglich. Ich brauche eine Bleibe für fünf Monate. Bei Frank kann ich einstweilen meine Kisten zwischenlagern. Die alte Wohnung wäre schon im September bezugsfertig gewesen, aber die neue wird erst im Dezember fertig. Ich muss also Ersatzwohnungen aufstellen.

In einen blöden Vorortbezirk ziehe ich garantiert nicht mehr, Innerer Gürtel muss es sein. Altbau ist wichtig, für Wohngemeinschaften habe ich keinen Nerv. Ich bin schließlich in Trauer und muss nachdenken. Am coolsten wäre eine Wohnung im zweiten Bezirk, das ist mein Viertel, mein Zuhause, mein Block, auch wenn dieses Gebiet in letzter Zeit systematisch aufgewertet worden ist und tonnenweise halbverblödete Freitag-Taschen-Träger angeschwemmt hat. Die sitzen jeden Samstag am Karmelitermarkt und essen ein georgisches Frühstück, weil das für sie weltmännisch wirkt.

Als erster, den ich um eine Überbrückungswohnung fragen könnte, fällt mir Jochen, der Kellner, ein. Der Mann ist nicht nur einer meiner besten Kumpels, er wohnt nur fünf Gehminuten von meiner alten Bude entfernt in der Heinestraße. Ich habe mich seit Ewigkeiten nicht bei ihm gemeldet, dennoch ist er weder überrascht noch erkundigt er sich, warum ich bei ihm wohnen will. Er sagt, ich kann sofort bei ihm einziehen, er hat ein freies Gästezimmer und ich werde ihn kaum sehen. Als Kellner hat er eine 65-Stunden-Woche und ist praktisch nie daheim. Außerdem ist er Raucher, und man kann bei ihm in der Bude rauchen. Ich habe zwar vor sieben Jahren mit dem Rauchen aufgehört, beginne aber gerade wieder ernsthaft damit. Warum zur Hölle sollte ich nicht rauchen? Ich brauche einen Ulrike-Ersatz, Rauchen verkürzt das Leben, und ich will nicht alt werden ohne Ulrike. Rauchen ist Suizid auf Raten für Feiglinge, die unfähig sind, sich eine Kugel in das Hirn zu blasen oder wenigstens aus dem vierten Stock zu springen. Ich rauche wieder, jeden Tag eine Zigarette mehr, und für die Ausübung dieser Sucht ist Jochens Wohnung optimal.

Auch Jochen durchlebt gerade eine schmerzliche Trennungsphase von seiner Freundin nach eineinhalb Jahren, vielleicht ist heuer kein Jahr für Beziehungen. Ihr Beziehungsende war richtig dramatisch mit Infight, Schreiduell und anschließender Verfolgungsjagd bei strömendem Regen mitten durch den zweiten Bezirk. Als ich ihn besuche, um mit ihm über meinen zeitweiligen Einzug bei ihm zu sprechen, liest er mir SMS von Angelika vor und ich verstehe, warum es zur Trennung kam. Seine Beziehungskiste ist eigentlich ein Grund gegen den Einzug, wir würden uns nur volljammern. Jochen ist allerdings im Unterschied zu mir ein richtiger Mann. Einer, zu dem die Frauen immer wieder zurückkommen. Wortreich hat er mir das Ende ihrer Beziehung geschildert, warum seine Ex psychisch gestört ist, sie beide eine drittklassige Sadomaso-Beziehung hatten und dass er nie mehr mit ihr zusammen sein wird. Sie trifft jetzt einem Reggae-Hörer mit blonden Dreadlocks. Der ist ein authentischer Reggae-Versteher und nachdem seine Ex Angelika ebenfalls eine Vorliebe für Roots-Reggae hat, Jochen Reggae aber aus nachvollziehbaren Gründen verabscheut, war es wegen dem Mangel an Schnittmengen beider Lebensauffassungen nur eine Frage der Zeit, bis sie sich was mit einem gutaussehenden Reggae-Typen anfängt. Das hat Jochen auf jeden Fall mehrmals lauthals kundgetan. Als ich ihn ein drittes Mal besuche und er mir den Schlüssel für seine Wohnung gibt, bin ich nicht wirklich überrascht, Angelika bei ihm zu treffen. Sie ist ausgezogen, und jetzt wohnt sie wieder bei ihm. Sie sind kein Paar mehr, aber sie ficken miteinander und fahren gemeinsam auf Urlaub. Egal, ob das eine Nicht-Beziehung oder Doch-wieder-Beziehung ist, bei einem Pärchen dauernd wohnen mag ich nicht. Außerdem ist Jochen trockener Alkoholiker, der wieder kontrolliert trinkt, und er drückt mir bei jeder Gelegenheit rein, dass ich mit Ulrike kein Beziehungsproblem hatte, sondern im Rausch einen Auszucker, weil ich eben auch ein Alkoholiker bin. Vielleicht hat er Recht. Mittlerweile glaube ich jedem Menschen mehr als mir. Könnte sein, dass ich keinen Liebeskummer, sondern ein Alkoholproblem habe. Jochen sagt, es ist ihm vollkommen egal, ob ich bei ihnen wohne oder nicht. Ich kann gratis bei ihm bleiben, ich habe ja den Schlüssel und ein eigenes Zimmer mit einer kleinen Gästematratze. Also gut, Wohnung Eins ist schon mal gecheckt.

Als nächstes rufe ich Frank an. Ich frage ihn, ob ich nicht nur die Möbel bei ihm zwischenlagern, sondern auch für die

Zeit des Umbaus bei ihm wohnen darf. Er beglückwünscht mich zur Entscheidung, lieber bei ihm statt bei meiner Ex-Freundin wohnen zu wollen.

»Endlich wachst du auf. Ich hab dich doch gewarnt. Du hast zehn Jahre alleine gewohnt und ziehst nach drei Wochen zu einer Frau. Egal, wie sehr du auf sie stehst, das kann nicht funktionieren, weil du es nicht gewohnt bist, zu zweit zu leben. Außerdem setzt du sie mit deiner voreiligen Wohnungskündigung unter Druck. Sie hat auch noch nie mit einem Mann zusammengewohnt, die hatte sicher gleichermaßen Bammel. Was du forderst ist simple Erpressung.« Klingt einleuchtend.

Ich kann bei ihm einziehen, er gibt mir einen Schlüssel und ein geräumiges 30-Quadratmeter-Zimmer. Wie Jochen will auch er kein Geld von mir. Der einzige Nachteil an dieser Wohnung ist, dass sie direkt an der imperialen Praterstraße liegt. Dort ist ein Verkehrsknotenpunkt, und deshalb ist es rund um die Uhr laut. Das ist nicht das Optimale für meine anhaltende Schlaflosigkeit. Ich beschließe abwechselnd bei Frank und Jochen zu wohnen. Doch damit ist mein Appetit auf Ersatzwohnungen noch nicht gestillt.

In der Arbeit erzähle ich Sabrina von meiner chronischen Schlaflosigkeit und meinem Rausschmiss, weil auch ihr meine Fahrigkeit und Unkonzentriertheit aufgefallen sind. Neben Calmaben und Baldriankapseln schlucke ich mittlerweile auch Vixinox Sleep und Dormocaps. Sie ist froh, dass ich ihr etwas Persönliches erzähle, und meint:

»Schlafmangel ist asozial, habe ich auch. Warum magst nicht in meine Wohnung ziehen, die ist auch im Zweiten und superruhig. Ich habe übrigens auch Panikattacken, nicht nur Schlafmangel!«

»Echt? Ist ja arg! Dann passt du gut ins Team: wir sind ab

sofort das Schlafloseninstitut. Ein Freund von mir hat übrigens auch Panikattacken, deswegen geht er in Therapie. Wäre das nicht was für dich?«

»Ich mag keine Therapeuten. Mein Vater ist Psychiater und mein Ex-Mann, der jetzt mit einer älteren Frau zusammenlebt, weil er einen Mutterersatz sucht, ist Kinderpsychologe. Diese Psychoheinis sind total verstrahlt. Ich muss einfach mit meinen Panikattacken leben.«

Das alles wusste ich bislang nicht, aber es ist gut, wenn man auf einer persönlichen Ebene mit seinen Kolleginnen harmoniert. Das Angebot mit der Wohnung finde ich jedenfalls super: sie ist ebenfalls im Zweiten, ruhig und 100 Quadratmeter groß. Das wird ja immer besser. Aber auch dieses Kleinod der Stille und Besinnlichkeit hat einen kleinen Nachteil: ich kann dort immer nur für zwei Wochen am Stück bleiben, in der dritten Woche bewohnt sie eine Freundin von Sabrina, die in Wien ihre kärgliche slowakische Pension aufbessert und als Altenbetreuerin arbeitet.

Immerhin, mein Wohnraum ist für das nächste halbe Jahr gesichert. Ich bewege mich fortan in einem Wohnungsdreieck im zweiten Bezirk, alle drei Apartments sind nur zehn Gehminuten voneinander getrennt. Franks Wohnung ist laut und hat keine Waschmaschine. Bei Jochen ist mein neues Hobby Zigarettenrauchen erlaubt. Und die von Sabrina ist eine Ruheoase, aber alle zwei Wochen für eine andere Untermieterin zu räumen. Keiner meiner drei neuen Unterkunftgeber will Geld von mir, dabei habe ich keine Geldsorgen. Dafür habe ich ab sofort drei Schlüssel und wechsle nach Lust und Laune die Wohnungen. Nach der Arbeit fahre ich meistens zu Jochen und rauche dort alleine ein paar Zigaretten, weil er erst spätabends seinen Dienst beendet. Dann gehe ich weiter zu Frank und wohne dort für eine Woche, und die nächsten zwei bei meiner Arbeitskollegin. Frank ist vor kurzem nach Thailand verreist. Und auch als er wiederkommt, sehe ich ihn kaum. Er hat zusätzlich ein Gartenhäuschen in einem Wiener Vorort und verbringt dort jedes Wochenende. Ich sehe praktisch nie jemanden. Das ist einerseits gut, weil ich meine Beziehungsgedankenwelt neu ordnen kann, andererseits schlecht, weil ich in meiner Beziehungsgedankenwelt gefangen bin. Ich freue mich richtig, wenn Frank oder Jochen überraschend in ihren Wohnungen auftauchen. Dann trinken wir Bier, kochen etwas oder reden über die Schönheiten des Sommers. Am Abend gehe ich alleine in den Prater und versuche mit ausgedehnten Spaziergängen meiner Schlaflosigkeit Herr zu werden. In einer Zeitung habe ich gelesen, dass Fernsehen am Abend schlecht für die Schlaflosen sei, weshalb ich damit auch aufgehört habe. Es sind nur vier Wochen vergangen, seit ich von der allabendlichen Trash-Fernsehuntermalung bei Ulrike zur totalen TV-Abstinenz gewechselt habe.

Ich will die unendliche Gastfreundschaft meiner Teilzeitvermieter nicht überstrapazieren. Ich biete ihnen Mietzinszuschüsse an, die sie alle ablehnen. Ich trage ein weiteres Argument vor: durch den Wohnungsumtausch und die längere Sanierungszeit in meinem Stammhaus hat es sich durch einen Zufall ergeben, dass in meiner ab Dezember bezugsfertigen Wohnung in der Zwischenzeit nun doch ein Mieter wohnt, und der überweist mir monatlich Geld. Ich will meinen Teilzeitvermietern lediglich die Miete, die ich nicht zahle, zum gleichen Teil zurücküberweisen, denn es kann nicht sein, dass ich überhaupt keine Miete mehr zahle.

Mein Leben als Mietnomade ist abwechslungsreich und fehleranfällig. Bisher habe ich schon Kreditkarte, Terminplaner, Sonnenbrille und Schlaftabletten verschlampt. Passende Kleidung finde ich nur mehr unregelmäßig. Es wirkt zwangsjugendlich, in einem Bürojob mit einem Kapuzensweatshirt aufzutauchen, aber ich finde einfach nichts Anderes mehr.

Ich habe mir vorgenommen, meinen Teilzeitvermietern der bestmögliche Teilzeitmitbewohner zu sein und deshalb beschlossen, nie während der nächsten fünf Monate in ihren Wohnungen zu kochen, weil dabei nur unnötige Abwascharbeit anfällt. Wenn ich nie koche, muss ich nie abwaschen. Und die Gegend um den Praterstern eignet sich perfekt für Nichtkocher. Ich kann sieben Tage die Woche österreichisch, türkisch, serbisch, italienisch, mexikanisch oder asiatisch essen gehen. Alle diese Gaststätten liegen höchstens sieben Gehminuten voneinander entfernt. Und wenn ich einmal Lust verspüre, etwas weiter zu gehen, spaziere ich zum Reintaler in der Innenstadt.

Den Höhepunkt meiner Auswärtsessen bildet die Depressivenrunde. Jeden Sonntag um halb zwölf treffen sich die Verlassenen im Kozu. In japanischen Gasthäusern ist es normal und sogar erwünscht, alleine zu speisen; allein deshalb ist Japan eine Hochkultur. Das hat sich bei den Beziehungsopfern im Bezirk herumgesprochen. Pünktlich um halb zwölf trudeln wir ein, um dort jeder alleine für sich und mit seinem Schmerz zu essen: die depressive Übergewichtige, die sich nicht aufzuschauen traut, mit ihrem Hund, dem sie zu Essen gibt, und die zwanghaft freundlich lacht, wenn man sie anschaut oder anspricht. Der 45-jährige, der nie seine Sonnenbrille abnimmt und friedlich seine Nudelsuppe schlürft. Er versteckt mit seinen Gläsern die aufgequollenen Augen. Er trinkt in letzter Zeit zu viel, ist aufgedunsen und seine Haut leuchtet fettig. Dazu gesellt sich ein zweiter Mitt-40er, der vermutlich gerade seine zweite Scheidung hinter sich hat und ebenso wie ich viel zu fertig und müde ist, um für sich selbst zu kochen. Wir alle treffen uns pünktlich um halb zwölf und essen und trinken bis halb eins. Wer schon um Viertel nach elf kommt, wird von der Kellnerin ruppig begrüßt. Sie putzt zu dieser frühen Stunde lieber die Tische, und der Koch mag mit dem Brühen und Kochen auch nicht vor halb zwölf beginnen. Erst dann bestellen wir uns Nudelsuppen und essen Ententeile. Um halb eins herrscht im Publikum schließlich Schichtwechsel; dann kommen die Pärchen und Freundinnen und Freundesrunden, aber bis halb eins gehört das Kozu den Verlassenen und Ausgestoßenen. Wir bilden eine verschworene Gemeinschaft und grüßen uns stets wortlos.

17

Therapie als Freundinnendienst

»Geh zu einem Arzt. Ich fürchte mich vor dir.« Diese Worte kreisen als Endlosschleife in meinem Kopf.

Eine Therapie ist überfällig. Mein Verhalten war daneben, ich brauche professionelle Hilfe. Bis Dienstag sind es noch zwei Tage. Die Vorfreude auf die Therapie macht mich müde, die nächsten zwei Tage schlafe ich durch. Endlich ist es soweit und läute ich bei der Psychotherapeutin an. Sie hat einen Doppelnamen: Waldner-Kirsch. Sie trägt ihre Haare naturgrau und gehört zur In-Würde-altern-und-zum-Alter-stehen-Fraktion. Hier ist eine botoxfreie Zone. Sie steht wie ich auf ihre Sterblichkeit. Auf ihrem Schreibtisch liegen die gesammelten Werke von Sigmund Freund.

Ich klage ihr mein Leid: »Meine Freundin Ulrike hat mich rausgeworfen. Sie sagt, ich wäre zu eifersüchtig. Das ist mir erst einmal passiert, vor zehn Jahren. Also nicht rausgeworfen zu werden, aber diese Eifersüchtelei. Die Esther war überhaupt ein Wahnsinn. Sie hat als Kellnerin gearbeitet, und dauernd riefen irgendwelche Gäste bei ihr an. Ich wollte sie beschützen. Sie hat sich dann, als wir nicht mehr zusammen waren, systematisch zu Tode gesoffen. Vor zwei Jahren ist sie von einer Treppe gestürzt und gestorben. Aber auch meine Arbeit ist total stressig. Ich muss fünf Leuten zuarbeiten. Und ich habe keine Wohnung mehr, weil ich diese wegen Ulrike gekündigt habe. Ich wohne nun abwechselnd in drei verschiedenen Unterkünften. Ich dachte, das Zusammenziehen und die Kündigung meines Apartments wären romantisch. Die nächsten fünf Kackmonate muss ich jetzt bei Bekannten verbringen.«

»Sie sind sehr traurig.«

»Genau, traurig, das ist der richtige Ausdruck.« Ich schaue verdutzt.

Traurig, auf dieses Eigenschaftswort wäre ich nie gekommen.

»Was mich am meisten stresst ist, ich kann nie schlafen. Das kann so nicht weitergehen. Das macht mich wahnsinnig. Ich will nie mehr, dass eine Beziehung so würdelos endet.«

»Sie gehen wegen einer Beziehung, nicht wegen sich selbst in eine Therapie.«

»Ich bin nicht wichtig, Ulrike hat vorgeschlagen, dass ich eine Therapie besuche. Ich mache das vor allem, weil ich sie zurück will.«

»Aha, Sie wissen aber schon, dass ich zurzeit voll bin. Ich kann keine neuen Patienten aufnehmen. Ich werde Ihnen eine passende Alternative suchen.«

Super, die Schnalle schickt mich weg. Sie gibt mir die Nummer der Kollegin, die ich anrufen soll. Was sind Psychotherapeuten für eine Berufsgruppe? Schon sie war telefonisch nur einmal pro Woche für eine Viertelstunde zu erreichen. Und auch bei der Kollegin, die sie mir empfohlen hat, lande ich bloß in der Sprachbox.

»Guten Tag, Sie sprechen mit Pony-Plasch. Sie können mich jeden Freitag zwischen acht und 8.15 Uhr erreichen.«

Es dauert schließlich 21 Tage, bis ich mit der Therapie beginnen darf. Wenn mir die Dame unsympathisch ist, wird es wieder Wochen dauern, bis ich anderswo einen neuen Termin bekomme. Zweimal bin ich schon gescheitert, einen Therapeuten zu finden. Der eine redet nur über Geld, die andere ist ausgebucht. Wenn ich bis November nicht schlafen kann, bring ich mich um. Ich spreche Pony-Plasch also auf die Mobilbox und ersuche sie um einen Termin. Pony-Plasch ruft zurück und wir machen uns für nächsten Freitag ein Erstgespräch aus. Was machen diese Therapeutinnen für einen Kult aus ihrem Doppelnamen?

Am liebsten wäre mir eine ältere Frau, eine mit Lebenserfahrung, denn die hat sicher auch ein gebrochenes Herz, jeder über 60 muss ein gebrochenes Herz haben. Durch den Schlafmangel bin ich unfähig, meiner Arbeit konzentriert und professionell nachzugehen. Dennoch melde ich mich nicht krank, weil ich den Gedanken unerträglich finde, den ganzen Tag alleine in einer fremden Wohnung abzuhängen. Außerdem merke ich, dass meine Mitmenschen zwar bedauern, dass ich wieder solo bin, sie aber selbst ihre Leben führen. Und das ist ihnen wichtiger. Dafür geben sie mir ständig ungefragt Tipps. Ich verstehe zwar die dahinterliegende Zielsetzung, aber es hilft nicht, wenn sie anmerken, dass ich schon hübschere Freundinnen als Ulrike hatte. Meine Schwärmereien will in der Zwischenzeit niemand mehr hören. Meine Freunde haben Kinder, Freundinnen, gehen in Therapie, verlieren ihre Jobs, sie sind alle erwachsen und wollen keine strauchelnden Freunde. Selbstzweifel sind nicht sexy, außer für manche Frauen. Vielleicht hilft mir Sex aus der Patsche. Die meisten Frauen haben ein großes Herz. Wenn ich ihnen in allen Details erzähle, wie mies es mir geht, bekommt vielleicht eine Mitleid und es geht sich eine schnelle Nummer aus.

Ich verabrede mich also mit der Geschäftsführerin einer Werbefirma, die ich lose kenne. Sie ist blond und hat große Brüste. Das bringt mich auf fröhlichere Gedanken. Wir gehen gemeinsam essen. Ihr Kleid ist eng und der Ausschnitt einladend. Das sind sicherlich C-Cup-Dinger. Wenn sie mir ihre

Brust so entgegenstreckt, spüre ich einen gewissen Trost. Wir beschließen nach dem Essen noch auf ein Bier zu gehen, und zwar in ihr Stammlokal. Sie erzählt mir von ihrem Verflossenen, ich ihr von meiner. Wir trinken mehr Bier. Sie fragt mich, warum ich auf Facebook schon wieder eine neue Freundin habe und dennoch nur von der alten spreche. Das ist nur ein Fake, ich habe keine Freundin, diese Dame ist nur eine Freundin, die ihren Verehrer eifersüchtig machen will. Ich selbst kann mich an Ulrike nicht rächen, da sie mich auf Facebook geblockt hat. Generell sollte man mit Facebook-Beziehungsstatusmeldungen mehr Schabernack treiben. Die Geschäftsführerin fragt mich, ob wir uns auch mal aus Spaß als Facebook-Pärchen ausgeben könnten. Für so einen Blödsinn bin ich immer zu haben. Ich kläre sie auf, dass, wenn sie meine Freundin sein möchte, wir auch wissen müssen, ob wir gut miteinander küssen. Also küssen wir einander. Sie wird mich heute trösten.

Das wird eine Barebacking-Nacht, denn ein Kondom widerspricht meiner No-Future-Stimmung. Die Geschäftsführerin überrascht mich, ihre Möse ist nass wie die Umbalfälle. Die Werberin ist extrem spitz, wahrscheinlich sogar auf mich, mit der hätte ich schon früher vögeln sollen. Sie ist ein schlimmes Mädchen und schaut viele Soap-Operas. Ich finde es lächerlich, wenn Frauen beim ersten Sex fordern, ich solle sie anständig ficken. Sie ist supernass. Ich zieh meinen Schwanz raus und fuchtle ein bisschen herum. Sie interpretiert das sogleich als Wunsch, eine echte Werberin eben.

»Magst du Arschficken? Ich steh total drauf.«

Warum müssen Werberinnen sogar beim Sex ihre billigen Verkaufsargumente anbringen? Dieser Analsexhype geht mir auf die Nerven. Mösen sind viel geiler.

»Tito, wir verwenden kein Kondom. Bitte spritz auf meine

Titten.«

Das mag ich auch nicht. Ich will in dieser feuchten Wunder-
tüte einschlafen. Der kleine Trostfick hilft mir alles in allem
nicht weiter. Die Werberin ist nett, sie mag mich, ich mag sie,
aber wir werden uns nicht ineinander verlieben. Dieser sexuelle Ablenkungsversuch hat meine Stimmung nicht gehoben.
Wie armselig, in meiner Trauerphase eine Werberin flachzu-
legen. Ulrike zu vergessen klappt mit dieser Taktik nicht. Ich
muss reden.

Pony-Plasch wird von mir bezahlt, dass sie mir zuhört. Ich
bin überzeugt, sie leidet an Patientenmangel. Sie ist eine Kate-
gorie-C-Psychotherapeutin. Heute bietet sie mir ernsthaft an,
die Stunden auf Krankenschein gegenzurechnen, das kommt
billiger. Beim letzten Mal hat sie mir angeboten, die Stunden
schwarz zu verrechnen. Sie ist eine alte, gütige Frau. Sie kennt
das Leben. Sie ist verständnisvoll. Sie trägt eine rote Brille und
einen naturgrauen Pony. Ich beginne mit meiner Geschichte.
Ich begreife nicht, warum Ulrike nicht mit mir reden will,
wenn sie sagt, sie will es. Seit unserer Trennung habe ich sie
nur einmal für fünf Minuten gesehen, und da war ihre Freundin zu Besuch. Ich erzähle ihr von meiner Familie, ich erzähle
ihr von früheren Beziehungen. Ulrike, die blöde Kuh, hätte
ein bisschen nachsichtiger sein können. Außer mit mir redet sie
mit allen ihren Ex-Freunden. Ob das für eine Therapie reicht?
Außerdem langweilt mich die Arbeit. Österreichische Innenpolitik ist so vorhersehbar. Die ganzen Pseudoskandale und
diese permanente Aufgeregtheit sind Teil des Spiels. Ich habe
das alles hautnah miterlebt während der letzten vier Legisla-
turperioden. Die wichtigen Punkte und Details stehen nie in
der Zeitung, deswegen sind Inhaltsanalysen als Analysewerk-
zeug sinnlos, stelle ich naseweis fest. Ich soll ihr mehr von mir

und meinen Bedürfnissen erzählen. Ich bin doch auf keinem Egotrip. Ich kann und will Frau Pony-Plasch keine weiteren Schwänke aus meinem Leben darbieten. Ich müsste schon Sachen erfinden, um eine Therapie tatsächlich zu rechtfertigen. Lieber erzähle ich von Ulrike. Sie leidet unter ihrem Vater und ihrer kalten Mutter. Mir fällt sonst nichts mehr ein. Dann erzähle ich ihr von meinen sexuellen Vorlieben. Ich schlafe gerne mit meiner Freundin, ich bin monogam veranlagt und denke nicht im Traum daran, sie jemals zu betrügen. Pony-Plasch unterdrückt ein Gähnen. Sie weiß, dass ich ihr lauwarme Lügen erzähle.

18

Ich weiß Bescheid

Frank ruft mich an. Ein eingeschriebener Brief ist für mich gekommen. Ich soll bei ihm vorbeikommen und mit dem gelben Zettel zur Post gehen. Sicher ein Buch. Ich trotte nach der Arbeit zur Post. Es ist keine Büchersendung, sondern ein eingeschriebener Brief meiner Hausbank. Ich öffne den Brief. Der Scheck des Engländers, den er mir vor einem Monat überwiesen hat, war ungedeckt. Leider muss man mir deshalb die 2.500 Euro von meinem Konto abziehen. Der kauzige Engländer war ein gewöhnlicher Trickbetrüger und kein Sammler von seltenen Außenwandöfen. Ich bin noch nie auf einen Schwindler reingefallen, aber allmählich zeige ich durch den Liebes- und Schlafentzug ernsthafte Schwächephasen. Ich muss lachen. Es ist Freitag, und die Bank hat bereits geschlossen. Ich werde am Montag anrufen und mich dort über meine rechtlichen Möglichkeiten erkundigen. Ich weiß instinktiv, dass ich das Geld nie wiedersehen werde. Am Montag rufe ich bei der Bank an. Ich frage, warum sie zuerst Geld auf mein Konto buchen und es dann wieder abziehen. Sie hätten doch schon bei der ersten Überweisung prüfen müssen, ob der Scheck gedeckt ist. Das sei nicht üblich, werde ich belehrt, und im internationalen Zahlungsverkehr braucht es eben bis zu einen Monat, bis die Bonität des Einzahlers rückverfolgt werden könne. Ob ich wenigstens den Schaden von der Bank oder meiner Versicherung ersetzt bekomme? Ich könne das gerne versuchen, aber rechtlicher Anspruch besteht keiner. Außerdem gibt es in England im Unterschied zu Österreich keine Meldepflicht, und mein Geschäftspartner hat höchstwahrscheinlich mit falschem Namen gearbeitet. Man sei untröstlich, aber die Bank bekomme in letzter Zeit öfters solche Anfragen. Ich soll in Zukunft bei Internettransaktionen besser aufpassen und mir meine Geschäftspartner sorgfältiger auswählen. Cash gegen Ware ist die erste Regel bei privaten Internetplattformen.

Ich betrachte den Betrug als Lehrgeld. Wie kann man nur so bescheuert sein? Ein liebeskranker Tito ist so bescheuert. Ein fremder Mensch überweist mir statt 400 Euro 2.500 Euro. Ich weise ihn höflich darauf hin, dass das viel zu viel Geld ist und ob er Euro mit Pfund verwechselt hat. Er verneint und meint, der Rest sei für seinen Transporteur. Der Transporteur wohnt in England, nicht in Wien. Also überweise ich das Geld via Western Union an eine Person in London und werde nicht misstrauisch. Warum bringt er, wenn beide in London wohnen, das Geld nicht persönlich bei seinem Transporteur vorbei? Warum muss ich das Geld von Wien wieder nach London überweisen? Und warum teilt er mir zwei Wochen später mit, dass er kein Interesse mehr am Ofen hat? Ich dachte keine Minute daran, dass ich verarscht werde. Lief schließlich alles glatt bei meinen 40-Euro-Geschäften auf Willhaben. Meine Gedanken sind bei meiner Ex, nicht beim Außenwandofen. Der Engländer nutzte die verliebtheitsbedingte Verengung meiner Gedankenwelt eiskalt aus. Englischer Pragmatismus schlägt deutschen Idealismus. Du hast dir das Geld redlich verdient, du hast gespürt, dass ich meine Fähigkeit, das Gute im Menschen zu sehen, unter Beweis stellen wollte. Das Scheißgeld ist mir egal, ich gönne dir gern eine Saisonkarte für einen Premier-League-Club deiner Wahl. Ich leg mich ins Bett, denke an England und will meine Freundin zurück.

Ich war letzten Monat artig und habe mich an die Spielregeln gehalten. Wir haben uns seit vier Wochen nicht gesehen. Jetzt sollte ich mich telefonisch mal melden, um mit Ulrike und nicht mit Pony-Plasch darüber zu rätseln, warum sie damals einen plötzlichen Gesprächs- und Beziehungsabbruch für unerlässlich hielt. Ulrike spielt Stille Post mit mir. Sie hat mir über Demmer ausrichten lassen, dass wenn es für sie aus ist, es für sie unwiederbringlich und für immer aus ist. Sind wir 14? Sind wir auf dem Ponyhof oder spielen wir ‚Anna sucht die Liebe', dass mir meine Ex-Freundin über Dritte ausrichten lässt, dass es mit uns aus ist? Sie lässt mir außerdem mitteilen, dass ich mir keine Vorwürfe wegen meines Verhaltens zu machen brauche. Demmer ist ein Postillion der Trennung. Es ist aus und vorbei, das kann sie mir ruhig auch selber sagen. Ich suche Ulrikes Nummer im Netz, schließlich habe ich sie gelöscht, und rufe sie an. Sie hebt tatsächlich ab und fragt was ich will. Mir fällt nichts ein. Ich sage, es sei schön, ihre Stimme zu hören. Dann lege ich auf. Zehn Minuten später rufe ich wieder an, sie hebt nicht ab. Auch gut, gehe ich eben zur Ablenkung in den Prater. Als ich um halb elf heimkomme, sehe ich eine Hass-SMS: ich soll nicht anrufen, wenn es nichts zu besprechen gibt.

»Entspann dich«, antworte ich ihr, »mir Sachen über Demmer auszurichten, finde ich erbärmlich.«

»Mag stimmen, aber schließlich ist unsere Beziehung lange aus. Außerdem hab ich jemanden kennengelernt.«

Ich bin perplex: »Das ging aber schnell.«

»Ja, das passiert eben manchmal einfach so.«

Sie spricht über mich wie von einem entfernten Bekannten. Einem schwachen Echo der Vergangenheit. Sie hat abgeschlossen. Und ich habe den Grund meines Anrufs vergessen. Wir haben uns seit einem Monat nicht mehr gesehen. Bis auf drei irrtümlich versandte SMS und ein paar Anrufe wegen meines Umzugs habe ich sie in Ruhe gelassen. Die ganzen Tipps meiner Freunde und der Therapeutin waren Quatsch.

Ich brauche Gewissheit. Ich will sie treffen. Sie soll mir in die Augen schauen. Dieses eine Gespräch schuldet sie mir. Es ist Dienstag 17.00 Uhr, ich will sie ja nicht bei ihrem Praktikum stören. Sie hebt nicht ab. Also spreche ich auf die Mobilbox:

»Liebe Ulrike, ich möchte einmal mit dir ungestört unter vier Augen sprechen. Hast du diesen Samstag oder Sonntag Zeit oder sonst in zwei Wochen wieder am Samstag oder am Sonntag?«

Am nächsten Morgen stehe ich auf und gehe zur U-Bahn, als das Telefon läutet. Ulrike ruft immer in der Früh an, wenn sie mich anschreien will:

»Hör mir mal zu. Ich scheiß auf ein Treffen mit dir. Du scheinst eine andere Wahrnehmung als ich zu haben. Ich hab dich immer unsympathisch gefunden. Die drei Monate waren ein einziger Fehler. Lass mich endgültig in Ruhe, das ist ja Stalking! Wenn du mich wieder anrufst, werde ich beim ersten Mal die Polizei und beim zweiten Mal bei deiner Firma anrufen. Geh scheißen!« Sie legt auf.

Habe ich ihr echt nachgestellt? Ich habe nie vor ihrer Haustüre gewartet, obwohl ich das wollte. Wir hatten doch ausgemacht, ich solle sie in Ruhe lassen, und dann kontaktiert sie mich wieder. Das geht zu weit, das war eine Drohung, ich schreib ihr eine SMS:

»Unterlass diese idiotischen Drohungen. Das ist ähnlich bescheuert, als wenn ich dich wegen unerlaubtem Wohnungsrauschmiss bei aufrechtem Mietverhältnis verklagen würde.«

Dann beenden wir diese Liebe eben ohne ein Gespräch. Das Telefon läutet schon wieder, eine unterdrückte Nummer.

Ich hebe ab. Ihre 23-jährige Schwester ist dran. Sie fragt mich, ob ich Probleme habe, loszulassen? Eigentlich nicht. Warum ich dann Ulrike sehen und mit ihr reden möchte? Sie hatte mich einst mit Liebesschwüren übergossen, mir gesagt, ich sei einzigartig für sie. Solche Dinge sagt man halt, das ist ja nichts Besonderes. Ich darf sowas nicht ernst nehmen. Das Leben geht weiter, ich soll nicht an der Vergangenheit hängen. Ich muss das nicht so intellektuell betrachten. Diesen Stille-Post-Appell verstehe ich, ihre Schwester spielt die klassische Botin. Ich soll die Schnauze halten.

Da fällt mir ein, dass Ulrike von allen Männern, inklusive ihres Vaters sowie von Atzgo schlecht gesprochen hat. Er habe sie gestalkt. Hat er sie wirklich verfolgt? Zur Abwechslung spiele ich Stille Post. Ich rufe Atzgo an.

»Servus, lang nichts mehr gehört von dir.«

»Können wir kurz reden?«

»Sicher, was ist los?«

»Du, es ist was Persönliches. Ich war mit Ulrike Plaisirnig zusammen.«

Atzgo lacht. »Erzähl mir was Neues. Das hat mir Demmer schon lange erzählt. Ihr passt eh nicht zusammen. Du bist viel zu neurotisch für sie. Ulrike steht nicht auf weinerliche Luschen wie dich. Ich hab mich echt gewundert, wie du die rumgekriegt hast. Es passt zu ihrem Charakter, dass sie was mit dir hatte. Je mehr ich nachdenke, desto weniger wundert mich das. Als wir zusammen waren, haben wir gemeinsame Bekannte gescreent. Und sie meinte, sie findet dich scheiße. Kein Wunder, dass ihr zusammen wart. Typisch Ulrike.«

Ich schlucke. »Sie fand mich scheiße. Meinetwegen. Das hat sie mir oft genug gesagt. Das hast sogar du mir selbst im Einhorn gesagt. Nur deshalb begann diese ganze Geschichte ja.

Aber dann fand sie mich richtig gut. Wir sind zusammengezogen. Sie hat mir gesagt, sie liebt mich.«

»Ach, das sagt sie nach jeder Nummer. Sie hat bei jedem Mal Sex gehaucht, sie liebt mich. Sie nannte mich ,Liebling'. Die ist ein bisschen schizophren, sie weiß nicht, ob sie Tiroler Bürgerskind oder Alternativbraut ist.«

Bei diesen Stille-Post-Spielen bekommt man leider immer nur eine Ahnung, nie eine exakte Kopie.

»Und sie organisiert in ihrer Wohnung alles nach einem perfekten System«, füge ich hinzu.

»Ach, damit hatte ich kein Problem. Aber ich habe auch nie bei ihr gewohnt. Ich kam nicht in den Genuss, von ihr in Hausarbeiten unterrichtet zu werden.«

»War es nach eurem Beziehungsende ein bisschen seltsam bei euch? Sie wirft mir Stalking vor, dabei habe ich sie seit einem Monat nicht gesehen.«

»Nimm das nicht ernst. Ich habe sie nach eineinhalb Monaten gefragt, ob sie mit mir ins Theater gehen will. Als Freunde. Sie meinte, ich bin eine dumme Sau und soll mich verpissen. Trotzdem hat sie im letzten Jahr immer wieder mal mit mir gevögelt, wenn ihr langweilig war. Wenn sie jetzt wieder solo ist, stehen die Chancen gut, dass wir bald mal wieder in der Kiste landen. Nimm ihr Gesäusel nicht so ernst. Vielleicht schläft sie bald auch wieder mit dir. Ihr Verhalten ist schwer einschätzbar. Vergiss sie, geh Radfahren auf die Donauinsel. Fick irgendjemanden und denk nicht mehr über solche Sachen nach.«

Hilft mir Atzgos Einschätzung weiter? Gehört Ulrike wirklich zu den Frauen, die bei jedem Sexpartner Liebesschwüre von sich geben? Sicher nicht, Atzgo will nur nett sein. Wird sie sentimental, wenn sie mit jemandem schläft? Hab ich mich durch ihr Süßholzgeraspel, wie sie es selber nennt, becircen lassen? Ach was, ich habe sie ja auch umgarnt als gäbe es kein Morgen. Hat sie mich die ganze Zeit verarscht? Ich muss dringend zur Therapie.

Pony-Plasch ist freundlich, dennoch bekomme ich langsam das Gefühl, dass sie mir mit diesem Therapieversuch nicht weiterhelfen wird. Sie wirkt davon sichtlich irritiert. Ich erzähle ihr wieder von Ulrike.

»Frau Doktor, meine Ex-Freundin hat mich gefragt, warum ich nicht mit ihrer Freundin Nicole geschlafen habe? Die sieht doch gut aus. Ich hab geantwortet, ich schlafe nicht mit Frauen mit Oberlippenbart, und außerdem bin ich ein Freund von ihrem Freund. Sie hat geantwortet, das seien keine Argumente. Ob ich Nicole schön finde? Hässlich ist sie nicht, aber ich kann unmöglich mit allen Frauen schlafen, die ich attraktiv finde. Dann hat sie geantwortet, ich sei meschugge, weil ich nicht erkenne, dass Nicole seit elf Jahren magersüchtig ist. Sie, Ulrike, habe mich überhaupt nur getroffen, weil sie Nicole gefragt habe, wie ich denn so drauf sei. In Ordnung, der knutscht einen nicht gleich an. Sie hat von Beginn an ihren Boyfriend-Rahmenraster abgesteckt: ihr Ex-Freund war eifersüchtig, also darf ich das nicht sein. Wenn ich in ein bestimmtes Lokal nicht gehe, sucht sie es erst recht auf, damit ich was dazulerne. Ulrike ist überzeugt, dass in einer Partnerschaft einer die Oberhand behält. Das ist doch bescheuert. Stärken und Schwächen wechseln sich ab. Ich wollte mich auch einmal fallen lassen. Ich kapiere diesen Gesprächsabbruch einfach nicht.«

»Deshalb sollten Sie die Therapie bei mir auch nicht gleich abbrechen. Mit diesem Abbruch wollen Sie sich nur für das Ende der Beziehung mit Ulrike rächen. Dieses Verhalten des Nicht-reden-wollens kennen Sie von ihrem Vater.«

Sie benutzt den Gesprächsabbruch von Ulrike, um diese lächerliche Nichttherapie künstlich zu verlängern. Warum schließt sie von Ulrike auf meinen Vater? Was für ein bescheuerter Fehlschluss.

»Wenn mein Vater grantig ist, spinnt er für zwei Tage, dann ist die Sache vergessen. Das Schöne an Beziehungen und am Familienleben ist das Folgenlose von Streitigkeiten. Wenn man sich vertraut, vergibt man sich. Ich bewundere die Reality-TV-Stars aus dem Gemeindebau. Die Frauen bescheißen ihre Männer, die Männer schlagen ihre Frauen und zum Schluss finden alle wieder zusammen. Ich hätte es einfach gerne, wenn Ulrike mir sagen würde, du bist ein Schwachkopf und hast dich da in was verrannt. Aber du bist mein Babe, das wird schon wieder. Rufen Sie bitte meine Ex-Freundin an. Ulrike kann Ihnen sicher mehr erzählen als ich. Wir beide drehen uns im Kreis. Ich weiß nicht mehr, was ich noch von mir erzählen soll.«

Mir geht diese Simulation einer Analyse auf den Wecker. Dieses Gespräch ist pure Zeitverschwendung. Ich werde die Therapie abbrechen. Pony-Plasch wittert einen Geschäftsverlust. Sie wiederholt sich.

»Sie wollen unsere Beziehung beenden, so wie ihre Freundin die Beziehung beendet hat.«

»Welche Beziehung? Wir haben keine Beziehung. Wir unterhalten eine geschäftliche Interaktion, keine zwischenmenschliche, echte Beziehung. Ich bezahle Sie, damit Sie mir zuhören. Ich bin kein einsamer Mensch, ich kenne viele Leute und amüsiere mich gern. Ich bin wie Ulrike einfach gesellig. Sie mochte mich. Das war großartig. Sie verfügt über das Talent, Menschen das Gefühl zu geben, etwas Besonderes zu sein. Ich hätte mir Ehrlichkeit von ihr gewünscht. Sie hat gelogen. Deshalb hatte ich einfach Lust zu pöbeln. Ich verletze nur Menschen, die es wert sind. Dass sie nicht mit mir spricht, verletzt mich. Ich bin wahrscheinlich doch der blasierte PR-Arsch, für den sie mich hält.«

Ich will eine Diagnose. Frau Pony-Plasch diagnostiziert mir eine rezidivierende depressive Störung, F 11. Kann ich mit dieser Diagnose bei Ulrike auftauchen und wie Luther meine These an ihre Haustür hängen? Ich sollte auf ihre Schwester hören und die Schnauze halten. Ulrike redet nicht mehr mit mir. Ich kann dieser Psychotherapeutin keine weiteren Abgründe von mir erzählen, denn ich habe keine. Ich schlafe schlecht, wenn Präsidiumsmitglieder meine schwangere Assistentin anbrüllen, und ich zu feige bin, um ihr zu helfen. Ich schlafe schlecht, wenn ich zeitgleich fünf Papiere abgeben muss. Ich schlafe schlecht, wenn ich meiner Freundin Stress ohne Grund mache.

»Ulrike pfeift auf unsere Beziehung. Die Idee einer wahren Liebe ist für sie dennoch intakt. Nur ohne mich. Früher gab es Konventionen, und gebrochene Liebesversprechen wurden als moralische Verfehlung geächtet. Ulrike ächtet mich. Das ist weder altmodisch noch hysterisch. Die Feministinnen, die mir immer die liebsten Gesprächs- und Sexpartner waren, nennen so etwas ritterlich. Warum gebe ich mir die Schuld, obwohl sie mich verlässt? Ich kann den Gedanken nicht ertragen, dass sie mir das alles nur vorgespielt hat. Mein Besitzanspruch hat sie angewidert. Ich vögle schon wieder mit Werberinnen herum. Und ihr vorzuhalten, sie sei eine magersüchtige Schlampe hat sie sicherlich verletzt. Als höflicher Mensch konnte sie wohl nur mehr schweigen.«

Ich versuche Pony-Plasch zum vierten Mal verzweifelt zu überreden, dass sie bei Ulrike anruft und mit ihr über mich und unsere Beziehung redet. Ein Gesprächsabbruch ist kein Ende. Paartherapien haben vielen Paaren geholfen. Sie kann Ulrike wegen ihrer gestörten Vater-Mutter-Tochter-Beziehung behandeln und mich außen vor lassen.

Wahrscheinlich wollte ich einfach nicht so schnell mit ihr zusammenziehen. Ich suche nach Ausreden. Dennoch, die Idee, Ulrike therapieren zu lassen, hat was für sich. Das ist meine beste Idee während dieser ganzen Farce, Pony-Plasch darf doch nicht mal eine amtliche Diagnose stellen. Ich schlage Pony-Plasch also vor, dass ich ihr eine Therapie für Ulrike zahle. Sie schweigt, sie versteht nicht, warum ich sie bitte, mit Ulrike zu sprechen, und ihr dafür Geld anbiete. Sie glaubt, dass die Wurzel aller Probleme im Individuum liegt. Doch das ist ihr erster Fehler, diese zwanghafte Ich-Bezogenheit.

Ich glaube weiterhin an Wunder und Wahrheiten, denke ich mir beim Verlassen der Praxis. Ich bin müde und warte auf den Aufzug. Als die Tür aufgeht, sehe ich eine Frau mit traurigen schwarzen Augen, schwarzen Naturlocken und starrem Blick. Die ist eindeutig auch eine Patientin. Sie ist ganz schwarz angezogen, hat ihre Lippen dunkelrot geschminkt und schwankt mit ihrem Outfit zwischen Existenzialistin und Gruftie. Sicher ist sie depressiv. Hinter ihrer starken Schminke erspähe ich leicht errötete Wangen. Sie ist bestimmt spät dran, hat sich daher beeilt und ist außer Atem. Oder gefalle ich ihr etwa? Ich rede mir das sicher nur ein, weil Pony-Plasch dauernd sagt, ich soll positiver denken. Egal, ich muss unbedingt wissen, ob sie sich mit mir einmal treffen möchte.

»Ähem, hallo! Gehst du auch zur Pony-Plasch? Nicht übel, so eine Psychotherapie. Da darf man endlich mal ausreden und die Frau Doktor hört verständnisvoll zu. Du... es wirkt vielleicht komisch, und Pony-Plasch hat mir auch nicht zu einer Aktivitätsstrategie geraten, falls du das Denken solltest. Du kennst ja mich nicht, könntest du einwenden, aber genau das möchte ich: dich kennenlernen. Hast du Lust mit mir einmal wegzugehen? Essen, tanzen, ins Museum, was immer du gerne machst.«

»Sag mal, redest du immer so umständlich?«

»Ja. Nein, weiß nicht. Ist ja auch irgendwie peinlich, jemanden nach einer Therapiestunde anzuquatschen. Aber auch wieder nicht. Mir ist nichts mehr peinlich. Du kommst ja auch her, weil es dir schlecht geht. Ich bin erschöpft vom vielen Reden. Eigentlich wollte ich dich nur schnell nach deiner Nummer fragen. Du musst mich auch nicht gleich heiraten oder meine Freundin werden oder mit mir zusammenziehen. Echt nicht, vom Zusammenziehen habe ich die Schnauze voll. Dich anzuquatschen fällt mir nicht leicht. Aber was habe ich schon zu verlieren? Ich habe meine Therapie soeben beendet. Wenn du ,nein' sagst, sehen wir uns nie wieder… Nicht, dass das eine Drohung war. Ich will dir nur sagen, es ist deine erste und letzte Chance, sozusagen.«

Ich lächle verlegen.

»Du, ich muss dich enttäuschen.« Sie macht eine längere Pause. »Ich bin keine Patientin. Ich mache bei Pony-Plasch nur mein Propädeutikum. Ich will selbst Psychotherapeutin werden.«

»Ich dachte sofort, du willst mir deine Nummer nicht geben. Versteh schon, mit Patienten und psychischen Wracks willst du dich nicht treffen.«

»Gib doch nicht so schnell auf. Es ist kein Stalking, wenn du nachfragst. Wieso sollte ich nicht mit dir weggehen, du bist ja nicht mein Klient. Ich bin erst in Ausbildung. Sag mal, wie umständlich kann man sich eigentlich ausdrücken, wenn man jemanden treffen will?« Sie gibt mir ihre Visitenkarte.

»Bevor du Psychotherapeutin werden darfst, musst du selber gründlich von zwei Profis analysiert werden. Wir haben alle unsere Geheimnisse. Dass du vorsätzlich aussichtsreiche Beziehungen zerstörst, um deinen Alltag aufzupeppen, ist schon verwirrend. Vielleicht hältst du es nicht aus, glücklich zu sein und provozierst so lange bis es knallt und…« Sie stoppt mitten im Satz. Dann schaut sie weg und lächelt aufmunternd und gleichzeitig verlegen. Ich bin verwirrt.

»Ups, das hätte ich wohl nicht sagen dürfen. Von wegen ärztliche Schweigepflicht und so. Obwohl, deine Behandlung ist ja scheinbar vorbei. Also lass mich kurz erklären. Wir gehen in unseren Besprechungen Patientenakten durch und Pony-Plasch hat auch von dir ausführlich gesprochen. Dein Fall interessiert sie. Sie glaubt, du stehst dir selbst im Weg. Ich weiß also praktisch alles von deinem Seelenleben, nur damit du Bescheid weißt. Aus Analytikersicht bist du eine harte Nuss.« Sie verabschiedet sich und bevor ich antworten kann, verschwindet sie in der Praxis.

Ich bin überrascht über das nette Gespräch und gehe jetzt doch lieber zu Fuß als mit dem Lift zu fahren. Die Stiege des Altbaus erinnert mich an die Stufen im Einhorn. Dort, am Weg zur Toilette, hat alles begonnen. Ich habe mir eingeredet, dass mich der Sternenstaub des Einhorns aus meiner Einsamkeit erlöst. So wie es aussieht, hab ich mich getäuscht. Ich habe keine Freundin mehr, dafür aber eine Verabredung mit einer angehenden Therapeutin, die alle meine Tricks, Schwächen und Abgründe kennt. Ich fühle mich schlagartig besser und gähne genüsslich.